국어과 선생님이 뽑은

김유정
단편선

국어과 선생님이 뽑은 　지은이 **김유정** | 엮은이 **dskimp2000**

김유정 단편선

봄봄 외 · 14편

book&book

|머리글|

 탁월한 언어로 일제강점기 1930년대 우리 농촌의 비참한 현실을 해학과 풍자와 향토적 언어로 날카롭게 그려낸 한국 문학사의 큰 발자취를 남긴 김유정은 1908년 2월 12일(음력 1월 11일) 강원도 춘천군 남내이작면 증리 427번지 실레마을(지금의 강원도 춘천시 신동면 증리)에서 아버지 청풍 김씨 춘식과 어머니 청송 심씨 사이에서 이남 육녀 중 일곱째로 태어났다.
 유정의 가족은 고조부 김기순 때 춘천 실레마을로 이주했고 10대조 김육은 대동법을 실시한 실학자였으며 9대조 김우명은 조선 현종(顯宗)의 장인이었고 숙종의 외할아버지였다. 증조부 김병선은 화서 학파의 거유 김평묵을 초빙해 학당을 열어 자제들을 가르쳤고 화서 학파의 학풍을 이어받은 조부 김익찬은 육천 석을 추수하는 춘천의 명가였다.
 1914년 유정이 여섯 살 때 조부 김익찬 사망하자 부친 김춘식이 춘천 집을 소작농에게 농사를 짓게 한 후 지금의 서울 종로구 운니동(당시 진골)에 저택을 마련해 가족 모두 이사를 오고 그가 열 살도 채 되기 전인 1915년 3월 18일 어머니가 갑자기 병으로 세상을 떠났으며 아버지도 이 년 뒤 1917년 5월 23일 세상을 떠났다.

아버지가 사망 후 형의 방탕한 생활로 가세가 기울자 유정은 운니동에서 관철동으로 그 후 여러 곳으로 옮겨 다니며《천자문》,《계몽편》,《통감》등 한문 공부와 붓글씨를 익히고 재동공립보통학교를 졸업한 후 휘문고등보통학교에 검정 시험으로 입학한 후 휴학을 반복하다 졸업했다.

1930년 연희전문학교 문과에 입학했으나 학업에 대한 회의와 방탕한 생활로 수업 일수를 채우지 못해 제적 처분을 받고 중퇴했다(자세한 제적 사유는 알려지지 않았다). 그 후 대학 공부에 대한 미련으로 1931년 보성전문학교 법과에 입학하지만 곧 퇴학당한 후 고향인 춘천 실레마을로 귀향해서 마을 청년들을 모아 야학당을 열고 문맹퇴치운동과 농촌 계몽을 위한 농우회, 노인회, 부인회를 조직했다. 그 후 야학당을 금병의숙(錦屛義塾)으로 확장하고 자신의 첫 작품인 〈심청〉을 탈고했다.

1933년 다시 서울로 상경해 사직동 둘째 누나의 집에서 기거하다 혜화동에 셋방을 얻어 〈산골 나그네〉, 〈총각과 맹꽁이〉를 발표하고 이석훈·채만식·박태원·이상 등과 교류하며 이효석·이태준·김기림·정지용 등이 결성한 문인단체 구인회에 가입한 후 원고 청탁을 받고 글을 쓰며 술로 세월을 보내다 둘째 매형의 주선으로 충남 예산 등지의 금광을 전전하며 그곳의 광부들과 어울리며 술판을 벌여 건강이 나빠지자 춘천 실레마을로 돌아와 〈정분〉, 〈민무방〉, 〈애기〉, 〈노디지〉를 탈고하고 친구인 안회남이 〈따라지의 목숨〉을 개작한 〈흙을 등지고〉를 〈소낙비〉로 고쳐 조선일보 신춘문예에 출품해 일등으로 당선되고 〈노다지〉가 조선중앙일보에 가작으로 입선되었다.

1935년 다시 서울로 올라와 본격적으로 문학에 대한 열정을 품고 금광 생활에서 얻은 경험과 고향에서 보고 느꼈던 농촌 배경의 토속적 정취를 녹여낸 〈금 따는 콩밭〉, 〈노다지〉, 〈금〉, 〈떡〉, 〈만무방〉, 〈산골〉, 〈봄봄〉, 〈안해〉 등 열한 편의 소설과 수필 세 편을 발표해 문단의 찬사를 받고 후기 구인회 동인으로 참여한 후 소설가 이태준, 이상과 깊은 친분을 쌓는다. 그는 이때쯤 치질과 늑막염이 악화한 상태로 병원에서 폐결핵 진단까지 받고 고통으로 잠도 제대로 자지 못할 지경이었다.

1936년 농촌에서 우직하고 순진하게 살아가는 하층민의 비참한 생활 실상을 특유의 해학적 수법으로 표현한 〈산골 나그네〉, 〈봄과 따라지〉, 〈가을〉, 〈두꺼비〉, 〈봄밤〉, 〈이런 음악회〉, 〈동백꽃〉, 〈야앵호〉, 〈옥토끼〉, 〈정조〉, 〈슬픈 이야기〉, 수필 〈오월의 산골짜기〉, 〈어떠한 부인을 마지할까〉, 〈전차가 희극을 낳아〉, 〈길〉, 〈행복을 등진 정열〉, 〈밤이 조금만 짤렀드면〉 등을 발표하고 미완의 장편 〈생의 반려〉를 연재하기도 했다.

1937년 지병인 결핵과 치질이 심해지자 경기도 광주 상산곡리에 사는 다섯째 매형의 집으로 옮겨와 요양과 치료를 하며 여러 작품의 중심 제재(題材)와 사상으로 자리 잡은 서간문 〈문단에 올리는 말씀〉, 〈병상의 생각〉, 단편 〈따라지〉, 〈땡볕〉, 〈연기〉 등을 발표한 후 '필승아. 나는 날로 몸이 꺼진다. 이제는 자리에서 일어나기조차 자유롭지 못하다. 밤에는 불면증으로 괴로운 시간을 원망하고 누워있다. 나는 돈이 시급히 필요하다.

그 돈이 없다. 돈, 돈, 슬픈 일이다. 나는 지금 막다른 골목에 맞닥뜨렸다. 나로 하여 너의 팔에 의지하여 광명을 찾게 하여 다오. 나는 요즘 가끔 울고 누워있다. 모두가 답답한 사정이다'라는 편지를 친구 안회남에게 보낸 후 병세가 악화해 3월 29일 아침 6시 30분 꽃다운 스물아홉의 나이로 세상을 떠났다. 그의 유해는 친구, 형제, 조카들에 의해 장례를 치르고 서대문 밖 홍제동에서 화장한 후 한강에 뿌려졌다.

아름다운 우리 말과 영서 지방과 강원도의 토속어를 바탕으로 뛰어난 해학과 풍자로 일제강점기 참담한 농촌사회의 암울함을 향토적 언어로 희화(戱畫)적이며 이지(理智)적 현실감각으로 비극적 진지함보다 희극적 인간미가 넘치는 문학세계를 펼친 김유정은 불과 이삼 년 남짓한 작가 생활이었지만 목숨을 불태운 최후의 순간까지도 혼신의 집필로 삼십여 편의 단편과 한 편의 번역 소설을 썼으며 여러 편의 수필과 생전에 집필하던 한 편의 미완성 장편〈두포전〉을 쓸 만큼 왕성한 창작에 대한 열의와 문학적 재능이 얼마나 대단했는지를 알 수 있다.

불우의 천재이며 인간의 훈훈한 사랑을 예술적으로 표현한 김유정은 많은 사람의 마음을 따뜻하게 이어주는 민중예술을 흥미롭게 그려냈으며 그가 남긴 소설에 보이는 질펀한 웃음 속에는 땅에 붙박여 처절하게 살아가는 농민들의 애끓는 울음이 짙게 깔려 있으며 소설 속 인물들의 어리석음이나 무지함이 웃음을 자아내게 하는 것도 바로 자신의 가난하고 비참했던 실제 삶과 이어져 해학과 비애를 품은 진한 슬픔이 배어 나오는 게 아닌가 싶다.

1. 아름다운 우리 말을 잘 표현하고 영서 지방 방언과 강원도 지방의 토속어를 바탕으로 뛰어난 해학과 풍자로 일제강점기의 참담한 농촌사회의 암울함을 생동감 넘치는 향토적 언어로 희화(戲畫)적이며 이지적 현실감각으로 비극적 진지성보다 희극적 인간미가 넘치는 문학세계를 펼친 김유정의 1933년부터 1937년까지 발표한 대표 작품 열다섯 편을 선별하여 논술과 수능을 준비하는 학생들과 청소년이 쉽게 읽을 수 있게 《국어과 선생님이 뽑은 김유정 단편선》으로 새롭게 출간했다.

2. 이 책에 수록된 작품들의 맞춤법은 2002년 국립국어원에서 펴낸 한글 맞춤법과 외래어 표기법을 따르는 것을 원칙으로 하며 가급적 작자 특유의 문체나 방언 및 외래어 등은 출전에 표기한 방식으로 수록하였음을 밝혀두는 바이다.

| 차례 |

머리글 ……………………………………… 4

봄봄 ………………………………… 11
동백꽃 ……………………………… 28
만무방 ……………………………… 39
노다지 ……………………………… 74
금 따는 콩밭 ……………………… 89
소낙비 ……………………………… 106
땡볕 ………………………………… 124
산골 나그네 ……………………… 134
산골 ………………………………… 149
정분 ………………………………… 168
정조 ………………………………… 181
가을 ………………………………… 194
심청 ………………………………… 206
따라지 ……………………………… 211
금 …………………………………… 240

연보 ………………………………… 250

한창 피어 퍼드러진 노란 동백꽃 속으로
알싸한 그리고 향긋한 그 냄새에
땅이 꺼지듯 온 정신이 고만 아찔하였다.

봄봄

"장인님! 인젠 저……."

내가 이렇게 뒤통수를 긁고 나이가 찼으니 성례를 시켜 줘야 않겠느냐고 하면 대답이 늘,

"이 자식아! 성례고 뭐고 미처 자라야지!"

하고 만다.

이 자라야 한다는 것은 내가 아니라 장차 내 아내가 될 점순이의 키 말이다.

내가 여기에 와서 돈 한 푼 안 받고 일하기를 삼 년 하고 꼬박 일곱 달 동안을 했다. 그런데도 미처 못 자랐다니까 이 키는 언제야 자라는 건지 짜장(참으로) 영문도 모른다. 일을 좀 더 잘 해야 한다든지 혹은 밥을 많이 먹는다고 노상 걱정이니까 조금 덜 먹어야 한다든지 하면 나도 얼마든지 할 말이 많다. 하지만 점순이가 아직 어리니까 더 자라야 한다는 여기에는 어째 볼 수 없이 그만 벙벙하고 만다.

이래서 나는 애초 계약이 잘못된 걸 알았다. 이태면 이태, 삼 년이면 삼 년, 기한을 딱 작정하고 일을 원해야 했을 것이다. 덮

어놓고 딸이 자라는 대로 성례를 시켜 준다고 했으니 누가 늘 지키고 선 것도 아니고 그 키가 언제 자라는지 알 수 있는가. 그리고 난 사람의 키가 무럭무럭 자라는 줄만 알았지 붙박이 키에 모로(옆으로)만 벌어지는 몸도 있을 것을 누가 알았으랴. 때가 되면 장인님이 어련하랴 싶어서 군소리 없이 꾸벅꾸벅 일만 해 왔다. 그러면 말이다, 장인님이 제가 다 알아차려서,

'어 참, 너 일 많이 했다. 고만 장가들어라.'

하고 살림도 내주고 해야 나도 좋을 것이 아니냐. 시치미를 딱 잡아떼고 도리어 그런 소리가 나올까 봐서 지레 펄펄 뛰며 이 야단이다. 명색이 좋아 데릴사위지 일하기에 싱겁기도 할뿐더러 이건 참 아무것도 아니다.

숙맥이 그걸 모르고 점순이의 키가 자라기만 까맣게 기다리지 않았나.

언젠가는 하도 갑갑해서 자를 가지고 덤벼들어서 그 키를 한번 재 볼까 했다마는 우리의 장인님이 내외해야 한다고 해서 마주 서서 이야기도 한마디 하는 법이 없다. 우물길에서 어쩌다 마주칠 적이면 겨우 눈어림으로 재보는 것인데 그럴 적마다 나는 저만큼 가서,

'제미――키두!'

하고 논둑에다 침을 튀 뱉는다. 아무리 잘 봐야 내 겨드랑(다른 사람보다 좀 크긴 하지만) 밑에서 넘을락 말락 밤낮 요 모양이다. 개돼지는 푹푹 크는데 왜 이리도 사람은 안 크는지, 한동안 머리가 아프도록 궁리도 해 보았다. 아하, 물동이를 자꾸 이니까 뼈다귀가 움츠러드나 보다 하고 내가 넌지시 그 물을 대신

길어도 주었다. 그뿐만 아니라 나무를 하러 가면 서낭당에 돌을 올려놓고

"점순이의 키 좀 크게 해 주십시오. 그러면 담엔 떡 갖다 놓고 고사 드립죠니까."

하고 치성도 한두 번 드린 것이 아니다. 어떻게 돼먹은 건지 이래도 막무가내니…… 그래 내 어저께 싸운 것이 결코 장인님이 밉다든가 해서가 아니다.

모를 붓다가 가만히 생각해 보니까 또 싱겁다. 이 벼가 자라서 점순이가 먹고 좀 큰다면 모르지만 그렇지도 못한 걸 내 심어서 뭘 하는 거냐. 해마다 앞으로 축 불거지는 장인님의 아랫배(너무 먹는 걸 모르고 냇병이라니, 그 배)를 불리기 위하여 심곤 조금도 싶지 않다.

"아이구 배야!"

난 모를 붓다 말고 배를 쓰다듬으면서 그대로 논둑으로 기어올랐다. 그리고 겨드랑에 꼈던 벼가 담긴 키를 그냥 땅바닥에 털썩 떨어치며 나도 털썩 주저앉았다. 일이 암만 바빠도 나 배 아프면 고만이니까. 아픈 사람이 누가 일을 하느냐. 파릇파릇 돋아 오른 풀 한 줌을 뜯어 들고 다리의 거머리를 쓱쓱 문대며 장인님의 얼굴을 쳐다보았다.

논 가운데서 장인님도 이상한 눈을 해가지고 한참을 날 노려보더니,

"넌 이 자식, 왜 또 이래 응?"

"배가 좀 아파서요!"

하고 풀 위에 슬며시 쓰러지니까 장인님은 약이 올랐다. 저도

논에서 철벙 철벙 둑으로 올라오더니 잡은 참 내 멱살을 움켜잡고 뺨을 치는 것이 아닌가.

"이 자식아, 일하다 말면 누굴 망해 놓을 속셈이냐, 이 대가릴 까놓을 자식?"

우리 장인님은 약이 오르면 이렇게 손버릇이 아주 못됐다. 또 사위에게 이 자식 저 자식 하는 이놈의 장인님은 어디 있느냐. 오죽해야 우리 동리에서 누굴 막론하고 그에게 욕을 안 먹은 사람은 명이 짧다 한다. 조그만 아이들까지도 그를 돌아 세워 놓고 욕필이(본이름이 봉필이니까), 욕필이 하고 손가락질을 할 만큼 두루 인심을 잃었다. 허나 인심을 정말 잃었다면 욕보다 읍내 배 참봉댁 마름으로 더 잃었다. 본디 마름이란 욕 잘하고, 사람 잘 치고, 그리고 생김 생기길 호박개 같아서 쓰는 거지만 장인님은 외양에 똑 됐다. 장인께 닭 마리나 좀 보내지 않는다든가 애벌논 때 품을 좀 안 준다든가 하면 그해 가을에는 영락없이 땅이 뚝뚝 떨어진다. 그러면 미리부터 돈도 먹고 술도 먹이고 안달재신으로 돌아치던 놈이 그 땅을 슬쩍 돌라 앉는다. 이 바람에 장인님 집 외양간에는 눈깔 커다란 황소 한 놈이 절로 엉금엉금 기어들고 동리 사람들은 그 욕을 다 먹어 가면서 그래도 굽신굽신하는 게 아닌가…… 그러나 내겐 장인님이 감히 큰소리칠 계제가 못 된다. 뒷생각은 못 하고 뺨 한 대를 딱 때려 놓고는 장인님은 무색해서 덤덤히 쓴 침만 삼킨다. 난 그 속을 퍽 잘 안다. 조금 있으면 갈도 꺾어야 하고 모도 내야하고 한창 바쁜 때인데 나 일 안 하고 우리 집으로 그냥 가면 고만이니까. 작년 이맘때도 트집을 좀 하니까 늦잠 잔다고 돌멩이를 집어 던져서 자는 놈의 발목을 삐게 해 놨다. 사나흘씩이나 건성으로 끙끙 앓았더니 종당(결국)에는 거반 울상이 되지 않았는가.
"애 그만 일어나 일 좀 해라. 그래야 올가을에 벼 잘되면 너 장가 들지 않니."
그래 귀가 번쩍 뜨여서 그날로 일어나서 남이 이틀 품 들일 논을 혼자 삶아 놓으니까 장인님도 눈깔이 커다랗게 놀랐다. 그럼 정말로 가을에 와서 혼인을 시켜 줘야 온 경우가 옳지 않겠나. 볏섬을 척척 들어 쌓아도 다른 소리는 없고 물동이를 이고 들어오는 점순이를 담배통으로 가리키며,
"이 자식아, 미처 커야지. 조걸 무슨 혼인을 한다고 그러니 원!"
하고 남 낯짝만 붉게 해 주고 고만이다. 골김에 그저 이놈의 장인님하고 댓돌에다 메 꽂고 우리 고향으로 내뺄까 하다가 꾹꾹 참고 말았다.
참말이지 난 이 꼴하고는 집으로 차마 못 간다. 장가를 들러 갔다가 오죽 못났어야 그대로 쫓겨왔느냐고 손가락질을 받을 테니까…….
논둑에서 벌떡 일어나 한풀 죽은 장인님 앞으로 다가서며,
"난 갈 테야유, 그동안 사경 쳐내슈."
"너 사위로 왔지 어디 머슴 살러 왔니?"
"그러면 얼진 성례를 해 줘야 안 하지요, 밤낮 부려만 먹고 해준다, 해준다……."
"글쎄 내가 안 하는 거냐? 그년이 안 크니까……."
하고 어름어름 담배만 담으면서 늘 하는 소리를 또 늘어놓는다.

봄봄 15

이렇게 따져 나가면 언제든지 늘 나만 밑지고 만다. 이번엔 안 된다, 하고 대뜸 구장님한테로 판단 가자고 소맷자락을 내끌었다.

"아, 이 자식이 왜 이래 어른을."

안 간다고 뻗디디구 이렇게 호령을 제 맘대로 하지만 장인님 제가 내 기운은 못 당한다. 막 부려 먹고 딸은 안 주고 게다 땅땅 치는 건 다 뭐야…….

그러나 내 사실 참 장인님이 미워서 그런 것은 아니다.

그 전날 왜 내가 새고개 맞은 봉우리 화전 밭을 혼자 갈고 있지 않았느냐. 밭 가생이로 돌 적마다 야릇한 꽃 내가 물컥물컥 코를 찌르고 머리 위에서 벌들은 가끔 붕, 붕, 소리를 친다. 바위틈에서 샘물 소리밖에 안 들리는 산골짜기니까 맑은 하늘의 봄볕은 이불속같이 따스하고 꼭 꿈꾸는 것 같다. 나는 몸이 나른하고(몸살을 아직 모르지만) 병이 나려고 그러는지 가슴이 울렁울렁하고 이랬다.

"어러이! 말이! 맘 마 마……."

이렇게 노래를 하며 소를 부리면 여느 때 같으면 어깨가 으쓱으쓱한다. 웬일인지 밭을 반도 갈지 않아서 온몸의 맥이 풀리고 대구 짜증만 난다. 공연히 소만 들입다 두들기며.

"안야! 안야! 이 망할 자식의 소(장인님의 소니까) 대리를 꺾어줄라."

그러나 내 속은 정말 안야 때문이 아니라 점심을 이고 온 점순이의 키를 보고 울화가 났던 것이다.

점순이는 뭐 그리 썩 예쁜 계집애는 못 된다. 그렇다고 또 개떡이냐 하면 그런 것도 아니고 꼭 내 아내가 돼야 할 만치 그저 툽툽하게 생긴 얼굴이다. 나보다 십 년이 아래니까 올해 열여섯인데 몸은 남보다 두 살이나 덜 자랐다. 남은 잘도 훤칠히들 크건만 이건 위아래가 뭉툭한 것이 내 눈에는 헐없이 감참외 같다. 참외 중에는 감 참외가 제일 맛 좋고 예쁘니까 말이다. 둥글고 커다란 눈은 서글서글하니 좋고 좀 지쳐 찢어졌지만 입은 밥술이나 톡톡히 먹음직하니 좋다. 아따, 밥만 많이 먹게 되면 팔자는 고만 아니냐. 헌데 한 가지 과가 있다면 가끔가다 몸이(장인님은 이걸 채신이 없이 들까분다고 하지만) 너무 빨리빨리 논다. 그래서 밥을 나르다가 때 없이 풀밭에 다 깨빡을 쳐서 흙투성이 밥을 곧잘 먹인다. 안 먹으면 무안해할까 봐서 이걸 씹고 앉았노라면 으적으적 소리만 나고 돌을 먹는 겐지 밥을 먹는 겐지······.

 그러나 이날은 웬일인지 성한 밥채루 밭머리에 곱게 내려놓았다. 그리고 또 내외를 해야 하니까 저만큼 떨어져 이쪽으로 등을 향하고 웅크리고 앉아서 그릇 나기를 기다린다. 내가 다 먹고 물러섰을 때 그릇을 챙기는데 난 깜짝 놀라지 않았느냐. 고개를 푹 숙이고 밥 함지에 그릇을 포개면서 날더러 들으라는지, 혹은 제 소린지,

 "밤낮 일만 하다 말 텐가!"
하고 혼자서 쫑알거린다. 고대 잘 내외하다가 이게 무슨 소린가 하고 난 정신이 얼떨떨했다. 그러면서도 한편 무슨 좋은 수나 없는가 싶어서 니도 공중을 대고 혼잣말로,

 "그럼 어떡해?"

하니까,

"성례시켜 달라지 뭘 어떡해……."

하고 되알지게 쏘아붙이고 얼굴이 빨개져서 산으로 그저 도망질을 친다.

나는 잠시 동안 어떻게 되는 심판인지 맥을 몰라서 그 뒷모양만 덤덤히 바라보았다.

봄이 되면 온갖 초목이 물이 오르고 싹이 트고 한다. 사람도 아마 그런가 보다 하고 며칠 내에 부쩍(속으로) 자란 듯싶은 점순이가 여간 반가운 것이 아니다.

이런 걸 멀쩡하게 안직 어리다구 하니까…….

우리가 구장님을 찾아갔을 때 그는 싸리문 밖에 있는 돼지우리에서 죽을 퍼주고 있었다. 서울엘 좀 갔다 오더니 사람은 점잖아야 한다고 웃쉼(얼른 보면 지붕 위에 앉은 제비 꼬랑지 같다)이 양쪽으로 뾰족이 뻗치고 그걸 에헴 하고 늘 쓰담는 손버릇이 있다. 우리를 멀뚱히 쳐다보고 미리 알아챘는지,

"왜 일들 허다 말구 그래?"

하더니 손을 올려서 그 애헴을 한번 후딱 했다.

"구장님! 우리 장인님과 츰에 계약하기를……."

먼저 덤비는 장인님을 뒤로 떠다밀고 내가 허둥지둥 달려들다가 가만히 생각하고,

"아니, 우리 빙장님과 츰에."

하고 첫 번부터 다시 말을 고쳤다. 장인님은 빙장님 해야 좋아하고 밖에 나와서 장인님 하면 괜스레 골을 내려고 든다. 뱀두 뱀이라야 좋으냐구 창피스러우니 남 듣는 데는 제발 빙장님, 빙

모님 하라구 일상 당조짐을 받아 오면서 난 그것도 자꾸 잊는다. 당장두 장인님, 하나 옆에서 내 발등을 꾹 밟고 곁눈질을 흘기는 바람에야 겨우 알았지만…….

구장님도 내 이야기를 자세히 듣더니 퍽 딱한 모양이었다. 하기야 구장님뿐만 아니라 누구든지 다 그럴 게다. 길게 길러둔 새끼손톱으로 코를 후벼서 저리 탁 튀기며,

"그럼 봉필 씨! 얼른 성례를 시켜 주구려, 그렇게까지 제가 하구 싶다는 걸……."

하고 내 짐작대로 말했다. 그러나 이 말에 장인님이 삿대질로 눈을 부라리고,

"아, 성례구 뭐구 계집애년이 미처 자라야 할 게 아닌가?"

하니까 고만 멀쑤룩해져서 입맛만 쩍쩍 다실 뿐이 아닌가.

"그것두 그래!"

"그래, 거진 사 년 동안에도 안 자랐더니 그 킨 은제 자라지유? 다 그만두구 사정 내슈……."

"글쎄, 이 자식아! 내가 크질 말라구 그랬니, 왜 날 보구 떼냐?"

"빙모님은 참새만 한 것이 그럼 어떻게 앨 낳지유(사실 빙모님은 점순이보다도 귓 배기가 작다)?"

장인님은 이 말을 듣고 껄걸 웃더니(그러나 암만 해두 돌 씹은 상이다) 코를 푸는 척하고 날 은근히 곯리려고 팔꿈치로 옆 갈비께를 퍽 치는 것이다. 더럽다, 나도 종아리의 파리를 쫓는 척하고 허리를 구부리며 그 궁둥이를 콱 떼밀었다. 장인님은 앞으로 우찔근하고 싸리문께로 쓰러질 듯하다 몸을 바로 고치더니

눈총을 몹시 쏘았다. 이런 상년의 자식! 하곤 싶으나 남의 앞이라서 차마 못 하고 섰는 그 꼴이 보기에 퍽 쟁그라웠다.

그러나 이밖에는 별반 신통한 귀정을 얻지 못하고 도로 논으로 돌아와서 모를 부었다. 왜냐면 장인님이 뭐라구 귓속말로 수군수군하고 간 뒤다. 구장님이 날 위해서 조용히 데리고 아래와 같이 일러 주었기 때문이다(뭉태의 말은 구장님이 장인님에게 땅 두 마지기 얻어 부치니까 그래 꾀었다고 하지만 난 그렇게 생각 않는다).

"자네 말두 하기야 옳지, 암 나이 찼으니까 아들이 급하다는 게 잘못된 말은 아니야. 허지만 농사가 한층 바쁜 때 일을 안 한다든가 집으로 달아난다든가 하면 손해죄루 그것두 징역을 가거든! (여기에 그만 정신이 번쩍 났다) 왜 요전에 삼포 말서 산에 불 좀 놓았다구 징역 간 거 못 봤나. 제 산에 불을 놓아도 징역을 가는 이땐데 남의 농사를 버려 주니 죄가 얼마나 더 중한가. 그리고 자넨 정장을(사경 받으러 정장 가겠다 했다) 간대지만 그러면 괜스레 죄를 들쓰고 들어가는 걸세. 또 결혼두 그렇지. 법률에 성년이란 게 있는데 스물하나가 돼야지 비로소 결혼을 할 수가 있는 걸세. 자넨 물론 아들이 늦을 걸 염려하지만 점순이루 말하면 인제 겨우 열여섯이 아닌가. 그렇지만 아까 빙장님의 말씀이 올 갈에는 열 일을 제치고라두 성례를 시켜 주겠다 하시니 좀 고마울 겐가. 빨리 가서 모 붓든 거나 마저 붓게. 군소리 말구 어서 가."

그래서 오늘 아침까지 끽소리 없이 왔다.

장인님과 내가 싸운 것은 지금 생각하면 전혀 뜻밖의 일이라 안 할 수 없다. 장인님으로 말하면 요즈막 작인들에게 행세를 좀 하고 싶다고 해서 '돈 있으면 양반이지 별게 있느냐!' 하고 일부러 아랫배를 쑥 내밀고 걸음도 뒤틀리게 걷고 하는 이 판이다. 이까진 나쯤 두들기다 남의 땅을 가지고 모처럼 닦아 놓았던 가문을 망친다든지 할 어른이 아니다. 또 나로 논지면 아무쪼록 잘 봬서 점순이에게 얼른 장가를 들어야 하지 않느냐.

이렇게 말하자면 결국 어젯밤 뭉태네 집에 마실 간 것이 썩 나빴다. 낮에 구장님 앞에서 장인님과 내가 싸운 것을 어떻게 알았는지 대구 빈정거리는 것이 아닌가.

"그래 맞구두 그걸 가만둬?"

"그럼 어떡하니?"

"인마, 봉필일 모판에다 거꾸루 박아 놓지 뭘 어떡해?"

하고 괜히 내 대신 화를 내 가지고 주먹질을 하다 등잔까지 쳤다. 놈이 번히 괄괄은 하지만 그래놓고 날더러 석웃값을 물라구 막 찌다우를 붓는다. 난 어안이 벙벙해서 잠자코 앉았으니까 저만 연신 지껄이는 소리가,

"밤낮 일만 해주구 있을 테냐?"

"영득이는 일 년을 살구두 장갈 들었는데 넌 사 년이나 살구두 더 살아야 해."

"네가 세 번째 사윈 줄이나 아니? 세 번째 사위."

"남의 일이라두 분하다. 이 자식아, 우물에 가 빠져 죽어."

나중에는 겨우 손톱으로 목을 따라고까지 하고 제 아들같이 함부로 훅닥이었다. 별의별 소리를 다 해서 그대로 옳길 수는 없으나 그 줄거리는 이렇다.

우리 장인님이 딸이 셋이 있는데 맏딸은 재작년 가을에 시집을 갔다. 정말은 시집을 간 것이 아니라 그 딸도 데릴사위를 해 가지고 있다가 내보냈다. 그런데 딸이 열 살 때부터 열아홉, 즉 십 년 동안에 데릴사위를 갈아 들이기를, 동리에선 사위 부자라고 이름이 났지마는 열네 놈이란 참 너무 많다. 장인님이 아들은 없고 딸만 있는 고로 그 담 딸을 데릴사위를 해 올 때까지는 부려 먹지 않으면 안 된다. 물론 머슴을 두면 좋지만 그건 돈이 드니까, 일 잘하는 놈을 고르느라고 연방 바꿔 들였다. 또 한편 놈들이 욕만 줄창 퍼붓고 심히도 부려 먹으니까 밸이 상해서 달아나기도 했겠지. 점순이는 둘째 딸인데 내가 일테면 그 세 번째 데릴사위로 들어온 셈이다. 내 담으로 네 번째 놈이 들어올 것을, 내가 일도 참 잘하고 그리고 사람이 좀 어수룩하니까 장인님이 잔뜩 붙들고 놓질 않는다. 셋째 딸이 인제 여섯 살, 적어두 열 살은 돼야 데릴사위를 할 테므로 그동안은 죽도록 부려 먹어야 된다. 그러니 인제는 속 좀 차리고 장가를 들여 달라구 떼를 쓰고 나자빠져라, 이것이다.
　나는 건성으로 엉, 엉, 하며 귓등으로 들었다. 뭉태는 땅을 얻어 부치다가 떨어진 뒤로는 장인님만 보면 공연히 못 먹어서 으릉거린다. 그것도 장인님이 저 달라고 할 적에 제집에서 위한다는 그 감투(예전에 원님이 쓰던 것이라나, 옆구리에 뽕뽕 좀 먹은 걸레)를 선뜻 주었더라면 그럴 리도 없었던걸······.
　그러나 나는 뭉태란 놈의 말을 전수히 곧이듣지 않았다. 꼭 곧이들었다면 간밤에 와서 장인님과 싸웠지 무사히 있었을 리가 없지 않은가. 그러면 딸에게까지 인심을 잃은 장인님이 혼자 나빴다.

 실토이지 나는 점순이가 아침상을 가지고 나올 때까지는 오늘은 또 얼마나 밥을 담았나 하고 이것만 생각했다. 상에는 된장찌개하고 간장 한 종지, 조밥 한 그릇, 그리고 밥보다 더 수부룩하게 담은 산나물이 한 대접, 이렇다. 나물은 점순이가 틈틈이 해오니까 두 대접이고 네 대접이고 멋대로 먹어도 좋으나 밥은 장인님이 한 사발 외엔 더 주지 말라고 해서 안 된다. 그런데 점순이가 그 상을 내 앞에 내려놓으며 제 말로 지껄이는 소리가,

"구장님한테 갔다 그냥 온담 그래!"

하고 엊그제 산에서와 같이 되우 쫑알거린다. 딴은 내가 더 단단히 덤비지 않고 만 것이 좀 어리석었다. 속으로 그랬다. 나도 저쪽 벽을 향하여 외면하면서 내 말로,

"안 된다는 걸 그럼 어떡헌담!"

하니까,

"쇰을 잡아채지 그냥 둬, 이 바보야!"

하고 또 얼굴이 빨개지면서 성을 내며 안으로 샐쭉하니 튀어 들어가지 않느냐. 이때 아무도 본 사람이 없었게 망정이지 보았다면 내 얼굴이 어미 잃은 황새 새끼처럼 가엽다 했을 것이다.

 사실 이때만큼 슬펐던 일이 또 있었는지 모른다. 다른 사람은 암만 못생겼다 해두 괜찮지만 내 안해 될 점순이가 병신으로 본다면 참 신세는 따분하다. 밥을 먹은 뒤 지게를 지고 일터로 가려고 하다 도로 벗어던지고 바깥마당 공석 위에 드러누워서 나는 차라리 죽느니만 같지 못하다 생각했다.

 내가 일 안 하면 장인님 저는 나이가 먹어 못 하고 결국 농사

못 짓고 만다. 뒷짐으로 트림을 꿀꺽, 하고 대문 밖으로 나오다 날 보고서,

"이 자식아, 왜 또 이러니."

"관격이 났어유. 아이구, 배야!"

"기껀 밥 처먹고 나서 무슨 관격이야. 남의 농사 버려 주면 이 자식아 징역 간다 봐라!"

"가두 좋아유. 아이구, 배야!"

참말 난 일 안 해서 징역 가도 좋다 생각했다. 일후 아들을 낳아도 그 앞에서 바보, 바보, 이렇게 별명을 들을 테니까 오늘은 열 쪽이 난대도 결정을 내고 싶었다.

장인님이 일어나라고 해도 내가 안 일어나니까 눈에 독이 올라서 저편으로 힝하게 가더니 지게막대기를 들고 왔다. 그리고 그걸로 내 허리를 마치 돌 떠넘기듯이 쿡 찍어서 넘기고, 넘기고 했다. 밥을 잔뜩 먹어 딱딱한 배가 그럴 적마다 퉁겨지면서 밸창이 꼿꼿한 것이 여간 켕기지 않았다. 그래도 안 일어나니까 이번에는 배를 지게막대기로 위에서 쿡쿡 찌르고 발길로 옆구리를 차고 했다. 장인님은 원체 심청이 궂어서 그렇지만 나도 저만 못하지 않게 배를 채었다. 아픈 것을 눈을 꽉 감고 넌 해라 난 재밌단 듯이 있었으나 볼기짝을 후려갈길 적에는 나도 모르는 결에 벌떡 일어나서 그 수염을 잡아챘다마는 내 골이 난 것이 아니라 정말은 아까부터 벽 뒤 울타리 구멍으로 점순이가 우리들의 꼴을 몰래 엿보고 있었기 때문이다. 가뜩이나 말 한마디 똑똑히 못 한다고 바라보는데 매까지 잠자코 맞는 걸 보면 짜장 바보로 알 게 아닌가. 또 점순이도 미워하는 이까짓 놈의 장

인님하곤 아무것도 안 되니까 막 때려도 좋지만 사정 보아서 수염만 채고(제 원대로 했으니까 이때 점순이는 퍽 기뻤겠지) 저기까지 잘 들리도록,

"이걸 까셀라 부다!"
하고 소리를 쳤다.

장인님은 더 약이 바짝 올라서 잡은 참 지게막대기로 내 어깨를 그냥 내려 갈겼다. 정신이 다 아찔하다. 다시 고개를 들었을 때 그때엔 나도 온몸에 약이 올랐다. 이 녀석의 장인님을 하고 눈에서 불이 퍽 나서 그 아래 밭 있는 넝알로 그대로 떠밀어 굴려버렸다. 조금 있다가 장인님이 씩, 씩, 하고 한번 해 보려고 기어오르는 걸 얼른 또 떠밀어 굴려버렸다. 기어오르면 굴리고, 굴리면 기어오르고, 이러길 한 너덧 번을 하며 그럴 적마다,

"부려만 먹구 왜 성례 안 하지유!"

나는 이렇게 호령했다. 하지만 장인님이 선뜻 오냐 낼이라두 성례시켜 주마 했으면 나도 성가신 걸 그만두었을지 모른다. 나야 이러면 때린 건 아니니까 나중에 장인 쳤다는 누명도 안 들을 터이고 얼마든지 해도 좋다.

한번은 장인님이 헐떡헐떡 기어서 올라오더니 내 바짓가랭이를 요렇게 노리고서 단박 움켜잡고 매달렸다. 악, 소리를 치고 나는 그만 세상이 다 팽그르 도는 것이,

"빙장님! 빙장님! 빙장님!"
"이 자식! 잡아먹어라, 잡아먹어!"
"아! 아! 할아버지! 살려줍쇼, 할아버지!"
하고 두 팔을 허둥지둥 내절 적에는 이마에 진땀이 쭉 내솟고

인젠 참으로 죽나 보다 했다. 그래도 장인님은 놓질 않더니 내가 기어이 땅바닥에 쓰러져서 거진 까무러치게 되니까 놓는다. 더럽다, 더럽다. 이게 장인님인가? 나는 한참을 못 일어나고 쩔쩔맸다. 그러나 얼굴을 드니(눈엔 참 아무것도 보이지 않았다) 사지가 부르르 떨리면서 나도 엉금엉금 기어가 장인님의 바짓가랑이를 꽉 움키고 잡아나꿨다.

내가 머리가 터지도록 매를 얻어맞은 것도 이 때문이다. 그러나 여기가 또한 우리 장인님이 유달리 착한 곳이다. 여느 사람이면 사경을 주어서라도 당장 내쫓았지 터진 머리를 불솜으로 손수 지져 주고, 호주머니에 희연 한 봉을 넣어 주시고 그리고,

"올 갈엔 꼭 성례를 시켜 주마. 암말 말구 가서 뒷골의 콩밭이나 얼른 갈아라."

하고 등을 뚜덕여 줄 사람이 누구냐.

나는 장인님이 너무나 고마워서 어느덧 눈물까지 났다. 점순이를 남기고 인젠 내쫓기려니 하다 뜻밖의 말을 듣고,

"빙장님! 인제 다시는 안 그러겠어유!"

이렇게 맹세를 하며 부랴부랴 지게를 지고 일터로 갔다.

그러나 이때는 그걸 모르고 장인님을 원수로만 여겨서 잔뜩 잡아당겼다.

"아! 아! 이놈아! 놔라, 놔."

장인님은 헛손질을 하며 솔개미에 챈 닭의 소리를 연해 질렀다. 놓긴 왜, 이왕이면 호되게 혼을 내주리라 생각하고 짓궂게 더 댕겼다마는 장인님이 땅에 쓰러져서 눈에 눈물이 피잉 도는 것을 알고 좀 겁도 났다.

"할아버지! 놔라, 놔, 놔, 놔놔."

그래도 안 되니까,

"애, 점순아! 점순아!"

이 악장에 안에 있던 장모님과 점순이가 헐레벌떡하고 단숨에 뛰어나왔다.

나의 생각에 장모님은 제 남편이니까 역성을 할는지도 모른다. 그러나 점순이는 내 편을 들어서 속으로 고소해서 하겠지 ─ 대체 이게 웬 속인지(지금까지도 난 영문을 모른다) 아버질 혼내 주기는 제가 내래 놓고 이제 와서는 달려들며,

"에구머니! 이 망할 게 아버지 죽이네!"

하고 귀를 뒤로 잡아당기며 마냥 우는 것이 아니냐. 그만 여기에 기운이 탁 꺾이어 나는 얼빠진 등신이 되고 말았다. 장모님도 덤벼들어 한쪽 귀마저 뒤로 잡아채면서 또 우는 것이다.

이렇게 꼼짝도 못 하게 해놓고 장인님은 지게막대기를 들어서 사뭇 내려조졌다. 그러나 나는 구태여 피하지도 않고 암만해도 그 속 알 수 없는 점순이의 얼굴만 멀거니 들여다보았다.

"이 자식! 장인 입에서 할아버지 소리가 나오도록 해?"

출전:조광12(1935.12)

동백꽃

 오늘도 또 우리 수탉이 막 쫓기었다. 내가 점심을 먹고 나무를 하러 갈 양으로 나올 때이었다. 산으로 올라서려니까 등 뒤에서 푸드덕푸드덕하고 닭의 횃소리가 야단이다. 깜짝 놀라서 고개를 돌려보니 아니나 다르랴 두 놈이 또 얼리었다.
 점순네 수탉(은 대강이가 크고 똑 오소리같이 실팍하게 생긴 놈)이 덩저리 작은 우리 수탉을 함부로 해내는 것이다. 그것도 그냥 해내는 것이 아니라 푸드덕하고 면두를 쪼고 물러섰다가 좀 사이를 두고 또 푸드덕하고 모가지를 쪼았다. 이렇게 멋을 부려 가며 여지없이 닭아 놓는다. 그러면 이 못생긴 것은 쪼일 적마다 주둥이로 땅을 받으며 그 비명이 킥, 킥, 할 뿐이다. 물론 미처 아물지도 않은 면두를 또 쪼이며 붉은 선혈은 뚝뚝 떨어진다.
 이걸 가만히 내려다보자니 내 대강이가 터져서 피가 흐르는 것같이 두 눈에서 불이 번쩍 난다. 대뜸 지게막대기를 메고 달려들어 점순네 닭을 후려칠까 하다가 생각을 고쳐먹고 헛매질로 떼어만 놓았다.

이번에도 점순이가 쌈을 붙여 놨을 것이다. 바짝바짝 내 기를 올리느라고 그랬음에 틀림없을 것이다.

고놈의 계집애가 요새로 들어서서 왜 나를 못 먹겠다고 그렇게 아르렁거리는지 모른다.

나흘 전 감자 조각만 하더라도 나는 저에게 조금도 잘못한 것이 없다.

계집애가 나물을 캐러 가면 갔지 남 울타리 엮는 데 쌩이질을 하는 것은 다 뭐냐. 그것도 발소리를 죽여 가지고 등 뒤로 살며시 와서,

"얘! 너 혼자만 일하니?"

하고 긴치 않은 수작을 하는 것이다.

어제까지도 저와 나는 이야기도 잘 않고 서로 만나도 본체 만 척하고 이렇게 점잖게 지내던 터이련만 오늘로 갑작스레 대견해졌음은 웬일인가. 황차 망아지만 한 계집애가 남 일하는 놈 보구,

"그럼 혼자 하지 떼루 하디?"

내가 이렇게 내배앝는 소리를 하니까,

"너, 일하기 좋니?"

또는,

"한여름이나 되거든 하지 벌써 울타리를 하니?"

잔소리를 두루 늘어놓다가 남이 들을까 봐 손으로 입을 틀어막고는 그 속에서 깔깔댄다.

별로 우스울 것도 없는데 날씨가 풀리더니 이놈의 계집애가 미쳤나 하고 의심하였다. 게다가 조금 뒤에는 제 집께를 할금할

금 돌아보더니 행주치마의 속으로 꼈던 바른손을 뽑아서 나의 턱 밑으로 불쑥 내미는 것이다. 언제 구웠는지 더운 김이 홱 끼치는 굵은 감자 세 개가 손에 뿌듯이 쥐였다.

"느 집엔 이거 없지?"

하고 생색 있는 큰소리를 하고는 제가 준 것을 남이 알면은 큰일 날 테니 여기서 얼른 먹어 버리란다. 그리고 또 하는 소리가,

"너 봄 감자가 맛있단다."

"난 감자 안 먹는다, 너나 먹어라."

나는 고개도 돌리지 않고 일하던 손으로 그 감자를 도로 어깨 너머로 쑥 밀어버렸다.

그랬더니 그래도 가는 기색이 없고 뿐만 아니라 쌔근쌔근하고 심상치 않게 숨소리가 점점 거칠어진다. 이건 또 뭐야 싶어서 그때에야 비로소 돌아다보니 나는 참으로 놀랐다. 우리가 이 동네에 들어온 것은 근 삼 년째 되어 오지만 여태까지 가무잡잡한 점순이의 얼굴이 이렇게까지 홍당무처럼 새빨개진 법이 없었다. 게다 눈에 독을 올리고 한참 나를 요렇게 쏘아보더니 나중에는 눈물까지 어리는 것이 아니냐. 그리고 바구니를 다시 집어 들더니 이를 꼭 악물고는 엎어질 듯 자빠질 듯 논둑으로 횡하게 달아나는 것이다.

어쩌다 동리 어른이,

"너 얼른 시집가야지?"

하고 웃으면,

"염려 마서유. 갈 때 되면 어련히 갈라구!"

이렇게 천연덕스럽게 받는 점순이었다. 본시 부끄럼을 타는

계집애도 아니거니와 또한 분하다고 눈에 눈물을 보일 얼병이도 아니다. 분하면 차라리 나의 등어리를 바구니로 한번 모질게 후려쌔리고 달아날지언정.

그런데 고약한 그 꼴을 하고 가더니 그 뒤로는 나를 보면 잡아먹으려고 기를 복복 쓰는 것이다.

설혹 주는 감자를 안 받아먹은 것이 실례라 하면, 주면 그냥 주었지 '느 집엔 이거 없지'는 다 뭐냐. 그렇잖아도 저희는 마름이고 우리는 그 손에서 배재를 얻어 땅을 부치므로 일상 굽실거린다. 우리가 이 마을에 처음 들어와 집이 없어서 곤란으로 지낼 제 집터를 빌리고 그 위에 집을 또 짓도록 마련해 준 것도 점순네의 호의였다. 그리고 우리 어머니 아버지도 농사 때 양식이 딸리면 점순네한테 가서 부지런히 꾸어다 먹으면서 인품 그런 집은 다시 없으리라고 침이 마르도록 칭찬하곤 하는 것이다. 그러면서도 열일곱씩이나 된 것들이 수군수군하고 붙어 다니면 동리의 소문이 사납다고 주의를 시켜 준 것도 또 어머니였다. 왜냐하면 내가 점순이하고 일을 저질렀다가는 점순네가 노할 것이고, 그러면 우리는 땅도 떨어지고 집도 내쫓기고 하지 않으면 안되는 까닭이었다.

그런데 이놈의 계집애가 까닭 없이 기를 복복 쓰며 나를 말려 죽이려고 드는 것이다.

눈물을 흘리고 간 담날 저녁나절이었다. 나무를 한 짐 잔뜩 지고 산을 내려오려니까 어디서 닭이 죽는소리를 친다. 이거 뉘 집에서 닭을 잡나 하고 점순네 울 뒤로 돌아오다가 나는 고만 두 눈이 똥그랬다. 점순이가 제집 봉당에 홀로 걸터앉았는데 이

게 치마 앞에다 우리 씨암탉을 꼭 붙들어 놓고는,

"이놈의 닭! 죽어라, 죽어라."

요렇게 암팡스레 패 주는 것이 아닌가. 그것도 대가리나 치면 모른다마는 아주 알도 못 낳으라고 그 볼기짝께를 주먹으로 콕콕 쥐어박는 것이다.

나는 눈에 쌍심지가 오르고 사지가 부르르 떨렸으나 사방을 한번 휘둘러보고야 그제서야 점순이 집에 아무도 없음을 알았다. 잡은 참 지게막대기를 들어 울타리의 중턱을 후려치며,

"이놈의 계집애! 남의 닭 알 못 낳으라구 그러니?"

하고 소리를 뻑 질렀다.

그러나 점순이는 조금도 놀라는 기색이 없고 그대로 의젓이 앉아서 제 닭 가지고 하듯이 또 죽어라, 죽어라, 하고 패는 것이다. 이걸 보면 내가 산에서 내려올 때를 겨냥해 가지고 미리부터 닭을 잡아 가지고 있다가 네 보란 듯이 내 앞에서 줴지르고 있음이 확실하다.

그러나 나는 그렇다고 남의 집에 뛰어 들어가 계집애하고 싸울 수도 없는 노릇이고 형편이 썩 불리함을 알았다. 그래 닭이 맞을 적마다 지게막대기로 울타리를 후려칠 수밖에 별도리가 없다. 왜냐하면 울타리를 치면 칠수록 울 섶이 물러앉으며 뼈대만 남기 때문이다. 허나 아무리 생각하여도 나만 밑지는 노릇이다.

"아, 이년아! 남의 닭 아주 죽일 터이냐?"

내가 도끼눈을 뜨고 다시 꽥 호령을 하니까 그제야 울타리께로 쪼르르 오더니 울 밖에 섰는 나의 머리를 겨누고 닭을 내팽

개친다.

"에이 더럽다! 더럽다!"

"더러운 걸 널더러 입때 끼고 있으랬니? 망할 계집애 년 같으니!"

하고 나도 더럽단 듯이 울타리께를 횡허케 돌아내리며 약이 오를 대로 다 올랐다라고 하는 것은 암탉이 풍기는 서슬에 나의 이마빼기에다 물찌똥을 찍 깔겼는데 그걸 본다면 알집만 터졌을 뿐 아니라 골병은 단단히 든 듯싶다.

그리고 나의 등 뒤를 향하여 들릴 듯 말 듯 한 음성으로,

"이 바보 녀석아!"

"얘! 너 배냇병신이지?"

그만도 좋으련만,

"얘! 너 느 아버지가 고자라지?"

"뭐? 울 아버지가 그래 고자야?"

할 양으로 열벙거지가 나서 고개를 홱 돌리어 바라봤더니 그때까지 울타리 위로 나와 있어야 할 점순이의 대가리가 어디 갔는지 보이지를 않는다. 그러다 돌아서서 오자면 아까에 한 욕을 울 밖으로 또 퍼붓는 것이다. 욕을 이토록 먹어 가면서도 대거리 한마디 못 하는 걸 생각하니 돌부리에 채어 발톱 밑이 터지는 것도 모를 만치 분하고 급기야는 두 눈에 눈물까지 불끈 내솟는다.

그러나 점순이의 침해는 이것뿐이 아니다.

사람들이 없으면 틈틈이 제 집 수탉을 몰고 와서 우리 수탉과 쌈을 붙여 놓는다. 제 집 수탉은 썩 험상궂게 생기고 쌈이라면

홰를 치는 고로 으레 이길 것을 알기 때문이다. 그래서 툭하면 우리 수탉이 면두며 눈깔이 피로 흐드르하게 되도록 해 놓는다. 어떤 때에는 우리 수탉이 나오지를 않으니까 요놈의 계집애가 모이를 쥐고 와서 꾀어내다가 쌈을 붙인다.

이렇게 되면 나도 다른 배차를 차리지 않을 수 없었다. 하루는 우리 수탉을 붙들어 가지고 넌지시 장독께로 갔다. 쌈닭에게 고추장을 먹이면 병든 황소가 살모사를 먹고 용을 쓰는 것처럼 기운이 뻗친다 한다. 장독에서 고추장 한 접시를 떠서 닭 주둥아리께로 들여 밀고 먹여 보았다. 닭도 고추장에 맛을 들였는지 거스르지 않고 거진 반 접시 턱이나 곧잘 먹는다.

그리고 먹고 금시는 용을 못 쓸 터이므로 얼마쯤 기운이 들도록 횃속에다 가두어 두었다.

밭에 두엄을 두어 짐 져내고 나서 쉴 참에 그 닭을 안고 밖으로 나왔다. 마침 밖에는 아무도 없고 점순이만 저희 울안에서 헌 옷을 뜯는지 혹은 솜을 터는지 웅크리고 앉아서 일을 할 뿐이다.

나는 점순네 수탉이 노는 밭으로 가서 닭을 내려놓고 가만히 맥을 보았다. 두 닭은 여전히 얼리어 쌈을 하는데 처음에는 아무 보람이 없었다. 멋지게 쪼는 바람에 우리 닭은 또 피를 흘리고 그러면서도 날갯죽지만 푸드득푸드득하고 올라 뛰고 할 뿐으로 제법 한번 쪼아 보도 못한다.

그러나 한번엔 어쩐 일인지 용을 쓰고 펄쩍 뛰더니 발톱으로 눈을 하비고 내려오며 면두를 쪼았다. 큰 닭도 여기에는 놀랐는지 뒤로 멈씰하며 물러난다. 이 기회를 타서 작은 우리 수탉이 또 날쌔게 덤벼들어 다시 면두를 쪼니 그제는 감때사나운 그 대 강이에서도 피가 흐르지 않을 수 없었다.

옳다, 알았다. 고추장만 먹이면은 되는구나 하고 나는 속으로 아주 쟁그러워 죽겠다. 그때에는 뜻밖에 내가 닭쌈을 붙여 놓는 데 놀라서 울 밖으로 내다보고 섰던 점순이도 입맛이 쓴지 눈살을 찌푸렸다.

나는 두 손으로 볼기짝을 두드리며 연방,

"잘한다! 잘한다!"

하고 신이 머리끝까지 뻗치었다.

그러나 얼마 되지 않아서 나는 넋이 풀리어 기둥같이 묵묵히 서 있게 되었다. 왜냐하면 큰 닭이 한번 쪼인 앙갚음으로 호들갑스레 연거푸 쪼는 서슬에 우리 수탉은 찔끔 못하고 막 곯는다. 이걸 보고서 이번에는 점순이가 깔깔거리고 되도록 이쪽에서 많이 들으라고 웃는 것이다.

나는 보다 못하여 덤벼들어서 우리 수탉을 붙들어 가지고 도로 집으로 들어왔다. 고추장을 좀 더 먹였더라면 좋았을 걸 너무 급하게 쌈을 붙인 것이 퍽 후회가 난다. 장독께로 돌아와서 다시 턱 밑에 고추장을 들이댔다. 흥분으로 말미암아 그런지 당최 먹질 않는다.

나는 하릴없이 닭을 반듯이 눕히고 그 입에다 궐련 물부리를 물리었다. 그리고 고추장 물을 타서 그 구멍으로 조금씩 들여 부었다. 닭은 좀 괴로운지 킥킥하고 재채기를 하는 모양이나, 그러나 당장의 괴로움은 매일 같이 피를 흘리는 데 댈 게 아니라 생각하였다.

그러나 한 두어 종지 가량 고추장 물을 먹이고 나서는 나는 고만 풀이 죽었다. 싱싱하던 닭이 왜 그런지 고개를 살며시 뒤틀고는 손아귀에서 뻐드러지는 것이 아닌가. 아버지가 볼까 봐서 얼른 홰에다 감추어 두었더니 오늘 아침에서야 겨우 정신이 든 모양 같다.

그랬던 걸 이렇게 오다 보니까 또 쌈을 붙여 놓으니 이 망할 계집애가 필연 우리 집에 아무도 없는 틈을 타서 제가 들어와 홰에서 꺼내 가지고 나간 것이 분명하다.

나는 다시 닭을 잡아다 가두고 염려는 스러우나 그렇다고 산으로 나무를 하러 가지 않을 수도 없는 형편이었다.

소나무 삭정이를 따며 가만히 생각해 보니 암만해도 고년의 목쟁이를 돌려놓고 싶다. 이번에 내려가면 망할 년 등줄기를 한 번 되게 후려치겠다 하고 싱둥겅둥 나무를 지고는 부리나케 내려왔다.

거지반 집에 다 내려와서 나는 호드기 소리를 듣고 발이 딱 멈추었다. 산기슭에 널려 있는 굵은 바윗돌 틈에 노란 동백꽃이 소보록하니 깔리었다. 그 틈에 끼어 앉아서 점순이가 청승맞게 시리 호드기를 불고 있는 것이다. 그보다도 더 놀란 것은 고 앞에서 또 푸드득푸드득하고 들리는 닭의 횃소리다. 필연코 요년이 나의 약을 올리느라고 또 닭을 집어내다가 내가 내려올 길목에다 쌈을 시켜 놓고 저는 그 앞에 앉아서 천연스레 호드기를 불고 있음에 틀림없으리라.

나는 약이 오를 대로 다 올라서 두 눈에서 불과 함께 눈물이 퍽 쏟아졌다. 나무지게도 벗어 놀새 없이 그대로 내동댕이치고는 지게막대기를 뻗치고 허둥허둥 달려들었다.

 가까이 와 보니 과연 나의 짐작대로 우리 수탉이 피를 흘리고 거의 빈사지경에 이르렀다. 닭도 닭이려니와 그러함에도 불구하고 눈 하나 깜짝 없이 고대로 앉아서 호드기만 부는 그 꼴에 더욱 치가 떨린다. 동리에서도 소문이 났거니와 나도 한때는 걱실걱실히 일 잘하고 얼굴 예쁜 계집애인 줄 알았더니 시방 보니까 그 눈깔이 꼭 여우 새끼 같다.

 나는 대뜸 달려들어서 나도 모르는 사이에 큰 수탉을 단매로 때려 엎었다. 닭은 푹 엎어진 채 다리 하나 꼼짝 못 하고 그대로 죽어 버렸다. 그리고 나는 멍하니 섰다가 점순이가 매섭게 눈을 홉뜨고 닥치는 바람에 뒤로 벌렁 나자빠졌다.

"이놈아! 너 왜 남의 닭을 때려죽이니?"

"그럼 어때?"

하고 일어나다가,

"뭐 이 자식아! 누 집 닭인데?"

하고 복장을 떼미는 바람에 다시 벌렁 자빠졌다. 그러고 나서 가만히 생각을 하니 분하기도 하고 무안도스럽고, 또 한편 일을 저질렀으니 인젠 땅이 떨어지고 집도 내쫓기고 해야 되는지 모른다.

 나는 비슬비슬 일어나며 소맷자락으로 눈을 가리고는 얼김에 '엉'하고 울음을 놓았다. 그러나 점순이가 앞으로 다가와서,

"그럼 너 이담부터 안 그럴 테냐?"

하고 물을 때에야 비로소 살길을 찾은 듯싶었다. 나는 눈물을 우선 씻고 뭘 안 그러는지 명색도 모르건만,

"그래!"

하고 무턱대고 대답하였다.

"요담부터 또 그래 봐라, 내 자꾸 못살게 굴 테니."

"그래, 그래, 이젠 안 그럴 테야!"

"닭 죽은 건 염려 마라, 내 안 이를 테니."

그리고 뭣에 떠다밀렸는지 나의 어깨를 짚은 채 그대로 퍽 쓰러진다. 그 바람에 나의 몸뚱이도 겹쳐서 쓰러지며 한창 피어 퍼드러진 노란 동백꽃 속으로 폭 파묻혀 버렸다.

알싸한 그리고 향긋한 그 냄새에 나는 땅이 꺼지는 듯이 온 정신이 고만 아찔하였다.

"너 말 마라."

"그래!"

조금 있더니 요 아래서,

"점순아! 점순아! 이년이 바느질을 하다 말구 어딜 갔어?"

하고 어딜 갔다 온 듯싶은 그 어머니가 역정이 대단히 났다.

점순이가 겁을 잔뜩 집어먹고 꽃 밑을 살금살금 기어서 산 알로 내려간 다음 나는 바위를 끼고 엉금엉금 기어서 산 위로 치빼지 않을 수 없었다.

출전:조광7(1936.5)

만무방

 산골에, 가을은 무르녹았다.
 아름드리 노송은 빽빽이 늘어 박혔다. 무거운 송낙을 머리에 쓰고 건들건들. 새새이 끼인 도토리, 벚, 돌배, 갈잎들은 울긋불긋. 잔디를 적시며 맑은 샘이 쫄쫄거린다. 산토끼 두 놈은 한가로이 마주 앉아 그 물을 할짝거리고. 이따금 정신이 나는 듯 가랑잎은 부스스하고 떨린다. 산산한 산들바람. 귀여운 들국화는 그 품에 새뜩새뜩 넘논다. 흙내와 함께 향긋한 땅김이 코를 찌른다. 요놈은 싸리버섯, 요놈은 잎 썩은 내, 또 요놈은 송이──아니, 아니, 가시넝쿨 속에 숨은 박하풀 냄새로군.
 응칠이는 뒷짐을 딱 지고 어정어정 노닌다. 유유히 다리를 옮겨 놓으며 이 나무 저 나무 사이로 호아든다. 코는 공중에서 벌렸다 오므렸다 연신 이러며 훅, 훅, 구붓한 한 송목 밑에 이르자 그는 발을 멈춘다. 이번에는 지면에 코를 얕이 갖다 대이고 한바퀴 비잉, 나물 끼고 돌았다.
 '이하, 요놈이로군!'
 썩은 솔잎에 덮이어 흙이 봉곳이 돋아 올랐다.

그는 손가락을 꾸짖으며 정성스레 살살 헤쳐 본다. 과연 귀여운 송이. 망할 녀석, 조금만 더 나오지. 그걸 뚝 따 들곤 뒷짐을 지고 다시 어실렁어실렁. 가끔 선하품은 터진다. 그럴 적마다 두 팔을 떡 벌리곤 먼 하늘을 바라보고 늘어지게도 기지개를 늘인다.

때는 한창 바쁠 추수 때이다. 농군치고 송이파적 나올 놈은 생겨나도 않았으리라. 하나 그는 꼭 해야만 할 일이 없었다, 싶으면 하고 말면 말고 그저 그뿐. 그러함에는 먹을 것이 더럭 있느냐면 있기는커녕 부쳐 먹을 농토조차 없는, 계집도 없고 집도 없고 자식 없고. 방은 있대야 남의 곁방이요 잠은 새우잠이요. 하지만 오늘 아침만 해도 한 친구가 찾아와서 벼를 털 텐데 일 좀 와 해달라는 걸 마다하였다. 몇 푼 바람에 그까짓 걸 누가 하느냐. 보다는 송이가 좋았다. 왜냐면 이 땅 삼천 리 강산에 늘여 놓인 곡식이 말짱 뉘 것이람. 먼저 먹는 놈이 임자 아니냐. 먹다 걸릴 만치 그토록 양식을 쌓아 두고 일이 다 무슨 난장맞을 일이람. 걸리지 않도록 먹을 궁리나 할 게지. 하기는 그도 한 세 번이나 걸려서 구메밥으로 사관을 틀었다. 마는 결국 제 밥상 위에 올라앉은 제 몫도 자칫하면 먹다 걸리긴 매일반.

올라갈수록 덤불은 욱었다. 머루며 다래, 칡, 게다 이름 모를 잡초. 이것들이 위아래로 이리저리 서리어 좀체 길을 내지 않는다. 그는 잔디 길로만 돌았다. 넓적다리가 벌쭉이는 찢어진 고의 자락을 아끼며 조심조심 사려 딛는다. 손에는 칡으로 엮어 든 일곱 개 송이. 늙은 소나무마다 가선 두리번거린다. 사냥개 모양으로 코로 쿡, 쿡, 내를 한다. 이것도 송이 같고 저것도 송이 같고. 어떤 게 알짜 송이인지 분간을 모른다. 토끼 똥이 소보록한 데 갈잎이 한 잎 뚝 떨어졌다. 그 잎을 살며시 들어 보니 송이 대구리가 불쑥 올라왔다. 되우 큰 송이인 듯. 그는 반색하여 그 앞에 무릎을 털썩 꿇었다. 그리고 그 위에 두 손을 내들며 열 손가락을 다 펴들었다. 가만가만히 살살 흙을 헤쳐 본다. 주먹만 한 송이가 나타난다. 애 이놈 크구나. 손바닥 위에 따 올려놓고 한참 들여다보며 싱글벙글한다. 오중중한 구석으로 바위는 벽같이 깎아 질렸다. 그 중턱을 얽어 나간 칡잎에서는 물이 쪼록쪼록 흘러내린다. 인삼이 썩어 내리는 약수라 한다. 그는 돌 위에 걸터앉으며 또 한 번 하품을 하였다. 간밤 쓸데없는 노름에 밤을 팬 것이 몹시 나른하였다. 다사로운 햇발이 숲을 새여든다. 다람쥐가 솔방울을 떨어치며, 어여쁜 할미새는 앞에서 알씬거리고. 동리에서는 타작을 하노라고 와글거린다. 흥겨워 외치는 목성, 그걸 엎누르고 공중에 웅, 웅 진동하는 벼 터는 기계 소리. 맞은쪽 산속에서 어린 목동들의 노래는 처량히 울려온다. 산속에 묻힌 마을의 전경을 멀리 바라보다가 그는 눈을 찌긋하며 다시 한번 하품을 뽑는다. 이 웬 놈의 하품일까. 생각해 보니 어제저녁부터 여태껏 창자가 곯렸던 것이다. 불현듯 송이 꾸러미에서 그중 크고 먹음직한 놈을 하나 뽑아 들었다.

응칠이는 그 송이를 물에 써억써억 부벼서는 떡 벌어진 대구리부터 걸쌍스레 덥석 물어떼었다. 그리고 넓죽한 입이 움질움질 씹는다. 혀가 녹을 듯이 만질만질하고 향기로운 그 맛. 이렇게 훌륭한 놈을 입맛만 다시고 못 먹다니. 문득 옛 추억이 혀끝에 뱅뱅 돈다. 이놈을 맛보는 것도 참 근자의 일이다. 감불생심이지 어디 냄새나 똑똑히 맡아 보리. 산속으로 쏘다니다 백판 못 따기도 하려니와 더러 딴다는 놈은 행여 상할까 봐 손도 못 대게하고 집에 내려다 모고 모고 하는 것이다. 그러나 요행히 한 꾸러미 차면 금시로 장에 가져다 판다. 이틀 사흘씩 공 때린 거로되 잘하면 사십 전 못 받으면 이십오 전. 저녁거리를 기다리는 아내를 생각하며 좁쌀 서너 되를 손에 사 들고 어두운 고개를 터덜터덜 올라오는 건 좋으나 이 신세를 뭣에 쓰나 하고 보면 을프냥궂기(을씨년스럽기)가 짝이 없겠고——이까짓 걸 못 먹어 그래 홧김에 또 한 놈을 뽑아 들고 이번엔 물에 흙도 씻을 새 없이 그대로 텁석거린다. 그러나 다른 놈들도 별수 없으렷다. 이 산골이 송이의 본고향이로되 아마 일 년에 한 개조차 먹는 놈이 드므리라.

'흠, 썩어진 두상들!'

그는 폭넓은 얼굴을 이그리며 남이나 들으란 듯이 이렇게 비웃는다. 썩었다 함은 데생겼다 모멸하는 그의 언투이었다. 먹다 나머지 송이 꽁댕이를 바로 자랑스러이 입에다 치트리곤 트림을 섞어 가며 우물거린다.

송이 두 개가 들어가니 인제는 더 먹을 재미가 없다. 뭔가 좀 든든한 걸 먹었으면 좋겠는데. 떡, 국수, 말고기, 개고기, 돼지고기, 그렇지 않으면 쇠고기냐. 아따 궁한 판이니 아무거나 있으면 속중으로 여러 가질 먹으며 시름없이 앉았다. 그는 눈꼴이 슬그머니 돌아간다. 웬 놈의 닭인지 암탉 한 마리가 조 아래 무덤 앞에서 뺑뺑 맨다. 골골거리며 감도는 걸 보매 아마 알자리를 보는 맥이라. 그는 돌에서 궁둥이를 들었다. 낮은 하늘로 외

면하여 못 본 척하고 닭을 향하여 저쪽으로 널찍이 돌아내린다. 그러나 무덤까지 왔을 때 몸을 돌리며,

"후, 후, 후, 이 자식이 어딜 가 후——"

두 팔을 벌리고 쫓아간다. 산꼭대기로 치모니 닭은 하동지동 갈 길을 모른다. 요리 매낀 조리 매낀, 꼬꼬댁거리며 속만 태울 뿐. 그러나 바위틈에 끼여 왈살스러운 그 주먹에 모가지가 둘로 나기에는 불과 몇 분 못 걸렸다.

그는 으슥한 숲속으로 찾아들었다. 닭의 껍질을 홀랑 까고서 두 다리를 들고 찢으니 배창이 옆구리로 꾀진다. 그놈을 긁어 뽑아서 껍질과 한데 뭉치어 흙에 묻어 버린다.

고기가 생기고 보니 연하야 나느니 막걸리 생각. 이걸 부글부글 끓여 놓고 한 사발 떡 켰으면 똑 좋을 텐데 제——기. 응칠이의 고기는 어디 떨어졌는지 술집까지 못 가는 고기였다. 아무려나 고기 먹고 술 먹고 거꾸론 못 먹느냐. 그는 닭의 가슴패기를 입에 들여대고 죽 찢어 가며 먹기 시작한다. 쫄깃쫄깃한 놈이 제법 맛이 들었다. 가슴을 먹고 넓적다리 볼기짝을 먹고 거반 반쪽을 다 해내고 나니 어쩐지 맛이 좀 적었다. 결국 음식이란 양념을 해야 하는군. 수풀 속으로 그냥 내던지고 그는 설렁설렁 내려온다. 솔숲을 빠져 화전께로 내리려 할 때 별안간 등 뒤에서,

"여보게, 저 응칠이 아닌가!"

고개를 돌려보니 대장간 하는 성팔이가 잣달막한 체수에 들갑작거리며 고개를 넘어온다. 그런데 무슨 긴한 일이나 있는지 부리나케 달겨들더니,

"자네 응고개 논의 벼 없어진 거 아냐?"

응칠이는 그만 가슴이 덜컥 내려앉았다. 이 바쁜 때 농군의 몸으로 응고개까지 앨 써 갈 놈도 없으려니와 또한 하필 절 보고 벼의 없어짐을 말하는 것이 여간 심상치 않은 일이었다.

잡담 제하고 응칠이는,

"자넨 어째서 응고개까지 갔던가?"

하고 대담스레 그 눈을 쏘아보았다. 그러나 성팔이는 조금도 겁먹는 기색 없이,

"아 어쩌다 지났지 뭘 그래."

하며 도리어 얼레발을 치고 덤비는 수작이다. 고얀 놈, 응칠이는 입때 다녀야 동무를 팔아 배를 채우는 그런 비열한 짓은 안 한다. 낯을 붉히자 눈에 불이 보이며,

"어쩌다 지냈다?"

응칠이가 이 동리에 들어온 것은 어느덧 달이 넘었다. 인제는 물릴 때도 되었고 좀 떠보고자 생각은 간절하나 아우의 일로 말미암아 망설거리는 중이었다.

그는 오라는 데는 없어도 갈 데는 많았다. 산으로, 들로, 해변으로 발부리 놓이는 곳이 즉 가는 곳이었다.

그러나 저물면은 그대로 쓰러진다. 남의 방앗간이고 헛간이고 혹은 강가, 시새장(모래더미), 물론 수가 좋으면 괴때기 위에서 밤을 편히 잘 적도 있었다. 이렇게 하여 강원도 어수룩한 산골로 이리 넘고 저리 넘고 못 간 데 별로 없이 유람 겸 편답하였다.

그는 한구석에 머물러 있음은 가슴이 답답할 만치 되우 괴로

웠다.

 그렇다고 응칠이가 본시 역마직성이냐 하면 그런 것도 아니다. 그도 오 년 전에는 사랑하는 아내가 있었고 아들이 있었고 집도 있었고, 그때야 어딜 하루라도 집을 떨어져 보았으랴. 밤마다 아내와 마주 앉으면 어찌하면 이 살림이 좀 늘어 볼까 불어 볼까, 애간장을 태우며 같은 궁리를 되하고 되하였다마는, 별 뾰족한 수는 없었다. 농사는 열심으로 하는 것 같은데 알고 보면 남는 건 겨우 남의 빚뿐. 이러다가는 결말엔 봉변을 면치 못할 것이다. 하루는 밤이 깊어서 코를 골며 자는 아내를 깨웠다. 밖에 나아가 우리의 세간이 몇 개나 되는지 세어 보라 하였다. 그리고 저는 벼루에 먹을 갈아 찍어 들었다. 벽에 바른 신문지는 누렇게 끄을렀다. 그 위에다 아내가 불러 주는 물목대로 일일이 내려 적었다. 독이 세 개, 호미가 둘, 낫이 하나로부터 밥사발, 젓가락, 짚이 석 단까지 그다음에는 제가 빚을 얻어 온데, 그 사람들의 이름을 쭉 적어 놓았다. 금액은 제각기 그 아래다 달아 놓고, 그 옆으론 조금 사이를 떼어 역시 조선문으로 나의 소유는 이것밖에 없노라, 나는 오십사 원을 갚을 길이 없으매 죄진 몸이라 도망하니 그대들은 아예 싸울 게 아니겠고 서로 의논하여 억울치 않도록 분배하여 가기 바라노라 하는 의미의 성명서를 벽에 남기자 안으로 문들을 걸어 닫고 울타리 밑구멍으로 세 식구가 빠져나왔다.

 이것이 응칠이가 팔자를 고치던 첫날이었다.

 그들 부부는 돌아다니며 밥을 빌었다. 아내가 빌어다 남편에게, 남편이 빌어다 아내에게. 그러자 어느 날 밤 아내의 얼굴이 썩 슬픈 빛이었다. 눈보라는 살을 여윈다. 다 쓰러져 가는 물방앗간 한구석에서 섬을 두르고 어린애에게 젖을 먹이며 떨고 있더니 여보게유 하고 고개를 돌린다. 왜 하니까 그 말이, 이러다간 우리도 고생일뿐더러 첫째 어린애를 잡겠수, 그러니 서로 갈립시다, 하는 것이다. 하긴 그럴 법한 말이다. 쥐뿔도 없는 것들이 붙어 다닌댔자 별수는 없다. 그보담은 서로 갈리어 제 맘대로 빌어먹는 것이 오히려 가뜬하리라. 그는 선뜻 응낙하였다. 아내의 말대로 개가를 해가서 젖먹이나 잘 키우고 몸 성히 있으면 혹 연분이 닿아 다시 만날지도 모르니깐, 마지막으로 아내와 같이 땅바닥에 나란히 누워 하룻밤을 새고 나서 날이 훤해지자 그는 툭툭 털고 일어섰다.

매팔자란 응칠이의 팔자이겠다.

그는 버젓이 게트림으로 길을 걸어야 걸릴 것은 하나도 없다. 논맬 걱정도, 호포 바칠 걱정도, 빚 갚을 걱정, 아내 걱정, 또는 굶을 걱정도. 호동그란히 털고 나서니 팔자 중에는 아주 상팔자다. 먹고만 싶으면 도야지구, 닭이구, 개구, 언제나 옆을 떠날 새 없겠지. 그리고 돈, 돈도.

그러나 주재소는 그를 노려보았다. 툭하면 오라, 가라, 하는데 학질이었다. 어느 동리고 가 있다가 불행히 일만 나면 누구보다도 그부터 붙들려 간다. 왜냐면 그는 전과 사범이었다. 처음에는 도박으로, 다음엔 절도로, 또 고담에는 절도로, 절도로.

그러나 이번 멀리 아우를 방문함은 생활이 궁하여 근대러 왔다거나 혹은 일을 해보러 온 것은 결코 아니었다. 혈족이라곤 단 하나의 동생이요, 또한 오래 못 본지라 때 없이 그리웠다. 그래 모처럼 찾아온 것이 뜻밖에 덜컥 일을 만났다.

지금까지 논의 벼가 서 있다면 그것은 성한 사람의 짓이라 안 할 것이다.

응오는 응고개 논의 벼를 여태 베지 않았다. 물론 응오가 베어야 할 것이다. 누가 듣던지 그 형 응칠이를 먼저 의심하리라. 그럼 여기에 따르는 모든 책임을 응칠이가 혼자 지지 않으면 안 될 것이다.

응오는 진실한 농군이었다. 나이 서른하나로 무던히 철났다 하고 동리에서 쳐주는 모범 청년이었다. 그런데 벼를 베지 않는다. 남은 다들 거둬들였고 털기까지 하련만 그는 벨 생각조차 않는 것이다.

지주라든 혹은 그에게 장리를 놓은 김 참판이든 뻔질 찾아와 벼를 베라 독촉하였다.

"얼른 털어서 낼 건 내야지."

하면 그 대답은,

"계집이 죽게 됐는데 벼는 다 뭐지유——"

하고 한결같이 내뱉는 소리뿐이었다.

하기는 응오의 안해가 지금 기지사경이매 틈은 없었다 하더라도 돈이 놀아서 약을 못 쓰는 이판이니 진시 벼라도 털어야 할 것이다.

그러면 왜 안 털었던가.

그것은 작년 응오와 같이 지주 문전에서 타작을 하던 친구라면 묻지는 않으리라. 한 해 동안 애를 졸이며 홑 자식 모양으로 알뜰히 가꾸던 그 벼를 거둬들임은 기쁨에 틀림없었다. 꼭두새

벽부터 엣, 엣, 하며 괴로움을 모른다. 그러나 캄캄하도록 털고 나서 지주에게 도지를 제하고, 장리쌀을 제하고, 색초를 제하고 보니 남은 것은 등줄기를 흐르는 식은땀이 있을 따름. 그것은 슬프다 하기보다 끝없이 부끄러웠다. 같이 털어 주던 동무들이 뻔히 보고 섰는데 빈 지게로 덜렁거리며 집으로 돌아오는 건 진정 열적기 짝이 없는 노릇이었다. 참다 참다 못해 응오는 눈에 눈물이 흘렸던 것이다.

가뜩한데 엎치고 덮치더라고 올해는 고나마 흉작이었다. 샛바람과 비에 벼는 깨깨 비틀렸다. 이놈을 가을하다간 먹을 게 남지 않음은 물론이요 빚도 다 못 가릴 모양. 에라, 빌어먹을 거 너들끼리 캐다 먹든 말든 멋대로 하여라, 하고 내던져 두지 않을 수 없다. 벼를 거뒀다고 말만 나면 빚쟁이들은 우——몰려들 거니깐.

응칠이의 죄목은 여기에서도 또렷이 드러난다. 국으로 가만히 있었더면 좋은 걸 이 사품에 뛰어들어 지주의 뺨을 제법 갈긴 것이 응칠이었다.

처음에야 그럴 작정이 아니었다. 그는 여러 곳 물을 마신 이만치 어지간히 속이 튄 건달이었다. 지주를 만나 까놓고 썩 좋은 소리로 의논하였다. 올 농사는 반실이니 도지도 좀 감해 주는 게 어떠냐고. 그러나 지주는 암말 없이 고개를 모로 흔들었다. 정 이러면 하여튼 일 년 품은 빼야 할 테니 나는 그 논에다 불을 지르겠수, 하여도 잠자코 응치 않는다. 지주로 보면 자기로도 그 벼는 넉넉히 거둬들일 수는 있다마는, 한번 버릇을 잘못해 놓으면 어느 작인까지 행실을 버릴까 염려하여 겉으로 독촉만 하고 있는 터이었다. 실상이야 고까짓 벼쯤 있어도 고만 없어도 고만, 그 심보를 눈치채고 응칠이는 화를 벌컥 낸 것만은 좋으나 저도 모르게 대뜸 주먹뺨이 들어갔던 것이다.

이렇게 문제 중에 있는 벼인데 귀신의 놀음 같은 변괴가 생겼다. 다시 말하면 벼가 없어졌다. 그것도 병들어 쓰러진 쭉정이는 제쳐 놓고 무얼로 그랬는지 알장 이삭만 따갔다. 그 면적으로 어림하면 아마 못 돼도 한 댓 말 가량은 될는지!

응칠이가 아침 일찍이 그 논께로 노닐자 이걸 발견하고 기가 막혔다. 누굴 성가시게 굴려고 그러는지. 산속에 파묻힌 논이라 아직은 본 사람이 없는 모양 같다. 하나 동리에 이 소문이 퍼지기만 하면 저는 어느 모로든 혐의를 받아 폐는 좋이 입어야 될 것이다.

응칠이는 송이도 송이려니와 실상은 궁리에 바빴다. 속중으로 지목 갈만한 놈을 여럿 들어 보았으나 이렇다 찍을 만한 증거가 없다. 어쩌면 재성이나 성팔이 이 둘 중의 짓이리라, 하고 결국 이렇게 생각던 것도 응칠이가 아니면 안 될 것이다.

원수는 외나무다리에서 만났다.

응칠이는 저의 짐작이 들어맞음을 알고 당장에 일을 낼 듯이 성팔이의 눈을 들이 노렸다.

성팔이는 신이 나서 떠들다가 그 눈총에 어이가 질리어 고만 벙벙하였다. 그리고 얼굴이 해쓱하여 마주 대고 쳐다보더니,

"그래, 자네 왜 그케 노하나. 지내다 보니깐 그렇길래 일테면 자네보고 얘기지 뭐."

하고 뒷갈망을 못 하여 우물쭈물한다.

만무방

"노하긴 누가 노해……."

응칠이는 뻐팅겼던 몸에 좀 더 힘을 올리며,

"응고개를 어째 갔더냐 말이지?"

"놀러 갔다 오는 길인데 우연히……."

"놀러 갔다, 거기가 노는 덴가?"

"글쎄, 그렇게까지 물을 게 뭔가, 난 응고개 아니라 서울은 못 갈 사람인가."

하다가 성팔이는 속이 타는지 코로 후응 하고 날숨을 길게 뽑는다.

이렇게 나오는 데는 더 물을 필요가 없었다. 성팔이란 놈도 여간내기가 아니요 구장네 솥인가 뭔가 떼다 먹고 한 번 다녀온 놈이었다. 많이 사귀지는 못했으나 동리 평판이 그놈과 같이 다니다가는 엉뚱한 일 만난다 한다. 이번에 응칠이 저 역시 그 섭수에 걸렸음을 알고,

"그야 응고개라구 못 갈 리 없을 테……."

하고 한 번 엇먹다, 그러나 자네두 알다시피 거 어디야, 거기 바로 길이 있다든지 사람 사는 동리라면 혹 모른다 하지마는 성한 사람이야 응고개에 뭘 먹으러 가나, 그렇지 자네야 심심하니까, 하고 앞을 꽉 눌러 등을 떠본다.

여기에는 대답 없고 성팔이는 덤덤히 쳐다만 본다. 무엇을 생각했는가 한참 있더니 호주머니에서 단풍갑을 꺼낸다. 우선 제가 한 개를 물고 또 하나를 뽑아 내대며,

"궐련 하나 피우게."

매우 듬직한 낯을 해 보인다.

이놈이 이에 밝기가 몹시 밝은 성팔이다. 턱없이 궐련 하나라도 선심을 쓸 궐자가 아니리라, 생각은 하였으나 그렇다고 예까지 부르대는 건 도리어 저의 처지가 불리하다.

그것은 짜장 그 손에 넘는 짓이니,

"아, 웬 궐련은 이래."

하고 슬쩍 눙치며,

"성냥 있겠나?"

일부러 불까지 거 대게 하였다.

응칠이에게 액을 떠넘기어 이용하려는 고 야심을 생각하면 곧 달려들어 다리를 꺾어 놔야 옳을 것이다. 그러나 이 마당에 떠들어 대고 보면 저는 드러누워 침 뱉기. 결국 도적은 뒤로 잡지 앞에서 어르는 법이 아니다. 동리에 소문이 퍼질 것만 두려워하며,

"여보게 자네가 했건 내가 했건 간."

하고 과연 정다이 그 등을 툭 치고 나서,

"우리 둘만 알고 동리에 말은 내지 말게."

하다가 성팔이가 이 말에 되우 놀라며 눈을 말똥말똥 뜨니,

"그까짓 벼쯤 먹으면 어떤가!"

하고 껄껄 웃어 버린다.

성팔이는 한 굽 접히어 말문이 메였는지 얼떨하여 입맛만 다신다.

"아예 말은 내지 말게, 응 알지."

하고 다시 다질 때에야 겨우 주저주저 입을 열어,

"내야 무슨 말을 내겠나."

하고 조금 사이를 떼어 또,

"내야 무슨 말을…… 그건 염려 말게."

하더니 비실비실 몸을 돌리어 저 갈 길을 내 걷는다. 그러나 저 앞 고개까지 가는 동안에 두 번이나 돌아다보며 이쪽을 살피고 살피고 한 것만은 사실이었다.

응칠이는 그 꼴을 이윽히 바라보고 입 안으로 죽일 놈, 하였다. 아무리 도적이라도 같은 동료에게 제 죄를 넘겨씌우려 함은 도저히 의리가 아니다.

그건 그렇다 치고 응오가 더 딱하지 않은가. 기껏 힘들여 지어 놓았다 남 좋은 일 한 것을 안다면 눈이 뒤집힐 일이겠다.

이래서야 어디 이웃을 믿어 보겠는가.

확적히 증거만 있어 이놈을 잡으면 대번에 요절을 내리라 결심하고 응칠이는 침을 탁 뱉어 던지고 산을 내려온다.

그런데 그놈의 행티로 가늠 보면 응칠이 저만치는 때가 못 벗은 도적이다. 어느 미친놈이 논두렁에까지 가새를 들고 오는가. 격식도 모르는 풋둥이(풋내기)가 그러려면 바로 조 낟가리나 수수 낟가리 말이지 그 속에 들어앉아 가위로 속닥거려야 들킬 리도 없고 일도 편하고 두 포대고 세 포대고 마음껏 딸 수도 있다. 그러다 틈 보고 집으로 나르면 그만이지만 누가 논의 벼를 다…… 그렇게도 벼에 걸신이 들었다면 바로 남의 집 머슴으로 들어가 한 달포 동안 주인 앞에 얼렁거리며 신용을 얻어 오다가 주는 옷이나 얻어 입고 다들 잠들거든 볏섬이나 두둑이 짚어 메고 덜렁거리면 그뿐이다. 이건 맥도 모르는 게 남도 못살게 굴려고 에──이 망할 자식두…… 그는 분노에 살이 다 부들부들 떨리는 듯싶었다. 그러나 이런 좀도적이란 봉이 나기 전에는 바짝 물고 덤비는 법이었다. 오늘 밤에는 요놈을 지켰다 꼭 붙들어 가지고 정강이를 분질러 노리라. 밥을 먹고는 태연히 막걸리 한 사발을 껄떡껄떡 들이켜자,

"커! 가을이 되니깐 맛이 한결 낫군!"

그는 주먹으로 입가를 쓱쓱 훔친 다음 송이 꾸럼에서 세 개를 뽑는다. 그리고 그걸 갈퀴같이 마른 주막 할머니 손에 내어 주며,

"엣수, 송이나 잡숫게유."

하고 술값을 치렀으나

"아이 송이두 고놈 참."

간사를 피우는 것이 겉으로는 반기는 척하면서도 좀 시쁜 모양이다. 제 딴은 한 개에 삼 전씩 치더라도 구 전밖에 안 되니깐.

응칠이는 슬며시 화가 나서 그 얼굴을 유심히 들여다보았다. 옴폭 들어간 볼때기에 저건 또 왜 저리 멋없이 불거졌는지 툭 나온 광대뼈하고 치마 아래로 남실거리는 발가락은 자칫 잘못 보면 황새 발목이니 이건 언제 잡아가려고 남겨 두는 거야—보면 볼수록 하나 이쁜 데가 없다. 한두 번 먹은 것도 아니요 언젠간 울타리께 풀을 베어 주고 술 사발이나 얻어먹은 적도 있었다. 그렇게 야멸치게 따질 건 뭔가. 그는 눈살을 흘깃 맞추고는 하나를 더 꺼내어,

"엣수, 또 하나 잡숫게유!"

내던져 주곤 댓돌에 가래침을 탁 뱉었다.

그제야 식성이 좀 풀리는지 그 가축으로 웃으며,

"아이구, 이거 자꾸 주면 어떻게 해."

"어떡허긴, 자꾸 살찌게유."

하고 한마디 툭 쏘고 일어서다가 무엇을 생각함인지 다시 툇마루에 주저앉았다.

"그런데 참 요즘 성팔이 보셨수?"

"아――니, 당최 볼 수가 없더구먼."

"술도 안 먹으러 와유?"

"안 와."

하고는 입속으로 뭐라고 중얼거리며 의아한 낯을 들더니,

"왜, 또 뭐 일이……?"

"아니유, 본 지가 하 오래니깐."

응칠이는 말끝을 얼버무리고 고개를 돌리어 한데를 바라본다. 벌써 점심때가 되었는지 닭들이 요란히 울어 댄다. 논둑의 미루나무는 부――하고 또 부――하고 잎이 날리며 팔랑팔랑 하늘로 올라간다.

"성팔이가 이 말에서 얼마나 살았지유?"

"글쎄, 재작년 가을이지 아마."

하고 장죽을 빡빡 빨더니,

"근데 또 떠난 대든가, 홍천인가 어디 즈 성님한테로 간대."

하고 그게 옳지, 여기서 뭘 하느냐, 대장간이라구 일이나 많으면 모르거니와 밤낮 파리만 날리는걸. 그보다는 즈 형이 크게 농사를 짓는다니 그 뒤나 거들어 주고 국으로 얻어먹는 게 신상에 편하겠지. 그래 불일간 처자식을 데리고 아마 떠나리라

고 하고,

"농군은 그저 농사를 지야 돼."

"낼 술 먹으러 또 오지유."

간단히 인사만 하고 응칠이는 다시 일어났다.

주막을 나서니 옷깃을 스치는 개운한 바람이다. 밭 둔덕의 대추는 척척 늘어진다. 멀지 않아 겨울은 또 오렸다. 그는 응오의 집을 바라보며 그간 죽었는지 궁금하였다.

응오는 봉당에 걸터앉았다. 그 앞 화로에는 약이 바글바글 끓는다. 그는 정신없이 들여다보고 앉았다.

우중중한 방에서는 안해의 가쁜 숨소리가 들린다. 색, 색, 하다가 아이구 하고는 까무러지게 콜록거린다. 가래가 치밀어 몹시 괴로운 모양. 뽑아 줄 사이가 없이 풀들은 뜰에 엉켰다. 흙이 드러난 지붕에서 망초가 휘어청휘어청 바람은 가끔 찾아와 싸리문을 흔든다. 그럴 적마다 문은 을씨년스럽게 삐——꺽 삐——꺽. 이웃의 발발이는 부엌에서 한창 바쁘게 달그락거린다. 마는, 아침에 아내에게 먹이고 남은 조죽밖에야. 아니 그것도 참 남편마저 굶었으니 사발에 붙은 찌꺼기뿐이리라.

"거, 다 졸았나 보다."

응칠이는 약이란 너무 졸면 못쓰니 고만 짜 먹이라 하였다. 약이라야 어제저녁 울 뒤에서 옮아 들인 구렁이지만.

그러나 응오는 듣고도 흘렸는지 혹은 못 들었는지 잠자코 고개도 안 든다.

"엣다. 송이 맛이나 봐라."

하고 형이 손을 내밀 제야 겨우 시선을 들었으나 술이 거나한

그 얼굴을 거북살스레 훑어본다. 그리고 송이를 고맙지 않게 받아 방으로 치뜨리고는,

"이거나 먹어."

하다가

"뭐?"

소리를 크게 질렀다. 그래도 잘 들리지 않으므로,

"뭐야 뭐야, 좀 똑똑히 하라니깐?"

하고 골피(눈살)를 찌푸린다. 그러나 아내는 손짓만으로 무슨 소린지 알 수가 없다. 음성으로 치느니보다 종이 비비는 소리랄지, 그걸 듣기에는 지척도 멀었다.

가만히 보다 응칠이는 제가 다 불안하여,

"뒤보겠다는 게 아니냐."

"그럼 그렇다 말이 있어야지."

남편은 이내 짜증을 내며 몸을 일으킨다. 병약한 아내의 음성이 날로 변하여 감을 시방 안 것도 아니련만——

그는 방바닥에 늘어져 꼬치꼬치 마른 반송장을 조심히 일으키어 등에 업었다.

울 밖 밭머리에 잿간은 놓였다. 머리가 눌릴 만치 납작한 굴 속이다. 게다 거미줄은 예제 없이 엉키었다. 부춛돌 위에 내려놓으니 아내는 벽을 의지하여 옹크리고 앉는다. 그리고 남편은 눈을 멀뚱멀뚱 뜨고 지키고 섰는 것이다.

이 꼴들을 멀거니 바라보다 응칠이는 마뜩지 않게 코를 횡 풀며 입맛을 다시었다. 응오의 짓이 어리석고 울화가 터져서이다. 요즘 응오가 형에게 잘 말도 안 하고 왜 어딱비딱 하는지 그 속

은 응칠이도 모르는 바 아닐 것이다.

  응오가 이 아내를 찾아올 때 꼭 삼 년간을 머슴을 살았다. 그처럼 먹고 싶던 술 한잔 못 먹었고, 그처럼 침을 삼키던 그 개고기 한 메 물론 못 샀다. 그리고 사경을 받는 대로 꼭꼭 장리를 놓았으니 후일 선채로 썼던 것이다. 이렇게까지 근사를 모아 얻은 계집이련만 단 두 해가 못 가서 이 꼴이 되고 말았다.

  그러나 이 병이 무슨 병인지 도시 모른다. 의원에게 한 번이라도 변변히 뵈본 적이 없다. 혹 안다는 사람의 말인즉 뇌점(폐결핵)이니 어렵다 하였다. 돈만 있다면야 뇌점이고 염병이고 알 바가 못 될 거로되 사날 전 거리로 쫓아 나오며,

  "성님."

하고 팔을 챌 적에는 응오도 어지간히 급한 모양이었다.

  "왜?"

  응칠이가 몸을 돌리니 허둥지둥 그 말이 이제는 별도리가 없다. 있다면 꼭 한 가지가 남았으니 그것은 엊그저께 산신을 부리는 노인이 이 마을에 오지 않았는가. 그 노인이 응오를 특히 동정하여 십오 원만 들이어 산치성을 올리면 씻은 듯이 낫게 해주리라는데,

  "성님은 언제나 돈 만들 수 있지유?"

  "거, 안된다. 치성드려 날 병이 안 낫겠니."

하여 여전히 딱 떼고 그러게 내 뭐래든, 애전에 계집 다 내버리고 날 따라나서랬지 하고,

  "그래 농군의 살림이란 제 목매기라지!"

  그러나 아우가 암말 없이 몸을 홱 돌리어 집으로 들어갈 제 응

칠이는 속으로 또 괜한 소리를 했구나, 하였다.

응오는 도로 아내를 업어다 방에 뉘었다. 약은 다 졸았다. 불이 삭기 전 짜야 할 것이다. 식기를 기다려 약사발을 입에 대어주니 아내는 군말 없이 그 구렁이 물을 껄떡껄떡 들이마신다.

응칠이는 마당에 우두커니 앉았다. 사람의 목숨이란 과연 중하군 하였다. 그러나 계집이라는 저 물건이 그렇게 떼기 어렵도록 중할까, 하니 암만해도 알 수 없고,

"너 참 요 건너 성팔이 알지?"

"……"

"너하고 친하냐?"

"……"

"성이 뭐래는데 거 대답 좀 하렴."

하고 소리를 빽 질러도 아우는 대답은 말고 고개도 안 든다. 그러나 응칠이는 하늘을 쳐다보고 트림만 끄윽 하고 말았다. 술기가 코를 콱콱 찔러야 할 터인데 이건 풋김치 냄새만 코밑에서 뱅뱅 돈다. 공짜 김치만 퍼먹을 게 아니라 한 잔 더 했더면 좋았을걸. 그는 일어서서 대를 허리에 꽂고 궁둥이의 흙을 털었다. 벼 도둑맞은 이야기를 할까, 하다가 아서라 가뜩이나 울상이 속이 쓰릴 것이다. 그보다는 이놈을 잡아 놓고 낭중 희짜를 뽑는 것이 점잖하겠지.

그는 문밖으로 나와 버렸다.

답답한 아우의 살림을 보니 역 답답하던 제 살림이 연상되고 가슴이 두루 답답하였다. 이런 때에는 무가 십상이다. 사실 하느님이 무를 마련해 낸 것은 참으로 은혜로운 일이다. 맥맥할

때 한 개를 씹고 보면 꿀꺽하고, 쿡 치는 그 맛이 좋고, 남의 무밭에 들어가 하나를 쑥 뽑으니 가락 무, 이——키, 이거 오늘 운수대통이로군. 내던지고 그다음 놈을 뽑아 들고 개울로 내려온다. 물에 쓰윽쓰윽 닦아서는 꽁지는 이로 베어 던지고 어썩 깨물어 붙인다.

개울 둔덕에 포플러는 호젓하게도 매출히 컸다. 자갈돌은 그 밑에 옹기종기 모였다. 가생이로 잔디가 소보록하다. 응칠이는 나가자빠져 마을을 건너다보며 눈을 멀뚱멀뚱 굴리고 누웠다. 산에 뺑뺑 둘리어 숨이 콕 막힐 듯한 그 마을.

아리랑 아리랑 아라리요
아리랑 띄어라 노다 가세
증기차는 가자고 왼 고동 트는데
정든 님 품 안고 낙누낙누
아리랑 아리랑 아라리요
아리랑 띄어라 노다 가세
낼 갈지 모레 갈지 내 모르는데
옥씨기 강낭이는 심어 뭐 하리
아리랑 아리랑 아라리요
아리랑 띄어라…….

그는 콧노래를 이렇게 흥얼거리다 갑작스레 강릉이 그리웠다. 펄펄 뛰는 생선이 좋고 아침 햇발에 비끼어 힘차게 출렁거리는 그 물결이 좋고. 이까짓 둠(두메) 구석에서 쪼들리는 데 대다니. 그래도 즈의 딴엔 무어 농사 좀 지었답시고 악을 복복 쓰며 잘도 떠들어 댄다. 하지만 그런 중에도 어디인가 형언치 못할 쓸쓸함이 떠돌지 않는 것도 아니다. 삼십여 년 전 술을 빚어 놓고 쇠를 울리고 흥에 질리어 어깨춤을 덩실거리고 이러던 가을과는 저 딴쪽이다. 가을이 오면 기쁨에 넘쳐야 할 시골이 점점 살기만 띠어옴은 웬일인고. 이렇게 보면 재작년 가을 어느 밤 산중에서 낫으로 사람을 찍어 죽인 강도가 문득 머리에 떠오른다. 장을 보고 오는 농군을 농군이 죽였다. 그것도 많이나 되었으면 모르되 빼앗은 것이 한껏 동전 네 닢에 수수 일곱 되, 게다가 흔적이 탄로 날까 하여 낫으로 그 얼굴의 껍질을 벗기고 조깃대강이 이기듯 끔찍하게 남기고 조긴 망나니다. 흉악한 자식. 그 알량한 돈 사 전에, 나 같으면 가여워 덧돈을 주고라도 왔으리라. 이번 놈은 그따위 깍다귀(남의 것을 뜯어먹고 사는 사람을 비유)나 아닐는지 할 때 찬 김과 아울러 치미는 소름에 머리끝이 다 쭈뼛하였다. 그간 아우의 농사를 대신 돌봐주기에 이럭저럭 날이 늦었다. 오늘 밤에는 이놈을 다리를 꺾어 놓고 내일쯤은 봐서 설렁설렁 뜨는 것이 옳은 일이겠다. 이 산을 넘을까 저 산을 넘을까 주저 거리며 속으로 점을 치다가 슬그머니 코를 골아 올린다.

 밤이 내리니 만물은 고요히 잠이 든다. 검푸른 하늘에 산봉우리는 울퉁불퉁 물결을 치고 흐릿한 눈으로 별은 떴다. 그러다 구름 떼가 몰려 닥치면 캄캄한 절벽이 된다. 또한 마을 한복판에는 거친 바람이 오락가락 쓸쓸히 궁굴고(뒹굴고) 이따금 코를 찌름은 후련한 산사 내음 새, 북쪽 산밑 미루나무에 싸여 주막이 있는데 유달리 불이 반짝인다. 노세, 노세, 젊어서 놀아. 노랫소리는 나직나직 한산히 흘러온다. 아마 벼를 뒷심 대고 외상이리라.

응칠이는 잠자코 벌떡 일어나 바깥으로 나섰다. 그리고 다 나와서야 그 집 친구에게 눈치를 안 채이도록,

"내 잠깐 다녀옴세."

"어딜 가나?"

친구는 웬 영문을 몰라서 뻔히 쳐다보다 밤이 이렇게 늦었으니 나갈 생각 말고 어여 이리 들어와 자라 하였다. 기껀 둘이 앉아서 개코쥐코(쓸데 없는 이야기로 이러쿵저러쿵하는 모양) 떠들다가 갑자기 일어서니깐 꽤 이상한 모양이었다.

"건너 마을 가 담배 한 봉 사올라구."

"담배 여기 있는데 또 사 뭐 하나?"

친구는 호주머니에서 굳이 연봉(희연이라는 상표의 담배 봉투)을 꺼내어 손에 들어 보이더니,

"이리 들어와 섬이나 좀 쳐주게."

"아 참, 깜빡……."

하고 응칠이는 미안스러운 낯으로 뒤통수를 긁적긁적한다. 하기는 섬을 좀 쳐달라고 며칠째 당부하는 걸 노름에 몸이 팔려 그만 잊고 잊고 했던 것이다. 먹고 자고 이렇게 신세를 지면서 이건 썩 안됐다, 생각은 했지만,

"내 곧 다녀올 걸 뭐."

어정쩡하게 한마디 남기곤 그 집을 뒤에 남긴다.

그러나 이 친구는,

"그럼 곧 다녀오게!"

하고 때를 제치는 법은 없었다. 언제나 여일같이,

"그럼 잘 다녀오게."

이렇게 그 신상만 편하기를 비는 것이다.

응칠이는 모든 사람이 저에게 그 어떤 경의를 갖고 대하는 것을 가끔 느끼고 어깨가 으쓱거린다. 백판 모르는 사람도 데리고 앉아서 몇 번 말만 좀 하면 대번 구부러진다. 그렇게 장한 것인지 그 일을 하다가, 그 일이라야 도적질이지만, 들어가 욕보던 이야기를 하면 그들은 눈을 커다랗게 뜨고,

"아이구, 그걸 어떻게 당하셨수!"

하고 적이 놀라면서도,

"그래 그 돈은 어떡했수."

"또 그럴 생각이 납디까유?"

"참, 우리 같은 농군에 대면 호강살이유!"

하고들 한편 썩 부러운 모양이었다. 저들도 그와 같이 진탕 먹고살고는 싶으나 주변 없어 못 하는 그 울분에서 그런 이야기만 들어도 다소 위안이 되는 것이다. 응칠이는 이걸 잘 알고 그 누구를 논에다 거꾸로 박아 놓고 달아나다가 붙들리어 경치던 이야기를 부지런히 하며,

"자네들은 안적 멀었네, 멀었어."

하고 흰소리를 치면 그들은, 옳다는 뜻이겠지 묵묵히 고개만 꺼떡꺼떡하며 속없이 술을 사주고 담배를 사주고 하는 것이다.

그런데 이번 벼를 훔쳐 간 놈은 응칠이를 마구 넘보는 모양갔다.

이렇게 생각하면 응칠이는 더욱 괘씸하였다. 그는 물푸레 몽둥이를 벗 삼아 논둑길을 질러서 산으로 올라간다.

이슥한 그믐 칠야.

길은 어둡고 흐릿한 언저리만 눈앞에 아물거린다.

그 논까지 칠 마장은 느긋하리라. 이 마을을 벗어나는 어귀에 고개 하나를 넘는다. 또 하나를 넘는다. 그러면 그담 고개와 고개 사이에 수목이 울창한 산 중턱을 비껴 대고 몇 마지기의 논이 놓였다. 응오의 논은 그중의 하나이었다. 길에서 썩 들어앉은 곳이라 잘 뵈도 않는다. 동리에 그런 소문이 안 났을 때에는 천행으로 본 놈이 없을 것이니 반드시 성팔이의 성행임에는…….

응칠이는 공동묘지의 첫 고개를 넘었다. 그리고 다음 고개의 마루턱을 올라섰을 때 다리가 주춤하였다. 저 왼편 높은 산 고랑에서 불이 반짝하다 꺼진다. 짐승 불로는 너무 흐리고…… 아──하, 이놈들이 또 왔군. 그는 가던 길을 옆으로 새었다. 더듬더듬 나뭇가지를 짚으며 큰 산으로 올라탄다. 바위는 미끄러 내리며 발등을 찧는다. 딸기 가시에 종아리는 따갑고 엉금엉금 기어서 바위를 끼고 감돈다.

산, 거반 꼭대기에 바위와 바위가 어깨를 겯고 움쑥 들어간 굴이 있다. 풀들은 뻗치어 굴문을 막는다.

그 속에 돌아앉아서 다섯 놈이 머리들을 맞대고 수군거린다. 불빛이 샐까 염려다. 남폿불을 얕이 달아 놓고 몸들을 바싹바싹 여미어 가리운다.

"어서 후딱후딱 처, 갑갑해서 원."

"이번엔 누가 빠지나?"

"이 사람이지 멀 그래."

"다시 섞어, 어서 이따위 수작이야."

하고 한 놈이 골을 내고 화투를 빼앗아 제 손으로 섞다가 깜짝 놀란다. 그리고 버썩 대드는 응칠이를 빙빙히 쳐다보며 얼쭐한다.

그들은 응칠이가 오는 것을 완고척이 싫어하는 눈치였다. 이런 애송이 노름판인데 응칠이를 들였다가는 맥을 못 쓸 것이다. 속으로는 되우 꺼렸지마는 그렇다고 응칠이의 비위를 건드림은 더욱 좋지 못하므로,

"아, 응칠인가, 어서 들어오게."

하고 선웃음을 치는 놈에,

"난 올 듯하기게, 자넬 기다렸지."

하며 어수대는 놈.

"하여튼 한 케 떠보세."

이놈들은 손을 잡아 드리며 썩들 환영이었다.

응칠이는 그 속으로 들어서며 무서운 눈으로 좌중을 한번 훑어보았다.

그런데 재성이도 그 틈에 끼어 있는 것이 아닌가. 사날 전만 해도 응칠이 더러 먹을 양식이 없으니 돈 좀 취하라든 놈이 의심이 부썩 일었다. 도둑이란 흔히 이런 노름판에서 씨가 퍼진다. 그 옆으로 기호도 앉았다. 이놈은 며칠 전 제 계집을 팔았다. 그 돈으로 영동 가서 장사를 하겠다던 놈이 노름을 왔다. 제 깐 주제에 딸 듯싶은가. 하나는 용구. 농사엔 힘 안 쓰고 노름에 몸이 달았다. 시키는 부역도 안 나온다고 동리에서 손도(도

덕적으로 잘못하여 내쫓김)를 맞을 놈이다. 그리고 남의 집 머슴 녀석. 뽐을 내고 멋없이 점잔을 피우는 중늙은이 상투쟁이. 이 물건은 어서 날아왔는지 보지도 못하던 놈이다. 체 이것들이 뭘 한다구!

응칠이는 기호의 등을 꾹 찔러 가지고 밖으로 나왔다. 외딴곳으로 데리고 와서,

"자네 돈 좀 없겠나?"

하고 돌아서다가,

"웬걸 돈이 어디……."

눈치만 남고 어름어름하니,

"아내와 갈렸다지, 그 돈 다 뭐 했나?"

"아 이 사람아, 빚 갚았지!"

기호는 눈을 내리깔며 매우 거북한 모양이다.

오른편 엄지로 한 코를 막고 흥하고 내뿜더니 '이번 빚에 졸리어 죽을 뻔했네' 하고 묻지 않은 발뺌까지 얹어서 설대로 등허리를 긁죽긁죽한다.

그러나 응칠이는 속으로 이놈, 하였다.

응칠이는 실눈을 뜨고 기호를 유심히 쏘아 주었더니,

"꼭 사 원 남았네."

하고 선뜻 알리고,

"빚 갚고 뭣하고 흐지부지 녹았어."

어색하게도 혼잣말로 우물쭈물 웃어 버린다.

응칠이는 퉁명스러이,

"나 이 원만 최게."

하고 손을 내대다 그래도 잘 듣지 않으매,
"따서 둘이 노늘 테야, 누가 떼먹나."
하고 소리가 한번 빽 아니 나올 수 없다.

이 말에야 기호도 비로소 안심한 듯, 저고리 섶을 쳐들고 훔척거리다 주뼛주뼛 꺼내 놓는다. 딴은 응칠이의 솜씨이면 낙자는 없을 것이다. 설혹 재간이 모자라 잃는다면 우격이라도 도로 몰아갈 테니깐.

"나도 한 케 떠보세."

응칠이는 우죄스레(보기에 어리석게) 굴로 기어든다. 그 콧등에는 자신 있는 그리고 흡족한 미소가 떠오른다. 사실이지 노름만치 그를 행복하게 하는 건 다시 없었다. 슬프다가도 화투나 투전장을 손에 들면 공연스레 어깨가 으쓱거리고 아무리 일이 바빠도 노름판은 옆에 못 두고 지난다. 그는 이놈 저놈의 눈치를 슬쩍 한번 훑고,

"두 패루 나누지?"

응칠이는 재성이와 용구를 데리고 한옆으로 비켜 앉았다. 그리고 신바람이 나서 화투를 섞다가 손을 따악 짚으며,

"튀전이래지 이깐 화투는 하튼 뭘 할 텐가, 녹빼킨가 켤텐가?"

"약단이나 그저 보지!"

사방은 매섭게 조용하였다. 바위 위에서 혹 바람에 모래 구르는 소리뿐이다. 어쩌다,

"옛다 봐라."

하고 화투짝이 쩔꺽, 한다. 그러곤 다시 쥐 죽은 듯 잠잠하다.

그들은 이욕에 몸이 달아서 이야기고 뭐고 할 여지가 없다. 행여 속지나 않는가 하여 눈들이 빨개서 서로 독을 올린다. 어떤 놈이 뜯는 놈이고 어떤 놈이 뜯기는 놈인지 영문 모른다.

응칠이가 한 장을 내던지고 명월 공산을 보기 좋게 떡 젖혀 놓으니,

"이거 왜 수짜질이야!"

용구는 골을 벌컥 내며 쳐다본다.

"뭐가?"

"뭐라니, 아, 이 공산 자네 밑에서 빼내지 않았나?"

"봤으면 고만이지 그렇게 노할 건 또 뭔가!"

응칠이는 어설피 입맛을 쩍쩍 다시다,

"그럼 이번엔 파토지?"

하고 손의 화투를 땅에 내던지며 껄껄 웃어 버린다.

이때 한옆에서 별안간,

"이 자식 죽인가!"

악을 쓰는 것이니 모두 놀라며 시선을 몬다. 머슴이 마주 앉은 상투의 뺨을 갈겼다. 말인즉 매조 다섯 끗을 엎어 쳤다고.

하나 정말은 돈을 잃은 것이 분한 것이다. 이 돈이 무슨 돈이냐 하면 일 년 품을 판 피 묻은 사경이다. 이런 돈을 송두리 먹히다니.

"이 자식, 너는 야마시(사기)꾼이지. 돈 내라."

멱살을 훔켜잡고 다시 두 번을 때린다.

"허, 이눔이 왜 이러누, 어른을 몰라보고."

상투는 책상다리를 잡숫고 허리를 쓰윽 펴드니 점잖이 호령

한다. 자식뻘 되는 놈에게 뺨을 맞는 건 말이 좀 덜 된다. 약이 올라서 곧 일을 칠 듯이 엉덩이를 번쩍 들었으나 그러나 그대로 주저앉고 말았다. 악에 바짝 받친 놈을 건드렸다가는 결국 이쪽이 손해다. 더럽단 듯이 허, 허 웃고,

"버릇없는 놈 다 봤고!"

하고 꾸짖은 것은 잘됐으나 기어이 어이쿠 하고 그 자리에 푹 엎으러진다. 이마가 터져서 피가 흘렀다. 어느 틈엔가 돌멩이가 날아와 이마의 가죽을 터친 것이다.

응칠이는 싱글거리며 굴을 나섰다. 공연스레 쑥스럽게 일이 나 벌어지면 성가신 노릇이다. 그리고 돈 백이나 될 줄 알았더니 다 봐야 한 사십 원 될까 말까. 그걸 바라고 어느 놈이 앉았는가.

그가 딴 것은 본밑을 알라(아울러) 구 원 하고 팔십 전이다. 기호에게 오 원을 내주고,

"자, 반이 넘네, 자네 계집 잃고 돈 잃고 호강이겠네."

농담으로 비웃어 던지고는 숲속으로 설렁설렁 내려온다.

"여보게, 자네에게 청이 있네."

재성이 목이 말라서 바득바득 따라온다. 그 청이란 묻지 않아도 알 수 있었다. 저에게 돈을 다 빼앗기곤 구문이겠지. 시치미를 딱 떼고 나 갈 길만 걷는다.

"여보게 응칠이, 아, 내 말 좀 들어!"

그제는 팔을 잡아 낚으며 살려 달라 한다. 돈을 좀 늘릴까 하고 벼 열 말을 팔아 해보았더니 다 잃었다고. 당장 먹을 게 없어 죽을 지경이니 노름 밑천이나 하게 몇 푼 달라는 것이다. 그

러나 벼를 털었으면 그저 먹을 것이지 어쭙잖게 노름은…….

"그런 걸 왜 너보고 하랬어?"

하고 돌아서며 소리를 빽 지르다가 가만히 보니 눈에 눈물이 글썽하다. 잠자코 돈 이 원을 꺼내 주었다.

응칠이는 돌에 앉아서 팔짱을 끼고 덜덜 떨고 있다.

사방은 뺑――돌리어 나무에 둘러싸였다. 거무튀튀한 그 형상이 헐없이 무슨 도깨비 같다. 바람이 불 적마다 쏴―― 하고 쏴―― 하고 음충맞게 건들거린다. 어느 때에는 찍, 찍 하고 목을 따는지 비명도 울린다.

그는 가끔 뒤를 돌아보았다. 별일은 없을 줄 아나 호옥 뭐가 덤벼들지도 모른다. 서낭당은 바로 등 뒤다. 족제빈지 뭔지, 요동통에 돌이 무너지며 바스락바스락한다. 그 소리가 묘하게도 등줄기를 쪼옥 긁는다. 어두운 꿈속이다. 하늘에서 이슬은 내리어 옷깃을 축인다. 공포도 공포려니와 냉기로 하여 좀체로 견딜 수가 없었다.

산골은 산신까지도 주렸으렷다. 아들 낳아 달라고 떡 갖다 바칠 이 없을 테니까. 이놈의 영감님 홧김에 덥석 달려들면, 앞뒤를 다시 한번 휘돌아본 다음 설대를 뽑는다. 그리고 오금팽이로 불을 가리고는 한 대 뻑뻑 피워 물었다. 논은 여남은 칸 떨어져 그 아래 누웠다. 일심 정기를 다하여 나무 틈으로 뚫어보고 앉았다. 그러나 땅에 대를 털려니깐 풀숲이 이상스러이 흔들린다. 뱀, 뱀이 아닌가. 구시월 뱀이라니 물리면 고만이다. 자리를 옮겨 앉으며 손으로 입을 막고 하품을 터친다.

아마 두어 시간은 더 넘었으리라. 이놈이 필연코 올 텐데 안

오니 이 또 무슨 조활까. 이 짓이란 소문이 나기 전에 한 번 더 와 보는 것이 원칙이다. 잠을 못 자서 눈이 뻑뻑한 것이 제물에 슬금슬금 감긴다. 이를 악물고 눈을 됩쓰면 이번에는 허리가 노글거린다. 속은 쓰리고 골치는 때리고. 불꽃 같은 노기가 불끈 일어서 몸을 옥죄인다. 이놈의 다리를 못 꺾어 놔도 애비 없는 후레자식이겠다.

 닭들이 세 홰를 운다. 멀——리 산을 넘어오는 그 음향이 퍽은 서글프다. 큰비를 몰아드는지 검은 구름이 잔뜩 낀다. 하긴 지금도 빗방울이 뚝, 뚝, 떨어진다.

 그때 논둑에서 희끄무레한 허깨비 같은 것이 얼씬거린다. 정신을 바짝 차렸다. 영락없이 성팔이, 재성이 그들 중의 한 놈이리라. 이 고생을 시키는 그놈! 이가 북북 갈리고 어깨가 다 식식거린다. 몽둥이를 잔뜩 우려잡았다. 그리고 벌떡 일어나서 나무줄기를 끼고 조심조심 돌아내린다. 하나 도랑쯤 내려오다가 그는 멈씰하여 몸을 뒤로 물렸다. 늑대 두 놈이 짝을 짓고 이편 산에서 저편 산으로 설렁설렁 건너가는 길이었다. 빌어먹을 늑대, 이것까지 말썽이람. 이마의 식은땀을 씻으며 도로 제자리로 돌아온다. 어쩌면 이번 이놈도 재작년 강도 짝이나 안 될는지. 급시로 불길한 예감이 뒤통수를 탁 치고 지나간다.

 그는 옷깃을 여미며 한 대를 더 붙였다. 돌연히 풍세는 심하여진다. 산골짜기로 몰아드는 억센 놈이 가끔 발광이다. 다시금 더르르 몸을 떨었다. 가을은 왜 이 지경인지. 여기에서 밤새울 생각을 하니 기가 찼다.

 얼마나 되었는지 몸을 좀 녹이고자 일어나 서성서성할 때이었다. 논으로 다가오는 희미한 그림자를 분명히 두 눈으로 보았다. 그러고 보니 피로고, 한고이고 다 딴소리다. 고개를 내대고 딱 버티고 서서 눈에 쌍심지를 올린다.

흰 그림자는 어느 틈엔가 어둠 속에 사라져 보이지 않는다. 그리고 다시 나올 줄을 모른다. 바람 소리만 왱, 왱, 칠뿐이다. 다시 암흑 속이 된다. 확실히 벼를 훔치러 논 속으로 들어갔을 것이다. 여깽이(여우) 같은 놈이 궂은 날씨를 기화(뜻밖의 기회) 삼아 맘껏 하겠지. 의리 없는 썩은 자식, 격장에서 같이 굶는 터에——오냐 대거리만 있거라. 이를 한번 부드득 갈아붙이고 차츰차츰 논께로 내려온다.

응칠이는 논께로 바특이 내려서서 소나무에 몸을 착 붙였다. 섣불리 서둘다간 남의 횡액을 입을지도 모른다. 다 훔쳐 가지고 나올 때만 기다린다. 몽둥이는 잔뜩 힘을 올린다.

한 식경쯤 지났을까, 도적은 다시 나타난다. 논둑에 머리만 내놓고 사면을 두리번거리더니 그제야 기어 나온다. 얼굴에는 눈만 내놓고 수건인지 뭔지 헝겊이 가리었다. 봇짐을 등에 짊어 메고는 허리를 구붓이 뺑손(뺑소니)을 놓는다. 그러나 응칠이가 날쌔게 달려들며,

"이 자식, 남의 벼를 훔쳐 가니!"

하고 대포처럼 고함을 지르니 논둑으로 고대로 데굴데굴 굴러서 떨어진다. 얼결에 호되게 놀란 모양이었다.

응칠이는 덤벼들어 우선 허리께를 내려조겼다. 어이쿠쿠, 쿠—— 하고 처참한 비명이다. 이 소리에 귀가 뻔쩍 띄어서 그 고개를 들고 팔부터 벗겨 보았다. 그러나 너무나 어이가 없었음인

지 시선을 치 걷으며 그 자리에 우두망찰한다(정신이 얼떨떨하여 어찌할 바를 모른다).

그것은 무서운 침묵이었다. 살풍맞은(말을 하는 짓이 독살스럽고 당돌하다) 바람만 공중에서 북새를 논다.

한참을 신음하다 도적은 일어나더니,

"성님까지 이렇게 못 살게 굴기유?"

제법 눈을 부라리며 몸을 획 돌린다. 그리고 느끼며 울음이 복받친다. 봇짐도 내버린 채,

"내 것 내가 먹는데 누가 뭐래?"

하고 데퉁스러이 내뱉고는 비틀비틀 논 저쪽으로 없어진다.

형은 너무 꿈속 같아서 멍하니 섰을 뿐이다.

그러나 얼마 지나서 한 손으로 그 봇짐을 들어 본다. 가뿐하니 끽 말가웃(한 말 반 정도)이나 될는지. 이까짓 걸 요렇게까지 해가려는 그 심정은 실로 알 수 없다. 벼를 논에다 도로 털어버렸다. 그리고 아내의 치마이겠지. 검은 보자기를 척척 개서 들었다. 내 걸 내가 먹는다──그야 이를 말이랴. 하나 내 걸 내가 훔쳐야 할 그 운명도 얄궂거니와 형을 배반하고 이 짓을 벌인 아우도 아우렷다. 에──이 고얀 놈 할 제 볼을 적시는 것은 눈물이다. 그는 주먹으로 눈물을 쓱, 비비고 머리에 번쩍 떠오르는 것이 있으니 두레두레한 황소의 눈깔. 시오 리를 남쪽 산속으로 들어가면 어느 집 바깥 뜰에 밤마다 늘 매여 있는 투실투실한 그 황소. 아무렇게 따지든 칠십 원은 갈 데 없으리라. 그는 부리나케 아우의 뒤를 밟았다.

공동묘지까지 거반 왔을 때에야 가까스로 만났다. 아우의 등

을 탁 치며,

"얘, 좋은 수 있다. 네 원대로 돈을 해 줄게 나하구 잠깐 다녀오자."

씩씩한 어조로 기쁘도록 달랬다. 그러나 아우는 입 하나 열려 하지 않고 그대로 실쭉하였다. 뿐만 아니라 어깨 위에 올려놓은 형의 손을 부질없단 듯이 몸으로 털어버린다. 그리고 삐익 달아난다. 이걸 보니 하 엄청나고 기가 콱 막히었다.

"이눔아!"

하고 악에 받치어,

"명색이 성이라며?"

대뜸 몽둥이는 들어가 그 볼기짝을 후려갈겼다. 아우는 모로 몸을 꺾더니 시나브로 찌그러진다. 뒤미처 앞정강이를 때리고 등을 팼다. 일어나지 못할 만치 매는 내리었다. 체면을 불고하고 땅에 엎드리어 엉엉 울도록 매는 내리었다.

홧김에 하긴 했으되 그 꼴을 보니 또한 마음이 편할 수 없다. 침을 퉤, 뱉어 던지곤 팔자 드신 놈이 그저 그렇지 별수 있나. 쓰러진 아우를 일으키어 등에 업고 일어섰다. 언제나 철이 날는지 딱한 일이었다. 속 썩는 한숨을 후—— 하고 내뿜는다. 그리고 어청어청 고개를 묵묵히 내려온다.

출전:조선일보(1935.7.17~31)

노다지

그믐 칠야 캄캄한 밤이었다. 하늘의 별은 깨알같이 총총 박혔다. 그 덕으로 솔숲 속은 간신히 희미하였다. 험한 산중에도 우중충하고 구석배기 외딴곳이다. 버석만 하여도 가슴이 덜렁한다. 호랑이, 산골 호 생원!

만귀(깊은 밤)는 잠잠하다. 가을은 이미 늦었다고 냉기는 모질다. 이슬을 품은 가랑잎은 바시락바시락 날아들며 얼굴을 축인다.

꽁보는 바랑을 모로 베고 풀 위에 꼬부리고 누웠다가 잠깐 깜박하였다. 다시 눈이 띄었을 적에는 몸서리가 몹시 나온다. 형은 맞은편에 그저 웅크리고 앉았는 모양이다.

"성님, 인제 시작해 볼라우!"

"아직 멀었네. 좀 춥더라도 참참이 해야지……."

어둠 속에서 그 음성만 우렁차게, 그러나 가만히 들릴 뿐이다. 연모를 고치는지 마치 쇠 부딪는 소리와 아울러 부스럭거린다. 꽁보는 다시 옹송그리고 새우잠으로 눈을 감았다. 야기(밤공기)에 옷은 젖어 후줄근하다. 아랫도리가 척 나간 듯이 감촉을 잃고 대고(자꾸) 쑤실 따름이다. 그대로 버뜩 일어나 하품을 하고는 으드들 떨었다.

어디서인지 자박자박 사라지는 발자국 소리가 들린다. 꽁보는 정신이 번쩍 나서 눈을 둥굴린다.

"누가 오는 게 아뉴?"

"바람이겠지, 즈들이 설마 알라구!"

신청부같은 그 대답에 적이 맘이 놓인다. 곁에 형만 있으면야 몇 놈쯤 오기로서니 그리 쪼일 게 없다. 적삼의 깃을 여미며 휘돌아보았다.

감때사나운 큰 바위가 반득이는 하늘을 찌를 듯이, 삐쭉 솟았다. 그 양어깨로 자지레한 바위는 뭉글뭉글한 놈이 검은 구름 같다. 그러면 이번에는 꿈인지 호랑인지 영문 모를 그런 험상궂은 대가리가 공중에 불끈 나타나 두리번거린다. 사방은 모두 이따위 산에 둘렸다. 바람은 뻗질나게 구르며 습기와 함께 낙엽을 풍긴다. 을씨년스레 샘물은 노냥 쫄랑쫄랑 금시라도 시커먼 산 중턱에서 호랑이 불이 보일 듯싶다. 꼼짝 못 할 함정에 든 듯이 소름이 쭉 돋는다.

꽁보는 너무 서먹서먹하고 허전하여 어깨를 으쓱 올린다. 몹쓸 놈의 산골도 다 많어이. 산골마다 모조리 요지경이람. 이러고 보니 몹시 무서운 기억이 눈앞으로 번쩍 지난다.

바로 작년 이맘때이다. 그날도 오늘과 같이 밤을 도와 잠채(광물을 몰래 채굴)를 하러 갔던 것이다. 회양 근방에도 가장 험하다는 마치 이렇게 휘하고 낯선 산골을 기어올랐다. 꽁보에 더펄이, 그리고 또 다른 동무 셋과. 초저녁부터 내리는 보슬비가 웬일인지 그칠 줄을 모른다. 붕, 하고 난데없이 이는 바람에 안기어 비는 낙엽과 함께 몸에 부딪고 또 부딪고 하였다. 모두들 입 벌릴 기력조차 잃고 대고 부들부들 떨었다. 방금 넘어올 듯이 덩치 커다란 바위는 머리를 불쑥 내 대고 길을 막고 막고 한다. 그놈을 끼고 캄캄한 절벽을 돌고 나니 땀이 등줄기로 쪽 내려흘렀다. 게다가 언제 호랑이가 내닫는지 알 수 없으매 가슴은 펄쩍 두근거린다.

그러나 하기는, 이제 말이지 용케도 해먹긴 하였다. 아무렇든지 다섯 놈이 서른 길이나 넘는 암굴에 들어가서 한 시간도 채 못 되자 감(광석)을 두 포대나 실히 따올렸다마는, 문제는 노느매기에 있었다. 어떻게 이놈을 나누면 서로 억울치 않을까, 꽁보는 금점에 남다른 이력이 있느니만치 제가 선뜻 맡았다. 부피를 대중하여 다섯 목에다 차례대로 메지메지 골고루 노났던 것이다. 한데 이런 우스꽝스러운 놈이 또 있을까.

"이게 일터면 노눈 건가!"

어두운 구석에서 어떤 놈이 이렇게 쥐어박는 소리를 하는 것이다. 제 딴은 욱기(불끈하는 기운)를 보이느라고 가래침을 배앝는다.

"그럼."

꽁보는 하 어이없어서 그쪽을 뻔히 바라보았다. 이건 우리가 늘 하는 격식인데 이제 와서 새삼스럽게 게정(불평)을 부릴 것이 아니다.

"아니, 요게 내 거야?"

"그럼 누군 감벼락을 맞았단 말인가?"

"아니, 이 구덩이를 먼저 낸 것이 누군데 그래?"
"누구고 새고 알 게 뭐 있나. 금 있으니 땄고, 땄으니 노났지!"
"알 게 없다? 내가 없어도 느가 왔니? 이 새끼야?"
"이런 숭맥 보래. 꿀돼지 제 욕심 채기로 너만 먹자는 거야?"
 바로 이 말에 자식이 욱하고 들이덤볐다. 무지한 두 손으로 꽁보의 멱살을 잔뜩 움켜쥐고, 흔들고 지랄을 한다. 꽁보가 체수가 작고 좀팽이라 쳐들고 한창 얕본 모양이다.
 비를 맞아 가며 숨이 콕 막히도록 시달리니 꽁보도 화가 안 날 수 없다. 저도 모르게 어느덧 감석(감돌)을 손에 잡자 놈의 골통을 패뜨렸다. 하니까, 이놈이 꼭 황소같이 식, 하더니 꽁보를 피언한 돌 위에다 집어 때렸다. 그리고 깔고 앉더니 대뜸 벽채(광석을 긁어모으는 호미)를 들어 곁 갈빗대를 힉, 하도록 아주 몹시 조겼다. 죽질 않기만 다행이지만 지금도 이게 가끔 도지어 몸을 못 쓰는 것이다. 담에는 왼편 어깨를 된통 맞았다. 정신이 다 아찔하였다. 험하고 깊은 산속이라 그대로 죽여 버릴 작정이 분명하다. 세 번째에는 또다시 가슴을 겨누고 내려올 제, 인제는 꼬박 죽었구나 하였다. 참으로 지긋지긋하고 아슬아슬한 순간이었다. 그때 천행이랄까 대문짝처럼 크고 억센 더펄이가 비호같이 날아들었다. 자분참(지체없이) 그놈의 허리를 뒤로 두 손에 쥐어 들더니 산비탈로 내던져 버렸다. 그놈은 그때 살았는지 죽었는지 이내 모른다. 꽁보는 곧바로 감석과 한꺼번에 더펄이 등에 업히어 마을로 내려왔던 것이다.
 현재 꽁보가 갖고 다니는 그 목숨은 더펄이 손에서 명줄을 받은 그때의 끄트머리다. 더펄이를 형이라 불렀고 형우제공을 깍

듯이 하는 것도 까닭 없는 일은 아니었다.

이 산골도 그 녀석의 산골과 똑 헐없는(영락없는) 흉측스러운 낯짝을 가졌다. 한번 휘돌아보니 몸서리치던 그 경상(경치)이 다시 생각나지 않을 수 없다. 꽁보는 담배를 빡빡 피우며 시름없이 앉았다.

"몸 좀 녹여서 인제 시적시적 해볼까?"

더펄이도 추운지 떨리는 몸을 툭툭 털며 일어선다. 시작하도록 연모는 차비가 다 된 모양. 저편으로 가서 훔척훔척하더니 바랑에서 막걸릿병과 돼지 다리를 꺼내 들고 이리로 온다.

"그래도 좀 거냉은 해야 할걸!"

하고 그는 병마개를 이로 뽑더니,

"에이, 그냥 먹세. 언제 데워 먹겠나?"

"데웁시다."

"글쎄, 그것두 좋구. 근데 불을 놨다가 들키면 어쩌나?"

"저 바위틈에다 가리고 핍시다."

아우는 일어서서 가랑잎을 긁어모았다.

형은 더듬어 가며 소나무 삭정이를 뚝뚝 꺾어서 한 아름 안았다. 병풍과 같이 바위와 바위 사이에 틈이 벌었다. 그 속으로 들어가 그들은 불을 놓았다.

"커—— 그어 맛 좋다이."

형은 한잔을 쭉 켜고 거나하였다. 칼로 돼지고기를 저며 들고 쩍쩍 씹는다.

"아까 술집 계집 봤나?"

"왜 그류?"

"어떻든가?"

"……"

"아주 똑 땄데, 고거 참!"

하고 그는 눈을 불빛에 끔벅거리며 싱글싱글 웃는다. 일 년이면 열두 달 줄창 돌아만 다니는 신세였다. 오늘은 서로, 내일은 동으로, 조선 천지의 금점판치고 아니 집적거린 데가 없었다. 언제나 나도 그런 계집 하나 만나 살림을 좀 해보누 하면 무거운 한숨이 절로 안 날 수 없다.

"거, 계집 있는 게 한결 낫겠더군!"

하고 저도 열적을 만큼 시풍(속된)스러운 소리를 하니까,

"글쎄요……."

하고 꽁보는 그 얼굴을 빤히 쳐다보았다. 이날까지 같이 다녀야 그런 법 없더니만 왜 별안간 계집 생각이 날까, 별일이로군! 하긴, 저도 요즘으로 부쩍 그런 생각이 무룩무룩 안 나는 것도 아니지만, 가을이 늦어서 그런지 홀아비 마주 앉기만 하면 나는 건 그 생각뿐.

"성님. 장가들라우?"

"어디 웬 계집이 있나?"

"글쎄?"

하고 꽁보는 그 말을 재치다가 언뜻 이런 생각을 하였다. 제 누이를 주면 어떨까. 지금 그 누이가 충주 근방 어느 농군에게 출가하여 자식을 둘씩이나 낳았다마는 매우 반반한 얼굴을 가졌다. 이걸 준다면 형은 무척 반기겠고, 또한 목숨을 구해 준 그 은혜에 대하여 손씻이도 되리라.

"성님. 내 누이를 주라우?"

"누이?"

"썩 이쁘우, 성님이 보면 아마 담박 반하리다."

더펄이는 다음 말을 기다리며 다만 벙벙하였다. 불빛에 이글이글하고 검붉은 그 얼굴에는 만족한 미소가 떠올랐다. 그 누이에 대하여 칭찬은 전일부터 많이 들었다. 그럴 적마다 속중으로는 슬며시 생각이 달랐으나 차마 이렇다 토설치는 못했던 터이었다.

"어떻수?"

"글쎄, 그런데 살림하는 사람을 그리되겠나?"

하며 뒷심은 두면서도 어정쩡하게 물어보았다. 그러고들 껍적하고 술을 따라서 아우에게 권하다가 반이나 엎질렀다.

"그야, 돌려 빼면 그만이지 누가 뭐랠 터유."

꽁보는 자신이 있는 듯이 이렇게 선언하였다.

더펄이는 아주 좋았다. 팔짱을 딱 지르고 눈을 감았다. 나도 인젠 계집 하나 안아 보는구나! 아마 그 누이란 썩 이쁠 것이다. 오동통하고, 아양스럽고, 이런 계집에 틀림없으리라. 그럴 필요도 없건마는 그는 벌떡 일어서서 주춤주춤하다가 다시 펄썩 앉는다.

"은제 갈려나?"

"가만있수. 이거 해 가지구 내일 갑시다."

오늘 일만 잘되면 낼로 곧 떠나도 좋다. 충청도라야 강원도 역경을 지나 칠팔십 리 걸으면 그만이다. 낼 해껏 걸으면 모레 아침에는 누이 집을 들러서 다른 금점으로 가리라 예정하였다.

그런데 이놈의 금을 언제나 좀 잡아 볼는지 아득한 일이었다.

"빌어먹을 거, 은제쯤 재수가 좀 터보나!"

꽁보는 뜯고 있던 돼지 뼉다구를 내던지며 이렇게 한탄하였다.

"염려 말게. 어떻게 되겠지! 오늘은 꼭 노다지가 터질 테니 두고 보려나?"

"작히 좋겠수. 그렇거든 고만 들어앉읍시다."

"이를 말인가. 이게 참 할 노릇을 하나, 이제 말이지."

그들은 몇 번이나 이렇게 자위했는지 그 수를 모른다. 네가 노다지를 만나든, 내가 만나든 둘이 똑같이 나눠 가지고 집을 사고, 계집을 얻고, 술도 먹고, 편히 살자고. 그러나 여태껏 한 번이라도 그렇게 해본 적이 없으니 매양 헛소리가 되고 말았다.

"닭 울 때도 되었네. 인제 슬슬 가보려나?"

더펄이는 선뜻 일어서서 바랑을 짚어 메다가 꽁보를 바라보았다. 몸이 또 도지는지 불 앞에서 오르르 떨고 있는 것이 퍽으나 측은하였다.

"여보게. 내 혼자 해가지고 올게, 불이나 쬐고 거기 있을려나?"

"뭘, 갑시다."

꽁보는 꾸물꾸물 일어서며 바랑을 메었다. 그들은 발로다 불을 비벼 끄고는 거기를 떠났다. 산에 골을 엇비슷이 돌아 오르는 샛길이 놓였다. 좌우로는 솔, 잣, 밤, 단풍, 이런 나무들이 울창하게 꽉 들어박혔다. 그 밑으로는 자갈 아니면 불퉁바위는 예제 없이 마냥 뒹굴었다. 한갓 시커먼 그 암흑 속을 그들은 더

듬고 기어오른다. 풀숲의 이슬로 말미암아 고의는 축축이 젖었다. 다리를 옮겨 놓을 적마다 철썩철썩 살에 붙으며 찬 기운이 쪽 끼친다. 그리고 모진 바람은 뻔질 불어 내린다. 붕 하고 능글차게 낙엽이 불어 내리다가는 뺑 하고 되알지게 기를 복쓴다.

꽁보는 더펄이 뒤를 따라 오르며 달달 떨었다. 이게 지랄인지 난장인지, 세상에 짜장 못 해먹을 건 금점 빼고 다시없으리라. 금이 다 무엇인지, 요 짓을 꼭 해야 한담. 게다가 건뜻하면 서로 두들겨 죽이는 것이 일. 참말이지 금쟁이치고 하나 순한 놈 못 봤다. 몸이 결릴 적마다 지겹던 과거를 또 연상하며 그는 다시금 몸에 소름이 돋았다. 그러자 맞은편 산 수풀에서 큰 불이 얼른하였다. '호랑이!' 이렇게 놀라고 더펄이 허리에 가 덥석 달리며,

"저게 뭐유?"

하고 다르르 떨었다.

"뭐?"

"저거, 아니 지금은 없어졌네."

"그게 눈이 어려서 헷거지 뭐야."

더펄이는 씸씸이(모르는 체) 대답하고 천연스레 올라간다. 다구진(다부진) 그 태도에 좀 안심이 되는 듯싶으나 그래도 썩 편치는 못하였다. 왜 이리 오늘은 대고 겁만 드는지 까닭을 모르겠다. 몸은 매시근하고 열로 인하여 입이 바짝바짝 탄다. 이것이 웬만하면 그럴 리 없으련마는,

"자네 안 되겠네. 내 등에 업히게!"

하고 더펄이가 등을 내대일 제, 그는 잠자코 바랑 위로 넙죽 업

했다. 그래도 끽소리 없이 덜렁덜렁 올라가는 더펄이를 굽어보며 실팍한 그 몸이 여간 부러운 것이 아니었다.

불볕 내리는 복중처럼 씨근거리며 이마에 땀이 쫙 흘렀을 그때에야 비로소 더펄이는 산마루턱까지 이르렀다. 꽁보를 내려놓고 땀을 씻으며 후, 하고 숨을 돌린다. 인제 얼마 안 남았겠지. 조금 내려가면 요 아래 있을 것이다.

그들이 이 마을에 들른 것은 바로 오늘 점심때이다. 지나서 그냥 가려 하다가 뜻하지 않은 주막 주인 말에 귀가 번쩍 띄었던 것이다. 저 산 너머 금점이 있는데 금이 푹푹 쏟아지는 화수분이라고. 요즘에는 화약 허가를 내가지고 완전히 일을 하고자 하여 부득이 잠시 휴광 중이고, 머지않아 다시 시작할 게다. 그리고 금 도둑을 맞을까 하여 밤낮 구별 없이 감시하는 중이라 하는 것이다.

그러나 이 밤중에 누가 자지 않고 설마, 하고 더펄이는 덜렁덜렁 내려간다. 꽁보는 그 꽁무니를 쿡쿡 찔렀다. 그래도 사람의 일이니 물은 모른다. 좌우 곁으로 살펴보며 살금살금 사리어 내려온다.

그들은 오 분쯤 내리었다. 딴은 커다란 구덩이 하나가 딱 내달았다. 산 중턱에 짚 더미 같은 바위가 놓였고 그 옆으로 또 하나가 놓여 가달(가닥)이 졌다. 그 가운데다 삐듬(비스듬)한 돌 장벽을 끼고 구멍을 뚫은 것이다. 가로는 한 발 좀 못 되고 길이는 약 서너 발 가량. 성냥을 그어 대보니 깊이는 네 길이 넘겠다. 함부로 쪼아 먹은 구덩이라 꺼칠한 놈이 군버력(광물이 없는 돌)도 똑똑히 못 치웠다. 잠채를 염려하여 그랬으리라. 사다리는 모조리 떼가고 밍숭밍숭한 돌벽이 있을 뿐이다.

그들은 다시 한번 사방을 둘레둘레 돌아보았다. 지척을 분간키 어려우나 필경 사람은 없을 것이다. 마음을 놓고 바랑에서 관솔을 꺼내어 불을 대렸다. 더펄이가 먼저 장벽에 엎디어 뒤로 기어 내린다. 꽁보는 불을 들고 조심성 있게 참참이 내려온다. 한 길쯤 남았을 때 그만 발이 찍 하고 더펄이는 떨어졌다. 꿍, 하고 무던히 골탕은 먹었으나 그대로 쓱싹 일어섰다. 동이 트기 전에 얼른 금을 따야 될 것이다.

"여보게, 아우. 나는 어딜 따랴나?"

"글쎄유……, 가만히 기슈."

아우는 불을 들이대고 줄 맥을 한번 쭉 훑었다.

금점 일에는 난다 긴다 하는 아달맹이 금쟁이였다. 썩 보더니 복판에는 동이 먹어 들어가고 양편 가생이로 차차 줄이 생하는 것을 알았다.

"성님은 저편 구석을 따우."

아우는 이렇게 지시하고 저는 이쪽 구석으로 왔다. 그러나 차마 그 틈바귀로 들어갈 생각이 안 난다. 한 길이나 실히 되도록 쌓아 올린 동발이 금방 넘어올 듯이 위험했다. 밑에는 좀 잔돌로 쌓으나 그 위에는 제법 굵직굵직한 놈들이 얹혔다. 이것이 무너지면 깩소리도 못 하고 치어 죽는다.

꽁보는 한참 생각했으되 별수 없다. 낯을 찌푸려 가며 바랑에서 망치와 타래징을 꺼내 들었다. 그런데 어떻게 파먹은 놈이게 움푹이 들어간 것이 일커녕 몸 하나 놓을 데가 없다. 마지못해 두 다리를 동발께로 쭉 뻗고 몸을 그 홈패기에 착 엎디어 망치질을 하기 시작하였다.

 돌에 뚫린 석혈 구뎅이라 공기는 더욱 퀭하였다. 징 때리는 소리만 양쪽 벽에 무거웁게 부딪친다.

 '팡! 팡!'

 이렇게 몹시 귀를 울린다.

 거반 한 시간이 넘었다. 그들은 버럭 같은 만감 이외에 아무 것도 얻지 못했다. 다시 오 분이 지난다. 십 분이 지난다. 딱 그때다.

 꽁보는 땀을 철철 흘리며 좁다란 그 틈에서 감 하나를 손에 따들었다. 헐없이 작은 목침 같은 그런 돌팍을. 엎드린 그채 불빛에 비치어 가만히 뒤져 보았다. 번들번들한 놈이 그 광채가 되우 혼란스럽다. 혹시 연철이나 아닐까. 그는 돌 위에 눕혀 놓고 망치로 두드리며 깨 보았다. 좀체 하여서는 쪽이 잘 안 나갈 만치 쭌둑쭌둑한 금돌! 그는 다시 집어 들고 눈앞으로 바싹 가져오며 실눈을 떴다. 얼마를 뚫어지게 노려보았다. 무작정으로 가슴은 뚝딱거리고 마냥 들렌다. 이 돌에 박힌 금만으로도, 모름몰라도 하치 열 냥쭝은 넘겠지.

 천원! 천원!

 "그 뭔가, 뭐야?"

 더펄이는 이렇게 허둥지둥 달겨들었다.

 "노다지!"

하고 풀죽은 대답.

 "으으응, 노다지?"

하기 무섭게 더펄이는 우뻑지뻑 그 돌을 받아 들고 눈에 들이댄다. 척척 휠만치 들어박힌 금, 우리도 이젠 팔자를 고치누나! 그는 껍적껍적 엉덩춤이 절로난다.

"이리 나오게, 내 땀세."

그는 아우의 몸을 번쩍 들어내 놓고 제가 대신 들어간다. 역시 동발께로 다리를 쭉 뻗고는 그 틈바귀에 덥석 엎디었다. 몸이 워낙 커서 좀 둥개나 아무렇게도 아우보다 힘이 낫겠지. 그 좁은 틈에 타래징을 꽂아 박고, 식식하고 망치로 때린다.

꽁보는 그 앞에 서서 시무룩허니 흥이 지었다. 금점 일로 할지면 제가 선생님이요, 형은 제 지휘를 받아 왔던 것이다. 뭘 안다고 풋둥이가 어줍대는가, 돌쪽 하나 변변히 못 떼낼 것이……. 그는 형의 태도가 심상치 않음을 얼핏 알았다. 금을 보더니 완연히 변한다.

"저 곡괭이 좀 집어 주게."

형은 고개도 아니 들고 소리를 빽 지른다.

아우는 잠자코 대꾸도 아니 한다. 사람을 너무 얕보는 그 꼴이 썩 아니꼬웠다.

"아, 이 사람아, 곡괭이 좀 얼른 집어 줘. 왜 저리 정신없이 섰나."

그리고 눈을 딱 부릅뜨고 쳐다본다. 아우는 암말 않고 저편 구석에 놓인 곡괭이를 집어다 주었다. 그리고 우두커니 다시 섰다. 형이 무람없이 굴면 굴수록 그것은 반드시 시위에 가까웠다. 힘이 좀 있다고 주제넘게 꺼떡이는 그 화상이야 눈허리가 시면 시었지 그냥은 못 볼 것이다.

"또 땄네. 내 기운이 어떤가?"

형은 이렇게 주적거리며 곡괭이를 연상 내려찍는다. 마치 죽통에 덤벼드는 돼지 모양이다. 억척스럽게도 손뼘만 한 감을 두 쪽이나 따냈다. 인제는 악이 아니면 세상없어도 더는 못 딸 것이다.

엑! 엑! 엑!

그래도 억센 주먹에 굳은 동이 다 벌컥벌컥 나간다.

제 힘을 되우 자랑하는 형을 이윽히 바라보니 또한 그 속이 보인다. 필연코 이 노다지를 혼자 먹으려고 하는 것이다. 하면 내가 있는 것을 몹시 꺼리겠지 하고 속을 태운다.

"이것 봐. 자네 같은 건 골백 와야 소용없네."

하고 또 뽐낼 제 가슴이 선뜩하였다. 앞서는 형의 손에 목숨을 구해 받았으나 이번에는 같은 산골에서 그 주먹에 명을 도로 끊을지도 모른다. 그는 형의 주먹을 가만히 내려 보다가 가엾이도 앙상한 제 주먹에 대조하여 보지 않을 수 없다. 그러나 다만 속이 바르르 떨릴 뿐이다.

그러나 꽁보는 기겁을 하여 놀라며 뒤로 물러섰다. 어이쿠 하고 불시의 비명과 아울러 와르르하였다. 쌓아 올린 동발이 어찌하다 중턱이 헐리었다. 모진 돌들은 더펄이의 장딴지며, 넓적다리, 엉뎅이까지 그대로 엎눌렀다. 살은 물론 으스러졌으리라. 그는 엎으러진 채 꼼짝 못 하고 아픔에 못 이기어 끙끙거린다. 하나 죽질 않기만 요행이다. 바로 그 위의 공중에는 징그럽게 커다란 돌들이 내려 구르자 그 밑을 받친 불과 조그만 조각돌에 걸리어 미처 못 굴러 내리고 간댕거리는 것이었다. 이 돌만 내려치면 그 밑의 그는 목숨은 고사하고 으살이 될 것이다.

"여보게. 내 몸 좀 빼주게."

형은 몸은 못 쓰고 죽어 가는 목소리로 애원한다. 그리고 또,

"아우. 나 죽네. 응?"

하고 더욱 애를 끊으며 빌붙는다. 고개만 겨우 들었을 따름 그 외에는 손조차 자유를 잃은 모양 같다.

아우는 무너지려는 동발을 쳐다보며 얼른 그 머리맡으로 다가선다. 발 앞에 놓인 노다지 세 쪽을 날쌔게 손에 잡자 도로 얼른 물러섰다. 그리고 눈물이 흐른 형의 얼굴은 돌아도 안 보고 그 발로 허둥지둥 장벽을 기어오른다.

"이놈아!"

너머 기어올라 벼락같이 악을 쓰는 호통이 들리었다. 또 연하여 우지끈 뚝딱, 하는 무서운 폭성이 들리었다. 그것은 거의 동시의 일이었다. 그러고는 좀 와스스하다가 잠잠하였다.

그때는 벌써 두 길이나 너머 아우는 기어올랐다. 굿문까지 다 나왔을 제 그는 머리만 내밀어 사방을 두릿거리다 그림자까지 사라진다.

더펄이의 형체는 보이지 않는다. 침침한 어둠 속에 단지 굵은 돌멩이만이 짝 흩어졌다. 이쪽 마구리의 타다 남은 화롯불은 바야흐로 질 듯 질 듯 껌벅거린다. 그리고 된 바람이 애, 하고는 굿문께서 모래를 쫘륵쫘륵 들이 뿜는다.

출전:조선중앙일보(1935.3.2~9)

금 따는 콩밭

땅속 저 밑은 늘 음침하다.

고달픈 간드렛불(광산이나 낚시터에서 켜는 카바이트 불), 맥없이 푸르께하다. 밤과 달라서 낮엔 되우 흐릿하였다.

거츠로 황토 장벽으로 앞뒤 좌우가 꼭 막힌 좁직한 구뎅이. 흡사히 무덤 속같이 귀중중하다. 싸늘한 침묵, 쿠더부레한 흙내와 징그러운 냉기만이 그 속에 자욱하다.

고깽이는 뻔질 흙을 이르집는다(여러 겹으로 된 것을 켜켜이 뜯어낸다). 암팡스러이 나려 쪼며

퍽 퍽 퍽 ──

이렇게 메떠러진 소리뿐. 그러나 간간 우수수하고 벽이 헐린다.

영식이는 일손을 놓고 소맷자락을 끌어당기어 얼골의 땀을 훑는다. 이놈의 줄이 언제나 잡힐는지 기가 찼다. 흙 한 줌을 집어 코밑에 바싹 드려대고 손가락으로 샷샷이 뒤져 본다. 완연히 버력(광석이나 석탄을 캘 때 광물 성분이 섞이지 않은 잡돌)은 좀 변한 듯싶다. 그러나 불통버력이 아주 다 풀린 것도 아니

었다. 말똥버력이라야 금이 온다는데 왜 이리 안 나오는지.

고깽이를 다시 집어 든다. 땅에 무릎을 꿇고 궁뎅이를 번쩍 든 채 식식어린다. 고깽이는 무작정 내려찍는다.

바닥에서 물이 스미어 무르팍이 흔건히 젖었다. 굿(구덩이) 옆은 천판(구덩이의 천장)에서 흙 방울은 나리며 목덜미로 굴러든다. 어떤 때에는 웃 벽의 한쪽이 떨어지며 등을 탕 때리고 부서진다.

그러나 그는 눈도 하나 깜짝하지 않는다. 금을 캔다고 콩밭 하나를 다 잡첫다. 약이 올라서 죽을 둥 살 둥, 눈이 뒤집힌 이 판이다. 손바닥에 침을 탁 뱃고 고깽이 자루를 한번 고쳐잡더니 쉴 줄 모른다.

등 뒤에서는 흙 긁는 소리가 드윽드윽 난다. 아직도 버력을 다 못 친 모양. 이 자식이 일을 하나 시졸 하나. 남은 속이 바적 타는데 웬 뱃심이 이리도 좋아.

영식이는 살기 띠인 시선으로 고개를 돌렸다. 암말 없이 수재를 노려본다. 그제야 꿈을꿈을(꾸물꾸물) 바지게(발채를 얹은 지게)에 흙을 담고 등에 메고 사다리를 올라간다.

굿이 풀리는지 벽이 움찔하였다. 흙이 부서져 나린다. 전날이라면 이곳에서 안해 한번 못 하고 생죽엄이나 안 할까 털끝까지 쭈뼛할 게다. 그러나 인젠 그렇게 되고도 싶다. 수재란 놈하고 흙더미에 묻히어 한껍에 죽는다면 그게 오히려 날 게다.

이렇게까지 몹씨몹씨 밉웠다.

이놈 풍찌는 바람에 애끝은 콩밭 하나만 결판을 냇다. 뿐만 아니라 모두가 낭패다. 세 벌 논도 못 맷다. 논둑의 풀은 성큼 자란 채 어지러히 늘려려 잇다. 이 기미를 알고 지주는 대로하엿다. 내년부터는 농사질 생각 말라고 발을 굴럿다. 땅은 암만을 파도 지수가 없다. 이만해도 다섯 길은 훨썩 넘앗으리라. 좀 더 지펴야 옳을지 혹은 북으로 밀어야 옳을지 우두머니 망설걸인다. 금점(금광) 일에는 푸풀이(풋내기)다. 입때껏 수재의 지휘를 받아 일을 하야 왓고 앞으로도 역 그러해야 금을 딸 것이다. 그러나 그런 칙칙한 즛은 안 한다.

"이리 와 이것 좀 파게."

그는 어쓴 위풍을 보이며 이렇게 분부하엿다. 그리고 저는 일어나 손을 털며 뒤로 물러슨다.

수재는 군말 없이 고분하엿다. 시키는 대로 땅에 무릎을 꿇고 벽채(광산에서 사용하는 연장)로 군버력을 긁어낸 다음 다시 파기 시작한다.

영식이는 치다 남어지 버력을 질머진다. 커단 걸때를 뒤툭어리며 사다리로 기어오른다. 굿문을 나와 버력덤이에 흙을 마악 내칠랴 할 제

"왜 또 파. 이것들이 미첫나 그래——"

산에서 나려오는 마름과 맞닥드렸다. 정신이 떠름하야 그대로 벙벙히 섯다. 오늘은 또 무슨 포악을 드를랴는가.

"말라니깐 왜 또 파는 게야" 하고 영식이의 바지게 뒤를 지팽이로 콱 찌르드니 "갈아먹으라는 밭이지 흙 쓰고 들어가라는 거야, 이 미친 것들아. 콩밭에서 웬 금이 나온다구 이 지랄들이야 그래" 하고 목에 핏대를 올린다. 밭을 버리면 간수 잘못한 자기 탓이다. 날마다 와서 그 북새를 피고 금하야도 담날 보면 또 여

전히 파는 것이다.

"오늘로 이 구뎅이를 도로 묻어 놔야지, 낼로 당장 징역 갈 줄 알게."

너머 감정에 격하야 말도 잘 안 나오고 떠듬떠듬 걸린다. 주먹은 곧 날아들 듯이 허구리께서 불불 떤다.

"오늘만 좀 해보고 고만두겟서유."

영식이는 낯이 붉어지며 가까스루 한마디 하엿다. 그리고 무턱대고 빌엇다.

마름은 드른 척도 안 하고 가 버린다.

그 뒷모양을 영식이는 멀거니 배웅하였다. 그러나 콩밭 낯짝을 들여다보니 무던히 애통 터진다. 멀정한 밭에 구멍이 사면 풍 풍 뚤렸다.

예제없이 버력은 무데기무데기 쌓였다. 마치 사태 만난 공동묘지와도 같이 귀살적고 되우 을씨냥스럽다. 그다지 잘 되었던 콩 포기는 거반 버력덤이에 다아 깔려 버리고 군데군데 어쩌다 남은 놈들만이 고개를 나풀거린다. 그 꼴을 보는 것은 자식 죽는 걸 보는 게 낫지 차마 못 할 경상이었다.

농토는 모조리 떨어질 것이다. 그러나 대관절 올 밭도지(소작료로 받는 현물) 베 두 섬 반은 뭘로 해내야 좋을지. 게다 밭을 망첫으니 자칫하면 징역을 갈는지도 모른다.

영식이가 구뎅이 안으로 들어왓을 때 동무는 땅에 주저앉어 쉬고 잇엇다. 태연무심이 담배만 뻑 뻑 피는 것이다.

"언제나 줄을 잡는 거야."

"인제 차차 나오겟지."

"인제 나온다" 하고 코웃음을 치고 엇먹더니(사리에 맞지 않는 언행으로 비꼬더니) 조금 지나매
"이 색기."
흙덩이를 집어 들고 골통을 나려친다.
수재는 어쿠 하고 그대로 폭 엎으린다. 그러다 벌떡 일어슨다. 눈에 띠는 대로 고깽이를 잡자 대뜸 달겨들엇다. 그러나 강약이 부동, 왁살스러운 팔뚝에 충겨저 벽에 가서 쿵 하고 떨어젓다. 그 순간에 제가 빼앗긴 고깽이가 정백이(정수리)를 겨누고 나라드는 걸 보앗다. 고개를 홱 돌린다. 고깽이는 흙벽을 퍽 찍고 다시 나간다.

수재 이름만 들어도 영식이는 이가 갈렸다. 분명히 홀딱 쏙은 것이다.
영식이는 번디 금점에 이력이 없엇다. 그리고 흥미도 없엇다. 다만 밭고랑에 웅크리고 앉어서 땀을 흘려가며 꾸벅꾸벅 일만 하엿다. 올엔 콩도 뜻밖에 잘 열리고 맘이 좀 놓엿다.
하루는 홀로 김을 매고 있노라니까
"여보게 덥지 않은가. 좀 쉬었다 하게."
고개를 들어 보니 수재다. 농사는 안 짓고 금점으로만 돌아다니드니 무슨 바람에 또 왓는지 싱글벙글한다. 좋은 수나 걸렷나 하고
"돈 좀 많이 벌었나. 나 좀 꿔 주게."
"벌구 말구. 맘껏 먹고 맘껏 쓰고 햇네."
술에 건아한 얼골로 신껏 주적거린다. 그리고 밭머리에 쭈그

리고 앉어 한참 객설을 부리드니

"자네, 돈버리 좀 안 할려나. 이 밭에 금이 묻혓네, 금이……"

"뭐" 하니까

바루 이 산 넘어 큰 골에 광산이 잇다. 광부를 삼백여 명이나 부리는 노다지판인데 매일 소출 되는 금이 칠십 냥을 넘는다. 돈으로 치면 칠천 원. 그 줄맥이 큰 산허리를 뚤고 이 콩밭으로 뻗어 나왓다는 것이다. 둘이서 파면 불과 열흘 안에 줄을 잡을 게고 적어도 하루 서 돈식은 따리라. 우선 삼십 원만 해두 얼마냐. 소를 산대도 반 필이 아니냐고.

그러나 영식이는 귀담어 듣지 않았다. 금점이란 칼 물고 뜀뛰기다. 잘되면 이어니와 못 되면 신세만 조판다. 이렇게 전일부터 드른 소리가 잇어서엇다.

그 담날도 와서 꾀송거리다(그럴듯한 말로 설득하다) 갓다.

세재 번에는 집으로 찾아왓는데 막걸리 한 병을 손에 들고 영을 피운다. 몸이 달아서 또 온 것이었다. 봉당에 걸터앉어서 저녁상을 물끄럼이 바라보드니 조당수(좁쌀로 묽게 쑨 미음)는 몸을 훌틴다는 둥 일군은 든든히 먹어야 한다는 둥 남들은 논을 사느니 밭을 사느니 떠드는데 요렇게 지내다 그만둘 테냐는 둥 일쩌웁게(거추장스럽거나 귀찮게) 지절거린다.

"아즈머니, 이것 좀 먹게 해 주시게유."

그리고 비로소 영식이 안해에게 술병을 내놓는다.

그들은 밥상을 끼고 앉어서 즐겁게 술을 마섯다. 몇 잔이 들어가고 보니 영식이의 생각도 저윽이 돌아섯다. 따는 일 년 고생하고 끽 콩 몇 섬 얻어먹느니보다는 금을 캐는 것이 슬기로운 즛이다. 하로에 잘만 캔다면 한 해 줄것 공드린 그 수확보다 훨썩 이익이다. 올봄 보낼 제 비료값, 품삯, 빚해 빚진 칠 원 까닭에 나날이 졸리는 이 판이다. 이렇게 지지하게 살고 말 빠에는 차라리 가루지나 세루지나 사내자식이 한번 해볼 것이다.

"낼부터 우리 파보세. 돈만 있으면이야 그까짓 콩은."

수재가 안달스리 재우쳐 보채일 제 선뜻 응낙하얏다.

"그래 보세, 빌어먹을 거 안 됨 고만이지."

그러나 꽁무니에서 죽을 마시고 잇든 안해가 허구리를 쿡쿡 찔럿게 망정이지 그렇지 않엇드면 좀 주저할 번도 하얏다.

안해는 안해대로의 심이 빨랏다.

시체(그 시대의 풍습이나 유행)는 금점이 판을 잡앗다. 스뿔르게(섣부르게) 농사만 짓고 잇다간 결국 빌엉뱅이밖에는 더 못 된다. 얼마 안 잇으면 산이고 논이고 밭이고 할 것 없이 다 금쟁이 손에 구멍이 뚫리고 뒤집히고 뒤죽박죽이 될 것이다. 그때는 뭘 파먹고 사나. 자 보아라. 머슴들은 짜위나 한 듯이 일하다 말고 훅닥 하면 금점으로들 내빼지 않는가. 일군이 없어서 올엔 농사를 질 수 없느니 마느니 하고 동리에서는 떠들썩하다. 그리고 번동 포농이 쫓아 호미를 내여던지고 강변으로 개울로 사금을 캐러 다라난다. 그러다 며칠 뒤에는 다비신에다 옥당목을 떨치고 히짜를 뽑는 것이 아닌가.

안해는 콩밭에서 금이 날 줄은 아주 꿈 밖이었다. 놀래고도 또 기뻣다. 올해는 노냥 침만 삼키든 그놈 코다리(명태)를 짜증 먹어보겠구나만 하여도 속이 메질 듯이 짜릿하얏다. 뒷집 양근댁은 금점 덕택에 남편이 사다 준 흰 고무신을 신고 나릿나릿 걷는 것이 무척 부러웟다. 저도 얼른 금이나 펑펑 쏘다지면 흰 고무신도 신고 얼골에 분도 바르고 하리라.

"그렇게 해보지 뭐. 저 냥반 하잔 대로만 하면 어련이 잘 될라구 ──"

얼뚤하야 앉엇는 남편을 이렇게 추겼든 것이다.

동이 트기 무섭게 콩밭으로 모였다.

수재는 진언이나 하는 듯이 이리 대고 중얼거리고 저리 대고 중얼거리고 하였다. 그리고 덤벙거리며 이리 왓다가 저리 왓다가 하였다. 제 따는 땅속에 누은 줄맥을 어림하야 보는 맥이엇다.

한참을 밭을 헤매다가 산 쪽으로 붙은 한구석에 딱 스며 손가락을 펴들고 설명한다. 큰 줄이란 번시 산운. 산을 끼고 도는 법이다. 이 줄이 노다지임에는 필시 이켠으로 버듬이 누엇으리라. 그러니 여기서부터 파 들어가자는 것이엇다.

영식이는 그 말이 무슨 소린지 새기지는 못했다. 마는 금점에는 난다는 수재이니 그 말대로 하기만 하면 영낙없이 금퇴야 나겠지 하고 그것만 꼭 믿엇다. 군말 없이 지시해 받은 곳에다 삽을 푹 꽂고 파헤치기 시작하얏다.

금도 금이면 앨써 키워온 콩도 콩이었다. 거진 자란다 허울 멀쑥한 놈들이 삽 끝에 으츠러지고 흙에 묻히고 하는 것이다. 그걸 보는 것은 썩 속이 아팟다. 애틋한 생각이 물밀 때 가끔 삽을 놓고 허리를 굽으려서 콩닢의 흙을 털어 주기도 하엿다.

"아 이 사람아 맥적게 그건 봐 뭘 해 금을 캐자니깐."

"아니야, 허리가 좀 아퍼서 ——"

핀잔을 얻어먹고는 좀 열적었다(약간 부끄럽고 계면쩍다). 하기는 금만 잘 터저 나오면 이까짓 콩밭쯤이야. 이 밭을 풀어 논도 만들 수 잇을 것이다. 눈을 감아 버리고 삽의 흙을 아무렇게나 콩닢 우로 홱홱 내여 던진다.

"구구로(제 주제에 맞게) 땅이나 파먹지 이게 무슨 지랄들이야 ——"

동리 노인은 뻔찔 찾어와서 귀 거친 소리를 하고 하엿다.

밭에 구멍을 셋이나 뚫엇다. 그리고 대구 풀는 길이엇다. 금인가 난장을 맞을 건가 그것 때문에 농군은 버럿다. 이게 필연코 세상이 망할려는 증조이리라. 그 소중한 밭에다 구멍을 뚤코 이 지랄이니 그놈이 온전할 겐가.

노인은 제 물화에 지팽이를 들어 삿대질을 아니 할 수 없엇다.

"벼락 맞으니, 벼락 맞어 ——"

"염여 말아유. 누가 알래지유."

영식이는 그럴 적마다 데퉁스리 쏘았다. 골김에 흙을 되는대로 내꾼지고는 침을 탁 뱉고 구뎅이로 들어간다. 그러나 마음 한구석에는 언제나 끈—— 하엿다. 줄을 찾는다고 콩밭을 통이 뒤집어 놓앗다. 그리고 줄이 언제나 나올지 아직 깜앟다. 논도 못 매고 물도 못 보고 벼가 어이 되엇는지 그것 좋아 모른다. 밤에는 잠이 안 와 멀뚱허니 애를 태웠다.

수재는 락담하는 기색도 없이 늘 하냥이엇다. 땅에 웅숭그리고 시적시적 노량으로 땅만 판다.

"줄이 꼭 나오겟나" 하고 목이 말라서 물으면
"이번에 안 나오거던 내 목을 비게."
서슴지 않고 장담을 하고는 꿋꿋하엿다.
이걸 보면 영식이도 마음이 좀 뇌는 듯싶엇다. 전들 금이 없다면 무슨 멋으로 이 고생을 하랴. 반듯이 금은 나올 것이다. 그제서는 이왕 손해는 하릴없거니와 고만두리라든 절망이 스르르 사라지고 다시금 주먹이 쥐여지는 것이엇다.

캄캄하게 밤은 어두웟다. 어데선가 뭇 개가 요란이 짖어 대인다.
남편은 진흙투성이를 하고 나려왓다. 풀이 죽어서 몸을 잘 가꾸지도 못하고 아랫묵에 축 느러진다.
이 꼴을 보니 안해는 맥이 다시 풀린다. 오늘도 또 글럿구나. 금이 터지며는 집을 한 채 사 간다고 자랑을 하고 왓드니 이내 헛일이엇다. 인제 좌지가 나서 낯을 들고 나아갈 염의(염치와 의리)좋아 없어젓다.
남편에게 저녁을 갖다주고 딱하게 바라본다.
"인제 꾸 온 양식도 다 먹엇는데——"
"새벽에 산제를 좀 지낼 턴데 한 번만 더 꿰와."
남의 말에는 대답 없고 유하게 흘게 늦은(죈 정도가 느슨한) 소리뿐 그리고 드르누운 채 눈을 지긋이 감아 버린다.
"죽거리두 없는데 산제는 무슨——"
"듣기 싫여 요망 맞은 년 같으니."
이 호통에 안해는 고만 멈씰하엿다. 요즘 와서는 무턱대고 공연스리 골만 내는 남편이 역 딱하엿다. 환장을 하는지 밤잠도 아니 자고 소리만 빽빽 지르며 덤벼들랴고 든다. 심지어 어린 것이 좀 울어도 이 자식 갖다 내꾼지라고 북새를 피는 것이다.

저녁을 아니 먹으므로 그냥 치워 버렷다. 남편의 령을 거역키 어려워 양근댁안테로 또다시 안 갈 수 없다. 그간 양식은 줄것 꾸어다 먹고 갚도 못하엿는데 또 무슨 면목으로 입을 버릴지 난처한 노릇이었다.

그는 생각다 끝에 있는 염치를 보째 손아 던지고 다시 한번 찾어가는 것이다. 마는 딱 맞닥드리어 입을 열고

"낼 산제를 지낸다는데 쌀이 있어야지유 ──" 하자니 역 낯이 화끈하고 모닥불이 나라든다.

그러나 그들은 어지간히 착한 사람이엇다.

"암, 그렇지요. 산신이 벗나면 죽도 그릅니다" 하고 말을 받으며 그 남편은 빙그레 웃는다. 온악이 금점에 장구(오랫동안) 딿아난 몸인 만치 이런 일에는 적잔이 속이 티엇다. 손수 쌀 닷 되를 떠다 주며

"산제란 안 지냄 몰라두 이왕 지낼내면 아주 정성끗 해야 됩니다. 산신이란 노하길 잘 하니까유" 하고 그 비방까지 깨처 보낸다.

쌀을 받아들고 나오며 영식이 처는 고마움보다 먼저 미안에 질리어 얼골이 다시 빨갯다, 그리고 그들 부부 살아가는 살림이 참으로 참으로 몹씨 부러웟다. 양근댁 남편은 날마다 금점으로 감돌며 버력뎀이를 뒤지고 토록을 주서 온다. 그걸 온종일 장판돌에다 갈며는 수가 좋으면 이삼 원 옥아도(밑져도) 칠

팔십 전 꼴은 매일 심이 되는 것이엇다. 그러면 쌀을 산다, 필육을 끊는다, 떡을 한다, 장리를 놓는다――그런데 우리는 왜 늘 요 꼴인지. 생각만 하여도 가슴이 메이는 듯 맥맥한 한숨이 연발을 하는 것이엇다.

안해는 집에 돌아와 떡쌀을 담구엇다. 낼은 뭘로 죽을 쑤어 먹을는지. 웃묵에 웅크리고 앉어서 맞은쪽에 자빠져 잇는 남편을 곁눈으로 살짝 할겨본다. 남들은 돌아다니며 잘두 금을 주서 오련만 저 망난이 제 밭 하나를 다 버려두 금 한 톨 못 주서 오나. 에, 에, 변변치도 못한 사나이. 저도 모르게 얕은 한숨이 겨퍼 두 번을 터진다.

밤이 이슥하야 그들 양주는 떡을 하러 나왓다. 남편은 절구에 쿵쿵 빠앗다. 그러나 체가 없다. 동내로 돌아다니며 빌려 오느라고 안해는 다리에 불풍이 낫다.

"왜 이리 앉엇수, 불 좀 지피지."

떡을 찌다가 얼이 빠저서 멍하니 앉엇는 남편이 밉쌀스럽다. 남은 이래저래 애를 죄는데 저건 무슨 생각을 하고 저리 있는 건지. 낫으로 삭정이(산 나무에 붙은 채로 말라 죽은 가지)를 탁 탁 죠게서 던져 주며 안해는 은근히 훅닥이엇다.

닭이 두 홰를 치고 나서야 떡은 되엇다.

안해는 시루를 이고 남편은 겨드랑에 자리 때기를 꼇다. 그리고 캄캄한 산길을 올라간다.

비탈길을 얼마 올라가서야 콩밭은 놓였다. 전면을 우뚝한 검은 산에 둘리어 막힌 곳이었다. 가생이로 느티 대추나무들은 머리를 풀엇다.

밭머리 조곰 못미처 남편은 거름을 멈추자 뒤의 안해를 도라본다.

"인내. 그러구 여기 가만히 섯서 ——"

실루를 받아 한 팔로 껴안고 그는 혼자서 콩밭으로 올라섯다. 앞에 쌓인 것이 모두가 흙더미 그 흙더미를 마악 돌아슬랴 할 제 아마 돌을 찾나 보다. 몸이 씨러질랴고 우찔끈하니 안해는 기급을 하야 뛰여오르며 그를 부축하얏다.

"부정 타라구. 왜 올라와 요망 맞은 년."

남편은 몸을 고루 잡자 소리를 뻑 지르며 안해를 얼뺨을 부친다. 가뜩이나 죽으라 죽으라 하는데 불길하게도 계집년이. 그는 마뜩지 않게 두덜거리며 밭으로 들어간다.

밭 한가운데다 자리를 펴고 그 위에 시루를 놓앗다. 그리고 시루 앞에다 공손하고 정성스리 재배를 커다랗게 한다.

"우리를 살펴줍시사. 산신께서 거드러 주지 않으면 저희는 죽을 밖에 꼼짝 수 없읍니다유."

그는 손을 모디고 이렇게 축원하얏다.

안해는 이 꼴을 바라보며 독이 뽀록같이 올랏다. 금점을 합네 하고 금 한 톨 못 캐는 것이 버릇만 점점 글러 간다. 그전에는 없드니 요새로 건뜻하면 탕탕 때리는 못된 버릇이 생긴 것이다. 금을 캐랫지 뺨을 치랫나. 제발 덕분에 고놈의 금 좀 나오지 말엇으면. 그는 뺨 맞은 앙심으로 망껏 방자(재앙이 내리도록 비는 짓)하얏다.

하긴 안해의 말 고대로 되엇다. 열흘이 썩 넘어도 산신은 깜깜 무소식이엇다. 남편은 밤낮으로 눈을 까뒤집고 구뎅이에 묻혀 있엇다. 어쩌다 집엘 나려오는 때이면 얼골이 헐떡하고 어깨가 축 느러지고 거반 병객이엿다. 그리고서 잠잣고 커단 몸집을 방고래에다 쾡 하고 내던지고 하는 것이다.

"제이미 붙을, 죽어나 버렸으면 ——"

혹은 이렇게 탄식하기도 하엿다.

안해는 박아지에 점심을 이고서 집을 나섯다. 젖먹이는 등을 두다리며 좋다고 끽끽거린다.

인젠 흰 고무신이고 코다리고 생각좋아 물렸다. 그리고 금 하는 소리만 드러도 입에 신물이 날 만큼 되엇다. 그건 고사하고 꿔다 먹은 양식에 졸리지나 말엇으면 그만도 좋으리마는.

가을은 논으로 밭으로 누——렇게 나리엇다. 농군들은 기꺼운 낮을 하고 서루 만나면 흥겨운 농담. 그러나 남편은 앵한 밭만 망치고 논좋아 건살 못하얏으니 이 가을에는 뭘 걷어드리고 뭘 즐겨할는지. 그는 동리 사람의 이목이 부끄러워 산길로 돌앗다.

솔숲을 나서서 멀리 밭에를 바라보니 둘이 다 나와 있다. 오늘도 또 싸운 모양. 하나는 이쪽 흙뎀이에 앉엇고 하나는 저쪽에 앉엇고 서루들 외면하야 담배만 뻑뻑 피운다.

"점심들 잡숫게유."

남편 앞에 박아지를 나려놓으며 가만히 맥을 보앗다.

남편은 적삼이 찢어지고 얼골에 생채기를 내엇다. 그리고 두 팔을 것고 먼 산을 향하야 묵묵히 앉엇다.

수재는 흙에 박혓다 나왓는지 얼골은커녕 귓속드리 흙투성이다. 코밑에는 피딱지가 말라붙엇고 아즉도 조곰식 피가 흘러나린다. 영식이 처를 보드니 열적은 모양. 고개를 돌리어 모로 떨어치며 입맛만 쩍쩍 다신다.

금을 캐라닌까 밤낮 피만 내다 말라는가. 빗에 졸리어 남은 속을 복는데 무슨 호강에 이 지랄들인구. 안해는 못마땅하야 눈가에 살을 모앗다.

"산제 지난다구 꿔온 것은 은제나 갚는다지유 ──"

뚱하고 있는 남편을 향하야 말끝을 꼬부린다. 그러나 남편은 눈썹 하나 까딱하지 않는다. 이번에는 어조를 좀 돋우며

"갚지도 못할 걸 왜 꿔오라 했지유" 하고 얼주 호령이엇다.

이 말은 남편의 채 가라앉지도 못한 분통을 다시 건디린다. 그는 벌떡 일어스며 황밤주먹을 쥐어 낭창할 만치 안해의 골통을 후렷다.

"계집년이 방정맞게 ──"

다른 것은 모르나 주먹에는 아찔이엇다. 멋없이 덤비다간 골통이 부서진다. 암상을 참고 바르르하다가 이윽고 안해는 등에 업은 언내를 끌러 들엇다. 남편에게로 그대로 밀어 던지니 아이는 까르륵하고 숨 모는 소리를 친다.

그리고 아내는 돌아서서 혼잣말로

"콩밭에서 금을 딴다는 숭맥도 있담" 하고 빗대 놓고 비양거린다.

"이년아, 뭐." 남편은 대뜸 달겨들며 그 볼치에다 다시 올찬 황밤을 주엇다. 적으나면 계집이니 위로도 하야 주련만 요건 분만 폭폭 질러 노려나. 예이 빌어먹을 거, 이판새판이다.

"너허구 안 산다. 오늘루 가거라."

안해를 와락 떠다밀어 논뚝에 제껴 놓고 그 허구리를 발길로 퍽 질럿다. 안해는 입을 헉 하고 벌린다.

"네가 허라구 옆구리를 쿡쿡 찌를 제는 은재냐 요 집안 망할 년."

그리고 다시 퍽 질럿다. 연하여 또 퍽.

이 꼴들을 보니 수재는 조바심이 일엇다. 저러다가 그 분풀이가 다시 제게로 슬그머니 옮아올 것을 지르채엇다. 인제 걸리면 죽는다. 그는 비슬비슬하다 어느 틈엔가 구뎅이 속으로 시납으로 없어져 버린다.

볕은 다스로운 가을 향취를 풍긴다. 주인을 잃고 콩은 무거운 열매를 둥글둥글 흙에 굴린다. 맞은쪽 산밑에서 벼들을 비이며 기뻐하는 농군의 노래.

"터졌네, 터져."

수재는 눈이 휘둥그렇게 굿문을 튀어나오며 소리를 친다. 손에는 흙 한 줌이 잔뜩 쥐엇다.

"뭐" 하다가

"금줄 잡앗서 금줄." "으ㅇ" 하고 외마디를 뒤 남기자 영식이는 수재 앞으로 살같이 달려드렷다. 헝겁지겁 그 흙을 받아들고 샅샅이 헤처 보니 따는 재래에 보지 못하든 붉으죽죽한 황토이엇다. 그는 눈에 눈물이 핑 돌며

"이게 원줄인가."

"그럼, 이것이 곱색줄이라네. 한 포에 댓 돈식은 넉넉 잡히되."

영식이는 기쁨보다 먼저 기가 탁 막혓다. 웃어야 옳을지 울어야 옳을지. 다만 입을 반쯤 벌린 채 수재의 얼골만 멍하니 바라본다.

"이리 와 봐. 이게 금이래."

이윽고 남편은 안해를 부른다. 그리고 내 뭐랬서 그러게 해 보라구 그랬지 하고 설면설면(서먹서먹하거나 어색한 모양) 덤벼오는 안해가 항결 어여뼛다. 그는 엄지가락으로 안해의 눈물을 지워 주고 그리고 나서 껑충거리며 구뎅이로 들어간다.

"그 흙 속에 금이 있지요."

영식이 처가 너무 기뻐서 코다리에 고래등 같은 집까지 연상할 제 수재는 시원스러히

"네. 한 포대에 오십 원식 나와유 ──" 하고 대답하고 오늘 밤에는 꼭 정연코 꼭 다라나리라 생각하엿다. 거즛말이란 오래 못 간다. 뽕이 나서 뼉다구도 못 추리기 전에 훨훨 벗어나는 게 상책이겟다.

출전:개벽3(1935.3)

소낙비

 음산한 검은 구름이 하늘에 뭉게뭉게 모여드는 것이 금시라도 비 한줄기 할 듯하면서도 여전히 짓궂은 햇발은 겹겹 산속에 묻힌 외진 마을을 통째로 자실 듯이 달구고 있었다. 이따금 생각나는 듯 살매 들린 바람은 논밭 간의 나무들을 뒤흔들며 미쳐 날뛰었다.
 뫼 밖으로 농꾼들을 멀리 품앗이로 내보낸 안말의 공기는 쓸쓸하였다. 다만 맷맷한 미루나무숲에서 거칠어가는 농촌을 읊는 듯 매미의 애끓는 노래…….
 매──음! 매──움!
 춘호는 자기 집──올봄에 오 원을 주고 사서 든 묵삭은 오막살이집──방 문턱에 걸터앉아서 바른 주먹으로 턱을 괴고는 봉당에서 저녁으로 때울 감자를 씻고 있는 아내를 묵묵히 노려보고 있었다. 그는 사날 밤이나 눈을 안 붙이고 성화를 하는 바람에 농사에 고리삭은 그의 얼굴은 더욱 해쓱하였다.
 아내에게 다시 한번 졸라보았다. 그러나 위협하는 어조로,
 "이봐, 그래 어떻게 돈 이 원만 안 해줄 테여?"

아내는 역시 대답이 없었다. 갓 잡아 온 새댁 모양으로 씻는 감자나 씻을 뿐 잠자코 있었다.

되나 안되나 좌우간 이렇다 말이 없으니 춘호는 울화가 터져 죽을 지경이었다. 그는 타곳에서 떠돌아 온 몸이라 자기를 믿고 장리를 주는 사람도 없고 또는 그 알량한 집을 팔려 해도 단 이삼 원의 작자도 내닫지 않으므로 앞뒤가 꼭 막혔다마는, 그래도 아내는 나이 젊고 얼굴 똑똑하겠다, 돈 이 원쯤이야 어떻게라도 될 수 있겠기에 묻는 것인데 들은 체도 안 하니 썩 괘씸한 듯싶었다.

그는 배를 튀기며 다시 한번,

"돈 좀 안 해줄 테여?"

하고 소리를 뺵 질렀다.

그러나 대꾸는 역시 없었다. 춘호는 노기충천하여 불현듯 문지방을 떠다밀며 벌떡 일어섰다. 눈을 흡뜨고 벽에 기댄 지게막대를 손에 잡자 아내의 옆으로 바람같이 달려들었다.

"이년아, 기집 좋다는 게 뭐여. 남편의 근심도 덜어주어야지, 끼고 자자는 기집이여?"

지게막대는 아내의 연한 허리를 모질게 후렸다. 까부라지는 비명은 모지락스레 찌그러진 울타리 틈을 벗어 나간다. 잼처 지게막대는 앉은 채 고꾸라진 아내의 발뒤축을 얼러 볼기를 내리갈겼다.

"이년아, 내가 언제부터 너에게 조르는 게여?"

범같이 호통을 치며 남편이 지게막대를 공중으로 다시 올리며 모질음을 쓸 때 아내는,

"에구머니!"

하고 외마디를 질렀다. 연하여 몸을 뒤치자 거반 엎어진 듯이 싸리문 밖으로 내달렸다. 얼굴에 눈물이 흐른 채 황그리는 걸음으로 문 앞의 언덕을 내리어 개울을 건너고 맞은쪽에 뚫린 콩밭 길로 들어섰다.

"너, 네가 날 피하면 어딜 갈 테여?"

발길을 막는 듯한 의미 있는 호령에 달아나던 아내는 다리가 멈칫하였다. 그는 고개를 돌리어 싸리문 안에 아직도 지게 막대를 들고 섰는 남편을 바라보았다. 어른에게 죄진 어린애같이 입만 종깃종깃하다가 남편이 뛰어나올까 겁이 나서 겨우 입을 열었다.

"쇠돌 엄마 집에 좀 다녀올께유."

쭈뼛쭈뼛 변명을 하고는 가던 길을 다시 횡허케 내걸었다. 아내라고 요새 이 돈 이 원이 금시로 필요함을 모르는 바도 아니었다마는, 그의 자격으로나 노동으로나 돈 이 원이란 감히 땅띔도 못 해볼 형편이었다. 벌이래야 하잘것없는 것——아침에 일어나기가 무섭게 남에게 뒤질까 영산이 올라 산으로 빼는 것이다. 조그만 종댕이를 허리에 달고 거한 산중에 드문드문 박혀 있는 도라지, 더덕을 찾아가는 일이었다. 깊은 산속으로 우중충한 돌 틈바귀로 잔약한 몸으로 맨발에 짚신짝을 끌며 강파른 산등을 타고 돌려면 젖 먹던 힘까지 녹아내리는 듯 진땀이 머리로 발끝까지 쭉 흘러내린다.

아랫도리를 단 외겹으로 두른 낡은 치맛자락은 다리로, 허리로 척척 엉기어 걸음을 방해하였다. 땀에 불은 종아리는 거친

숲에 긁혀 매어 그 쓰라림이 말이 아니다. 게다가 무거운 흙내는 숨이 탁탁 막히도록 가슴을 찌른다. 그러나 삶에 발버둥 치는 순진한 그의 머리는 아무 불평도 일지 않았다.

가물에 콩 나기로 어쩌다 도라지 순이라도 어지러운 숲속에 하나둘 뾰족이 뻗어오른 것을 보면 그는 그래도 기쁨에 넘치는 미소를 띠었다.

때로는 바위도 기어올랐다. 정히 못 기어오를 그런 험한 곳이면 칡덩굴에 매어달리기도 하는 것이었다. 땟국에 전 무명 적삼은 벗어서 허리춤에다 꾹 찌르고는 호랑이숲이라 이름난 강원도 산골에 매어달려 기를 쓰고 허비적거린다. 골바람은 지날 적마다 알몸을 두른 치맛자락을 공중으로 날린다. 그제마다 검붉은 볼기짝을 사양 없이 내보이는 칡덩굴이 그를 본다면 배를 움켜쥐어도 다 못 볼 것이다마는 다행히 그윽한 산골이라 그 꼴을 비웃는 놈은 뻐꾸기뿐이었다.

이리하여 해동갑으로 해갈을 하고 나면 캐어 모은 도라지 더덕은 얼러 사발 가웃, 혹은 두어 사발 남짓하게 되는 것이다. 그러면 동리로 내려와 주막거리에 가서 그걸 내주고 보리쌀과 사발 바꿈을 하였다. 그러나 요즘엔 그나마도 철이 겨워 소출이 없다. 그 대신 남의 보리방아를 온종일 찧어주고 보리밥 그릇이나 얻어다가는 집으로 돌아와 농토를 못 얻어 뻔뻔히 노는 남편과 같이 나누는 것이 그날 하루하루의 생활이었다.

그리고 보니 돈 이 원커녕 당장 목을 딴대도 피도 나올지가 의문이었다.

만약 돈 이 원을 돌린다면 아는 집에서 보리라도 꾸어 파는 수

밖에는 다른 도리가 없다. 그리고 온 동리의 아낙네들이 치맛바람에 팔자 고쳤다고 쑥덕거리며 은근히 시새우는 쇠돌 엄마가 아니고는 노는 벌이를 가진 사람이 없다. 그런데 도둑이 제 발 저리다고 그는 자기 꼴 주제에 제물에 눌려서 호사로운 쇠돌 엄마에게는 죽어도 가고 싶지 않았다. 쇠돌 엄마도 처음에야 자기와 같이 천한 농부의 계집이련만 어쩌다 하늘이 도와 동리의 부자 양반 이 주사와 은근히 배가 맞은 뒤로는 얼굴도 모양내고, 옷치장도 하고, 밥걱정도 안 하고 하여 아주 금 방석에 뒹구는 팔자가 되었다. 그리고 쇠돌 아버지도 이게 웬 땡이냔 듯이 아내를 내어논 채 눈을 살짝 감아 버리고 이 주사에게서 나는 옷이나 입고 주는 쌀이나 먹고 연년이 신통치 못한 자기 농사에는 한 손을 떼고는 희자를 뽑는 것이 아닌가!

사실 말인즉, 춘호 처가 쇠돌 엄마에게 죽어도 아니 가려는 그 속 까닭은 정작 여기 있었다.

바로 지난 늦은 봄, 달이 뚫어지게 밝은 어느 밤이었다. 춘호가 보름 계추를 보러 산모퉁이로 나간 것이 이슥하여도 돌아오지 않으므로 집에서 기다리던 아내가 인젠 자고 오려나 생각하고는 막 드러누워 잠이 들려니까 웬 난데없는 황소 같은 놈이 뛰어들었다. 허둥지둥 춘호 처를 마구 깔다가 놀라서 으악 소리를 치는 바람에 그냥 달아난 일이 있었다. 어수룩한 시골 일이라 별반 풍설도 아니 나고 쓱싹 되었으나 며칠이 지난 뒤에야 그것이 동리의 부자 이 주사의 소행임을 비로소 눈치채었다.

그런 까닭으로 해서 춘호 처는 쇠돌 엄마와 직접 관계는 없단대도 그를 대하면 공연스레 얼굴이 뜨뜻하여지고 무슨 죄나 진

듯이 어색하였다.

  그리고 더우기 쇠돌 엄마가,

  "새댁, 나는 속곳이 세 개구, 버선이 네 벌이구 헹."

하며 아주 좋다고 한들대는 꼴을 보면 혹시 자기에게 함정을 두고서 비양거리는 거나 아닌가, 하는 옥생각으로 무안해서 고개도 못 들었다. 한편으로는 자기도 좀만 잘했더면 지금쯤은 쇠돌 엄마처럼 호강을 할 수 있었을 그런 갸륵한 기회를 깝살려버린 자기 행동에 대한 후회와 애탄으로 말미암아 마음을 괴롭히는 그 쓰라림도 적지 않았다.

  그러나 아무러한 욕을 보더라도 나날이 심해가는 남편의 무지한 매보다는 그래도 좀 헐할 게다.

  오늘은 한맘 먹고 쇠돌 엄마를 찾아가려는 것이었다.

  춘호 처는 이번 걸음이 헛발이나 안 칠까 일념으로 심화를 하며 수양버들이 쭉 늘여 박힌 논두렁길로 들어섰다. 그는 시골 아낙네로는 용모가 매우 반반하였다. 좀 야윈 듯한 몸매는 호리호리한 것이 소위 동리의 문자대로 외입깨나 하염직한 얼굴이었으되 추레한 의복이며 퀴퀴한 냄새는 거지를 볼 지른다. 그는 왼손 바른손으로 겨끔내기로 치맛귀를 여며가며 속살이 뼈질까 조심조심 걸었다.

  감사나운 구름송이가 하늘 신폭을 휘덮고는 차츰차츰 지면으로 처져 내리더니 그예 산봉우리에 엉기어 살풍경이 되고 만다. 먼 데서 개 짖는 소리가 앞 뒷산을 한적하게 울린다. 빗방울은 하나둘 떨어지기 시작하더니 차차 굵어지며 무더기로 퍼

부어 내린다.

 춘호 처는 길가에 늘어진 밤나무 밑으로 뛰어 들어가 비를 거니며 쇠돌 엄마 집을 멀리 바라보았다. 북쪽 산기슭 높직한 울타리로 뺑 돌려 두르고 앉았는 오목하고 맵시 있는 집이 그 집이었다. 그런데 싸리문이 꼭 닫힌 걸 보면 아마 쇠돌 엄마가 농군청에 저녁 제누리를 나르러 가서 아직 돌아오지 않은 모양이었다.

 그는 쇠돌 엄마 오기를 지켜보며 우두커니 서서 기다리고 있었다.

 나뭇잎에서 빗방울은 뚝뚝 떨어지며 그의 뺨을 흘러 젖가슴으로 스며든다. 바람은 지날 적마다 냉기와 함께 굵은 빗발을 몸에 들이친다.

 비에 쪼르륵 젖은 치마가 몸에 찰싹 휘감기어 허리로, 궁둥이로, 다리로, 살의 윤곽이 그대로 비쳐 올랐다.

 무던히 기다렸으나 쇠돌 엄마는 오지 않았다. 하도 진력이 나서 하품을 하여가며 정신없이 서 있노라니 왼편 언덕에서 사람 오는 발자국 소리가 들린다. 그는 고개를 돌려 보았다. 그러나 날쌔게 나무 틈으로 몸을 숨겼다.

 동이 배를 가진 이 주사가 지우산을 받쳐 쓰고 쇠돌네 집으로 향하여 엉덩이를 껍죽거리며 내려가는 길이었다. 비록 키는 작달막하나 숱 좋은 수염이라든지, 온 동리를 털어야 단 하나뿐인 탕건이든지, 썩 풍채 좋은 오십 전후의 양반이다. 그는 싸리문 앞으로 가더니 자기 집처럼 거침없이 문을 떠다밀고는 속으로 버젓이 들어가 버린다.

이것을 보니 춘호 처는 다시금 속이 편치 않았다. 자기는 개 돼지같이 무시로 매만 맞고 돌아치는 천덕구니다. 안팎으로 귀염을 받으며 간들대는 쇠돌 엄마와 사람 된 치수가 두드러지게 다름을 그는 알 수 있었다. 쇠돌 엄마의 호강을 너무나 부럽게 우러러보는 반동으로 자기도 잘만 했더라면 하는 턱없는 희망과 후회가 전보다 몇 갑절 쓰린 맛으로 그의 가슴을 찌푸뜨렸다. 쇠돌네 집을 하염없이 건너다보다가 어느덧 저도 모르게 긴 한숨이 굴러내린다.

 언덕에서 쓸려 내리는 사탯물이 발등까지 개흙으로 덮으며 소리쳐 흐른다. 빗물에 푹 젖은 몸뚱어리는 점점 떨리기 시작한다.

 그는 가볍게 몸서리를 쳤다. 그리고 당황한 시선으로 사방을 경계하여 보았다. 아무도 보이지는 않았다. 다시 시선을 돌리어 그 집을 쏘아보며 속으로 궁리하여 보았다. 안에는 확실히 이 주사뿐일 게다. 그때까지 걸렸던 싸리문이라든지 또는 울타리에 넌 빨래를 여태 안 걷어 들인 것을 보면 어떤 맹세를 두고라도 분명히 이 주사 외의 다른 사람은 하나도 없을 것이다.

 그는 마음 놓고 비를 맞아 가며 그 집으로 달려들었다. 봉당으로 선뜻 뛰어오르며,

 "쇠돌 엄마 기슈?"

하고 인기를 내보았다.

 물론 당자의 대답은 없었다. 그 대신 그 음성이 나자 안방에서 이 주사가 번개같이 머리를 내밀었다. 자기 딴은 꿈 밖이란 듯 눈을 두리번두리번하더니 옷 위로 벌거진 춘호 처의 젖가슴,

소낙비 113

아랫배, 넓적다리, 발등까지 슬쩍 음충히 훑어보고는 거나한 낯으로 빙그레한다. 그리고 자기도 봉당으로 주춤주춤 나오며,

"쇠돌 엄마 말인가? 왜 지금 막 나갔지. 곧 온댔으니 안방에 좀 들어가 기다렸으면……."

하고 매우 일이 딱한 듯이 어름어름한다.

"이 비에 어딜 갔에유?"

"지금 요 밖에 좀 나갔지, 그러나 곧 올걸……."

"있는 줄 알고 왔는디……."

춘호 처는 이렇게 혼잣말로 낙심하며 섭섭한 낯으로 머뭇머뭇하다가 그냥 돌아갈 듯이 봉당 아래로 내려섰다. 이 주사를 쳐다보며 물차는 제비같이 산드러지게,

"그럼 요담에 오겠어유, 안녕히 계시유."

하고 작별의 인사를 올린다.

"지금 곧 온댔는데, 좀 기다리지……."

"담에 또 오지유."

"아닐세, 좀 기다리게. 여보게, 여보게, 이봐!"

춘호 처가 간다는 바람에 이 주사는 체면도 모르고 기가 올랐다. 허둥거리며 재간껏 만류하였으나 암만해도 안 될 듯싶다. 춘호 처가 여기엘 찾아온 것도 큰 기적이려니와 뇌성벽력에 구석진 곳이것다, 이렇게 솔깃한 기회는 두 번 다시 못 볼 것이다. 그는 눈이 뒤집히어 입에 물었던 장죽을 쭉 뽑아 방안으로 치뜨리고는 계집의 허리를 뒤로 다짜고짜 끌어안아서 봉당 위로 끌어올렸다.

계집은 몹시 놀라며,

"왜 이러서유, 이거 노세유."
하고 몸을 뿌리치려고 앙탈을 한다.
"아니 잠깐만."
 이 주사는 그래도 놓지 않으며 허겁스러운 눈짓으로 계집을 달랜다. 흘러내리는 고의춤을 왼손으로 연신 치우치며 바른팔로는 계집을 잔뜩 움켜잡고 엄두를 못 내어 쩔쩔 매다가 간신히 방안으로 끙끙 몰아넣었다. 안으로 문고리는 재빠르게 채이었다.
 밖에서는 모진 빗방울이 배춧잎에 부딪히는 소리, 바람에 나무 떠는소리가 요란하다. 가끔 양철통을 내려굴리는 듯 거푸진 천둥소리가 방고래를 울리며 날은 점점 침침하였다.
 얼마쯤 지난 뒤였다. 이만하면 길이 들었으려니 안심하고 이 주사는 날숨을 후—— 하고 돌린다. 실없이 고마운 비 때문에 발악도 못 치고 앙살도 못 피우고 무릎 앞에 고분고분 늘어져 있는 계집을 대견히 바라보며 빙긋이 얼러보았다. 계집은 온몸에 진땀이 쭉 흐르는 것이 꽤 더운 모양이다. 벽에 걸린 쇠돌 엄마의 적삼을 꺼내어 계집의 몸을 말쑥하게 훌닦기 시작한다. 발끝서부터 얼굴까지……."
"너, 열아홉이지?"
하고 이 주사는 취한 얼굴로 얼근히 물어보았다.
"니에."
하고 메떨어진 대답. 계집은 이 주사 손에 눌리어 일어나도 못하고 죽은 듯이 가만히 누워 있다.
 이 주사는 계집의 몸뚱이를 다 씻기고 나서 한숨을 내뿝으며 담배 한 대를 턱 피워 물었다.

"그래, 요새도 서방에게 주리경을 치느냐?"
하고 묻다가 아무 대답도 없으매,

"원 그래서야 어떻게 산단 말이냐, 하루 이틀이 아니고, 사람의 일이란 알 수 있는 거냐? 그러다 혹시 맞아 죽으면 정장 하나 해볼 곳 없는 거야. 허니, 네 명이 아까우면 덮어놓고 민적을 가르는 게 낫겠지."
하고 계집의 신변을 위하여 염려를 마지않다가 번뜻 한 가지 궁금한 것이 있었다.

"너 참, 아이 낳았다 죽었다더구나?"

"니에."

"어디 난 듯이나 싶으냐?"

계집은 얼굴이 홍당무가 되어지며 아무 말 못 하고 고개를 외면하였다.

이 주사도 그까짓 것 더 묻지 않았다. 그런데 웬 녀석의 냄새인지 무 생채 썩는 듯한 시크무레한 악취가 불시로 코청을 찌르니 눈살을 찌푸리지 않을 수 없다. 처음에야 그런 줄은 소통 몰랐더니 알고 보니까 비위가 좋이 역하였다. 그는 빨고 있는 담배통으로 계집의 배꼽께를 똑똑히 가리키며,

"얘, 이 살의 때꼽 좀 봐라. 그래 물이 흔한데 이것 좀 못 씻는단 말이냐?"
하고 모처럼의 기분을 상한 것이 앵하단 듯이 꺼림한 기색으로 혀를 채었다. 하지만 계집이 참다 참다 이내 무안에 못 이기어 일어나 치마를 입으려 하니 그는 역정을 벌컥 내었다. 옷을 빼

앗아 구석으로 동댕이를 치고는 다시 그 자리에 끌어앉혔다. 그리고 자기 딸이나 책하듯이 아주 대범하게 꾸짖었다.

"왜 그리 계집이 달망대니? 좀 듬직치가 못하구……."

춘호 처가 그 집을 나선 것은 들어간 지 약 한 시간 만이었다. 비가 여전히 쭉쭉 내린다. 그는 진땀을 있는 대로 흠뻑 쏟고 나왔다. 그러나 의외로 아니 천행으로 오늘 일은 성공이었다. 그는 몸을 솟치며 생긋하였다. 그런 모욕과 수치는 난생처음 당하는 봉변으로, 지랄 중에도 몹쓸 지랄이었으나 성공은 성공이었다. 복을 받으려면 반드시 고생이 따르는 법이니 이까짓 거야 골백번 당한대도 남편에게 매나 안 맞고 의좋게 살 수만 있다면 그는 사양치 않을 것이다. 이 주사를 하늘같이, 은인같이 여겼다. 남편에게 부쳐 먹을 농토를 줄 테니 자기의 첩이 되라는 그 말도 죄송하였으나 더욱이 돈 이 원을 줄게니 내일 이맘때 쇠돌네 집으로 넌지시 만나자는 그 말은 무엇보다도 고마웠고 벅찬 짐이나 푼 듯 마음이 홀가분하였다. 다만 애 켜이는 것은 자기의 행실이 만약 남편에게 발각되는 나절에는 대매에 맞아 죽을 것이다. 그는 일변 기뻐하며 일변 애를 태우며 자기 집을 향하여 세차게 쏟아지는 빗속을 가분가분 내리달렸다.

춘호는 아직도 분이 못 풀리어 뿌루퉁하니 홀로 앉았다. 그는 자기의 고향인 인제를 등진 지 벌써 삼 년이 되었다. 해를 이어 흉작에 농작물은 말 못되고 따라 빚장이들의 위협과 악다구니는 날로 심하였다. 마침내 하릴없이 집 세간살이를 그대로 내버리고 알몸으로 밤도주하였던 것이다. 살기 좋은 곳을 찾는다고 나이 어린 아내의 손목을 끌고 이 산 저 산을 넘어 표랑하였다. 그러나 우정 찾아 들은 곳이 고작 이 마을이나 산속은 역시 일반이다. 어느 산골엘 가 호미를 잡아 보아도 정은 조그만치도 안 붙었고 거기에는 오직 쌀쌀한 불안과 굶주림이 품을 벌려 그를 맞을 뿐이었다. 터무니없다 하여 농토를 안 준다. 일 구멍이 없으매 품을 못 판다. 밥이 없다. 결국에 그는 피폐하여 가는 농민 사이를 감도는 엉뚱한 투기심에 몸이 달떴다. 요사이 며칠 동안을 두고 요 너머 뒷산 속에서 밤마다 큰 노름판이 벌어지는 기미를 알았다. 그는 자기도 한몫 보려고 끼룩거렸으나 좀체로 밑천을 만들 수가 없었다.

이 원! 수나 좋아서 이 이 원이 조화만 잘한다면 금시 발복이 못 된다고 누가 단언할 수 있으랴! 삼사십 원 따서 동리의 빚이나 대충 가리고 옷 한 벌 지어 입고는 진저리나는 이 산골을 떠나려는 것이 그의 배포였다. 서울로 올라가 아내는 안잠을 재우고 자기는 노동을 하고 둘이서 다구지게 벌면 안락한 생활을 할 수가 있을 텐데 이런 산 구석에서 굶어 죽을 맛이야 없었다. 그래서 젊은 아내에게 돈 좀 해오라니까 요리 매낀 조리 매낀 매만 피하고 곁들어주지 않으니 그 소행이 여간 괘씸한 것이 아니다.

아내가 물에 빠진 생쥐 꼴을 하고 집으로 달려들자 미처 입도 벌리기 전에 남편은 이를 악물고 주먹 뺨을 냅다 붙인다.

"너 이년, 매만 살살 피하고 어디가 자빠졌다 왔니?"

볼치 한 대를 얻어맞고 아내는 오기가 질리어 벙벙하였다. 그래도 직성이 못 풀리어 남편이 다시 매를 손에 잡으려 하니 아내는 질겁을 하여 살려달라고 두 손으로 빌며 개신개신 입을 열었다.

"낼 되유…… 낼. 돈, 낼 되유."

하며 돈이 변통됨을 삼가 아뢰는 그의 음성은 절반이 울음이었다.

남편이 반신반의하여 눈을 찌긋하다가,

"낼?"

하고 목청을 돋았다.

"네, 낼 된다유."

"꼭 되여?"

"네, 낼 된다유."

남편은 시골 물정에 능통하니만치 난데없는 돈 이 원이 어디서 어떻게 되는 것까지는 추궁해 물으려 하지 않았다. 그는 적이 안심한 얼굴로 방문턱에 걸터앉으며 담뱃대에 불을 그었다. 그제야 아내도 비로소 마음을 놓고 감자를 삶으러 부엌으로 들어가려 하니 남편이 곁으로 걸어오며 측은한 듯이 말리었다.

"병나, 방에 들어가 어여 옷이나 말리여. 감자는 내 삶을게."

먹물같이 짙은 밤이 내리었다. 비는 더욱 소리를 치며 앙상한 그들의 방벽을 앞뒤로 울린다. 천정에서 비는 새지 않으나 집 지은 지가 오래되어 고래가 물러앉다시피 된 방이라 도배를 못 한 방바닥에는 물이 스며들어 귀죽죽하다. 거기다 거적 두 닢만 덩그렇게 깔아놓은 것이 그들의 침소였다. 석유 불은 없어 캄캄한 바로 지옥이다. 벼룩은 사방에서 마냥 스멀거린다.

그러나 등걸잠에 익달 한 그들은 천연덕스럽게 나란히 누워 줄기차게 퍼붓는 밤빗소리를 귀담아듣고 있었다. 가난으로 인하여 부부간의 애틋한 정을 모르고 나날이 매질로 불평과 원한

소낙비

중에서 복대기는 그들도 이 밤에는 불시로 화목하였다. 단지 남의 품에 든 돈 이 원을 꿈꾸어보고도…….

"서울 언제 갈라유?"

남편의 왼팔을 베고 누웠던 아내가 남편을 향하여 응석 비슷이 물어보았다. 그는 남편에게 서울의 화려한 거리며 후한 인심에 대하여 여러 번 들은 바 있어 일상 안타까운 마음으로 몽상은 하여보았으나 실지 구경은 못 하였다. 얼른 이 고생을 벗어나 살기 좋은 서울로 가고 싶은 생각이 간절하였다.

"곧 가게 되겠지, 빚만 좀 없어도 가뜬하련만."

"빚은 낭중 갚더라도 얼핀 갑세다유."

"염려 없어. 이달 안으로 꼭 가게 될 거니까."

남편은 썩 쾌히 승낙하였다. 딴은 그는 동리에서 일컬어주는 질꾼으로 투전장의 가보쯤은 시루에서 콩나물 뽑듯 하는 능수였다. 내일 밤 이 원을 가지고 벼락같이 노름판에 달려가서 있는 돈이란 깡그리 모집어 올 생각을 하니 그는 은근히 기뻤다. 그리고 교묘한 자기의 손재간을 홀로 뽐내었다.

"이번이 서울 첨이지?"

하며 그는 서울 바람 좀 한번 쐬었다고 큰 체를 하며 팔로 아내의 머리를 흔들어 물어보았다. 성미가 워낙 겁겁한지라 지금부터 서울 갈 준비를 착착 하고 싶었다. 그가 제일 걱정되는 것은 둠 구석에서 내 자라 먹은 아내를 데리고 가면 서울 사람에게 놀림도 받을 게고 거리끼는 일이 많을 듯싶었다. 그래서 서울 가면 꼭 지켜야 할 필수 조건을 아내에게 일일이 설명치 않을 수도 없었다.

첫째, 사투리에 대한 주의부터 시작되었다. 농민이 서울 사람에게 '꼬라리'라는 별명으로 갈잡히는 그 이유는 무엇보다도 사투리에 있을지니 사투리는 쓰지 말며 '합세'를 '하십니까'로 '하게유'를 '하오'로 고치되 말끝을 들지 말지라──또 거리에서 어릿어릿하는 것은 내가 시골뜨기요 하는 얼뜬 짓이니 갈 길은 재게 가고 볼 눈은 또릿또릿이 볼지라──하는 것들이었다. 아내는 그 끔찍한 설교를 귀담아들으며 모깃소리로 '네, 네'를 하였다. 남편은 뒤 시간 가량을 샐 틈 없이 꼼꼼하게 주의를 다져놓고는 서울의 풍습이며 생활 방침 등을 자기의 의견대로 그럴싸하게 이야기하여 오다가 말끝이 어느덧 화장술에 이르게 되었다. 시골 여자가 서울에 가서 안 잠을 잘 자주면 몇 해 후에는 집까지 얻어 갖는 수가 있는데 거기에는 얼굴이 예뻐야 한다는 소문을 일찍 들은 바 있어 하는 소리였다.

"그래서 날마닥 기름도 바르고, 분도 바르고, 버선도 신고 해서 쥔 마음에 썩 들어야……."

한참 신바람이 올라 주워 삼기다가 옆에서 쌔근쌔근 소리가 들리므로 고개를 돌려 보니 아내는 이미 곯아져 잠이 깊었다.

"이런 망할 거, 남 말하는데 자빠져 잔담."

남편은 혼자 중얼거리며 바른팔을 들어 이마 위로 흐트러진 아내의 머리칼을 뒤로 쓰다듬어 넘긴다. 세상에 귀한 것은 자기의 아내! 이 아내가 만약 없었던들 자기는 홀로 어떻게 살 수 있었으려는가! 명색이 남편이며 이날까지 옷 한 벌 변변히 못 해 입히고 고생만 짓 시킨 그 죄가 너무나 큰 듯 가슴이 뻐근하였다. 그는 왁살스러운 팔로다 아내의 허리를 꼭 껴안아 가지고 자기의 앞으로 바특이 끌어당겼다.

 밤새도록 줄기차게 내리던 빗소리가 아침에 이르러서야 겨우 그치고 점심때에는 생기로운 볕까지 들었다. 쿨렁쿨렁 논물 나는 소리는 요란히 들린다. 시내에서 고기 잡는 아이들의 고함이며 농부들의 희희낙락한 메나리도 기운차게 들린다.

 비는 춘호의 근심도 씻어 간 듯 오늘은 그에게도 즐거운 빛이 보였다.

"저녁 제누리 때 되었을걸, 얼른 빗고 가봐——"

그는 갈증이 나서 아내를 대고 재촉하였다.

"아직 멀었어유."

"먼 게 뭐냐, 늦었어."

"뭘!"

아내는 남편의 말대로 벌써부터 머리를 빗고 앉았으나 원체 달포나 아니 가리어 엉큰 머리가 시간이 꽤 걸렸다. 그는 호랑이 같은 남편과 오랜간만에 정다운 정을 바꾸어보니 근래에 볼 수 없는 희색이 얼굴에 떠돌았다. 어느 때에는 맥적게 생글생글 웃어도 보았다.

 아내가 꼼지락거리는 것이 보기에 퍽이나 갑갑하였다. 남편은 아내 손에서 얼레빗을 쑥 뽑아 들고는 시원스레 쭉쭉 내려 빗긴다. 다 빗긴 뒤 옆에 놓인 밥사발의 물을 손바닥에 연신 칠해가며 머리에다 번지르하게 발라놓았다. 그래놓고 위서부터 머리칼을 재워가며 맵시 있게 쪽을 딱 찔러주더니 오늘 아침에 한 사코 공을 들여 삼아놓았던 짚신을 아내의 발에 신기고 주먹으로 자근자근 골을 내주었다.

"인제 가봐!"
하다가,
"바루 곧 와, 응?"
하고 남편은 그 이 원을 고이 받고자 손색없도록, 실패 없도록 아내를 모양내어 보냈다.

출전:조선일보(1935.1)

땡볕

　우람스레 생긴 덕순이는 바른팔로 왼편 소맷자락을 끌어다 콧등의 땀방울을 훑고는 동안 네거리에 와 다리를 딱 멈추었다. 더위에 익어 얼굴이 벌거니 사방을 둘러본다. 중복허리의 뜨거운 땡볕이라 길 가는 사람은 저편 처마 밑으로만 배앵뱅 돌고 있다. 지면은 번들번들히 달아 자동차가 지날 적마다 숨이 탁 막힐 만치 무더운 먼지를 풍겨 놓는 것이다.
　덕순이는 아무리 참아 보아도 자기가 길을 물어 좋을 만치 그렇게 여유 있는 얼굴이 보이지 않음을 알자 소맷자락으로 또 한 번 땀을 훑어본다. 그리고 거북한 표정으로 벙벙히 섰다. 때마침 옆으로 지나는 어린 깍쟁이에게 공손히 손짓을 한다.
　"얘! 대학병원을 어디루 가니?"
　"이리루 곧장 가세요!"
　덕순이는 어린 깍쟁이가 턱으로 가리킨 대로 그 길을 북으로 접어들며 다시 내걷기 시작한다. 내딛는 한 발짝마다 무거운 지게는 어깨에 배기고 등줄기에서 쏟아져 내리는 진땀에 궁둥이는 쓰라릴 만치 물렀다. 속타는 불김을 입으로 불어 가며 허덕

지덕 올라오다 엄지손가락으로 코를 힝 풀어 그 옆 전봇대 허리에 쓱 문댈 때에는 그는 어지간히 가슴이 답답하였다. 당장 지게를 벗어 던지고 푸른 그늘에 가 나자빠지고 싶은 생각이 굴뚝 같으련만 그걸 못 하니 짜증이 안 날 수 없다. 골피를 찌푸리어 데퉁스레,

"빌어먹을 거! 왜 이리 무거!"

하고 내뱉으려 하였으나, 그러나 지게 위에서 무색하여질 아내를 생각하고 꾹 참아 버린다. 제 속으로만 끙끙거리다 겨우,

"에이 더웁다!"

하고 자탄이 나올 적에는 더는 갈 수가 없었다.

덕순이는 길가 버들 밑에다 지게를 벗어 놓고는 두 손으로 적삼 등을 흔들어 땀을 들인다. 바람기 한 점 없는 거리는 그대로 타붙었고, 그 위의 모래만 이글이글 달아 간다. 하늘을 쳐다보았으나 좀체로 비맛은 못 볼 듯싶어 바상바상한 입맛을 다시고 섰을 때 별안간 댕댕 소리와 함께 발등에 물을 뿌리고 물차가 지나가니 그는 비로소 산 듯이 정신기가 반짝 난다. 적삼 호주머니에 손을 넣어 곰방대를 꺼내 물고 담배 한 대 붙이려 하였으나 홀쭉한 쌈지에는 어제부터 담배 한 알 없었던 것을 다시 깨닫고 역정스레 도로 집어넣는다.

"꽁무니가 배기지 않어?"

덕순이는 이렇게 아내를 돌아본다.

"괜찮아요!"

하고 거진 죽어 가는 상으로 글썽글썽 눈물이 괸 아내가 딱하였다. 두 달 동안이나 햇빛 못 본 얼굴은 누렇게 시들었고 병약

한 몸으로 지게 위에 앉아 까댁이는 양이 금시라도 꺼질 듯싶은 그 아내였다.

덕순이는 아내를 이윽히 노려본다.

"아 울긴 왜 우는 거야?"

하고 눈을 부라렸으나,

"병원에 가면 짼대겠지요."

"째긴 아무거나 덮어놓고 째나? 연구한다니까."

하고 되도록 아내를 안심시킨다. 그러나 덕순이 생각에는 째든 말든 그건 차차 해놓고 우선 먹어야 산다고,

"왜 기영이 할아버지의 말씀 못 들었어?"

"병원서 월급을 주구 고쳐 준다는 게 정말인가요?"

"그럼 노인이 설마 거짓말을 헐라구. 그래 시방두 대학병원의 이등 박산가 뭐가 열네 살 된 조선 아이가 어른보다도 더 부대한 걸 보구 하두 이상한 병이라고 붙잡아 들여서 한 달에 십 원씩 월급을 주고, 그뿐인가 먹이구 입히구 이래 가며 지금 연구하고 있대지 않어?"

"그럼 나도 허구헌 날 늘 병원에만 있게 되겠구려."

"인제 가봐야 알지, 어떻게 되는지."

이렇게 시원스레 받기는 받았으나 덕순이 자신 역시 기영 할아버지의 말을 꼭 믿어서 좋을지가 의문이었다. 시골서 올라온 지 얼마 안 되는 그로서는 서울 일이라 혹 알 수 없을 듯싶어 무료 진찰권을 내온 데 더 되지 않았다. 그렇다 하더라도 병이 괴상하면 할수록 혹은 고치기가 어려우면 어려울수록 월급이 많다는 것인데 영문 모를 아내의 이 병은 얼마짜리나 되겠는가고

속으로 무척 궁금하였다. 아이가 십 원이라니 이건 한 십오 원 쯤 주겠는가, 그렇다면 병 고치니 좋고, 먹으니 좋고, 두루두루 팔자를 고치리라고 속안으로 육조배판을 늘이고 섰을 때,
"여보십쇼! 이 채미 하나 잡숴 보십쇼."
하고 조만치서 참외를 벌여놓고 앉았는 아이가 시선을 끌어간다. 길쭘길쭘하고 싱싱한 놈들이 과연 뜨거운 복중에 하나 벗겨 들고 으썩 깨물어 봄 직한 참외였다. 덕순이는 참외를 이놈 저놈 멀거니 물색하여 보다 쌈지에 든 잔돈 사 전을 얼른 생각은 하였으나 다음 순간에 그건 안 될 말이라고 꺽진 마음으로 시선을 걷어 온다. 사 전에 일 전만 더 보태면 희연 한 봉이 되리라고 어제부터 잔뜩 꼽여 쥐고 오던 그 사 전, 이걸 참외 값으로 녹여서는 사람이 아니다.
"지게를 꼭 붙들어!"
덕순이는 지게를 지고 다시 일어나며 그 십오 원을 생각했던 것이니 그로서는 너무도 벅찬 희망의 보행이었다.
덕순이는 간호부가 지도하여 주는 대로 산부인과 문밖에서 제 차례가 돌아오기를 기다리고 있었다.
아내는 남편이 업어다 놓은 대로 걸상에 가 번듯이 늘어져 괴로운 숨을 견디지 못한다. 요량 없이 부어오른 아랫배를 한 손으로 치마째 걷어 안고는 매 호흡마다 간댕거리는 야윈 고개로 가쁜 숨을 돌리고 있는 것이다. 게다가 수술실에서 들것으로 담아내는 환자와 피고름이 섞인 쓰레기통을 보는 것은 그로 하여금 해쓱한 얼굴로 이를 떨도록 하기에는 너무도 충분한 풍경이었다.

"너무 그렇게 겁내지 말아, 그래두 다 죽을 사람이 병원엘 와야 살아나가는 거야……."

덕순이는 아내를 위안하기 위하여 이런 소리도 하는 것이나, 기실 아내 못지않게 저로도 조바심이 적지 않았다. 아내의 이 병이 무슨 병일까, 짜장 기이한 병이라서 월급을 타 먹고 있게 될 것인가, 또는 아내의 병을 씻은 듯이 고쳐 줄 수 있겠는가, 겸삼수삼 모두가 궁거웠다.

이 생각 저 생각으로 덕순이는 아내의 상체를 떠받쳐 주고 있다가 우연히도 맞은편 타구 옆댕이에 가 떨어져 있는 궐련 꽁댕이에 한 눈이 팔린다. 그는 사방을 잠깐 살펴보고 휭허케 가서 집어다가는 곰방대에 피워 물며 제 차례를 기다렸으나 좀체로 불러 주질 않는 것이다.

이렇게 하여 그들은 허무히도 두 시간을 보냈다.

한점을 십사 분가량 지났을 때 간호부가 다시 나와 덕순이 아내의 성명을 외는 것이다.

"네, 여깄습니다!"

덕순이는 허둥지둥 아내를 들춰업고 진찰실로 들어갔다.

간호부 둘이 달려들어 우선 옷을 벗기고 주무를 제 아내는 놀란 토끼와 같이 조그맣게 되어 떨고 있었다. 코를 찌르는 무더운 약 내에 소름이 끼치기도 하려니와 한쪽에 번쩍번쩍 늘여 놓인 기계가 더욱이 마음을 조이게 하는 것이다. 아내가 너무 병신스레 떨므로 옆에 섰는 덕순이까지도 겸연쩍지 않을 수 없었다. 아내의 한 팔을 꼭 붙들어 주고 집에서 꾸짖듯이 눈을 부릅떠,

"뭬가 무섭다구 이래?"
하고는 유리판에서 기계 부딪는 젤그럭 소리에 등줄기가 다 섬뜩할 제,

"은제부터 배가 이래요?"
간호부가 뚱뚱한 의사의 말을 통변한다.

"자세히는 몰라두……."
덕순이는 이렇게 머리를 긁고는 아마 이토록 부르기는 지난 겨울부턴가 봐요, 처음에는 이게 애가 아닌가 했던 것이 그렇지도 않구요, 애라면 열 달에 날 텐데,

"열석 달씩이나 가는 게 어딨습니까?"
하고는 아차, 애니 뭐니 하는 건 괜히 지껄였군 하였다. 그래 의사가 무어라고 또 입을 열 수 있기 전에 얼른 뒤미처,

"아무두 이 병이 무슨 병인지 모른다구 그래요, 난생처음 본다구요."
하고 몇 마디 더 얹었다.

덕순이는 자기네들의 팔자를 고칠 수 있고 없고가 이 순간에 달렸음을 또 한 번 깨닫고 열심히 의사의 입만 쳐다보고 있는 것이다마는 금테 안경 쓴 의사는 그리 쉽사리 입을 열려지 않았다. 몇 번을 거듭 주물러 보고, 두드려 보고, 들어 보고, 이러기를 얼마 한 다음 시답지 않게 저쪽으로 가 대야에 손을 씻어가며 간호부를 통하여 하는 말이,

"이 뱃속에 어린애가 있는데요, 나올려다 소문이 적어서 그대로 죽었어요. 이걸 그냥 둔다면 앞으로 일주일을 못 갈 것이니 불가불 수술을 해야 하겠으나 또 그 결과가 반드시 좋다고 단언

할 수도 없는 것이매 배를 가르고 아이를 꺼내다 만일 사불여의 하여 불행을 본다더라도 전혀 관계없다는 승낙만 있으면 내일이라도 곧 수술을 하겠어요."
하고 나 어린 간호부는 조금도 거리낌 없는 어조로 줄줄 쏟아놓다가,
"어떻게 하실 테야요?"
"글쎄요······."
덕순이는 이렇게 얼떨떨한 낯으로 다시 한번 뒤통수를 긁지 않을 수 없었다.
간호부의 말이 무슨 소린지 다는 모른다 하더라도 속대중으로 저쯤은 알아챘던 것이니 아내의 생명이 위험하다는 그 말이 두렵기도 하려니와 겨우 아이를 뱄다는 것쯤, 연구 거리는 못 되는 병인 양 싶어 우선 낙심하고 마는 것이다. 하나 이왕 버린 노릇이매,
"그럼 먹을 것이 없는데요······."
"그건 여기서 입원시키고 먹일 것이니까 염려 마셔요······."
"그런데요 저······."
하고 덕순이는 열적은 낯을 무얼로 가릴지 몰라 주볏주볏,
"월급 같은 건 안 주나요?"
"무슨 월급이오?"
"왜 여기서 병을 고치면 월급을 주는 수도 있다지요."
"제 병 고쳐 주는 데 무슨 월급을 준단 말이오?"
하고 맨망스레도 톡 쏘는 바람에 덕순이는 고만 얼굴이 벌게지고 말았다. 팔자를 고치려던 그 계획이 완전히 어그러졌음을 알

자 그의 주린 창자는 척 꺾이며 두꺼운 손으로 이마의 진땀이나 훑어보는 밖에 별도리가 없는 것이다. 하나 아내의 생명은 어차피 건져야 하겠기로 공손히 허리를 굽신하여,
"그럼 낼 데리고 올 게 어떻게 해주십시오."
하고 되도록 빌붙어 보았던 것이, 그때까지 끔찍끔찍한 소리에 얼이 빠져서 멀뚱히 누웠던 아내가 별안간 기급을 하여 일어나 살뚱맞은 목성으로,
"나는 죽으면 죽었지 배는 안 째요."
하고 얼굴이 노랗게 되는 데는 더 할 말이 없었다. 죽이더라도 제 원대로나 죽게 하는 것이 혹은 남편 된 사람의 도릴지도 모른다. 아내의 꼴에 하도 어이가 없어,
"죽는 거보담야 수술을 하는 게 좀 낫겠지요!"
비소를 금치 못하고 섰는 간호부와 의사가 눈에 보이지 않도록 덕순이는 시선을 외면하여 풍싯풍싯 아내를 업고 나왔다. 지게 위에 올려놓은 다음 엎디어 다시 지고 일어나려니 이게 웬일일까 아까 오던 때와는 갑절이나 무거웠다.
덕순이는 얼마 전에 희망이 가득히 차 올라가던 길을 힘 풀린 걸음으로 터덜터덜 내려오고 있었다. 보지는 않아도 지게 위에서 소리를 죽여 훌쩍훌쩍 울고 있는 아내가 눈앞에 환한 것이다. 학식이 많은 의사는 일자무식인 덕순이 내외보다는 더 많이 알 것이니 생명이 한 이레를 못 가리라던 그 말을 어째 볼 도리가 없다. 인제 남은 것은 우중충한 그 냉골에 갖다 다시 눕혀 놓고 죽을 때나 기다리고 있을 따름이었다.
덕순이는 눈 위로 덮는 땀방울을 주먹으로 훔쳐 가며 장차 캄

캄하여 올 그 전도를 생각해 본다. 서울을 장대고 왔던 것이 벌이도 제대로 안 되고 게다가 인젠 아내까지 잃는 것이다. 지에미붙을! 이놈의 팔자가, 하고 딱한 탄식이 목을 넘어오다 꽉 깨무는 바람에 한숨으로 터져 버린다.

  한나절이 되자 더위는 더한층 무서워진다.

  덕순이는 통째 짓무를 듯싶은 등어리를 견디지 못하여 먼젓번에 쉬어 가던 나무 그늘에 지게를 벗어 놓는다. 땀을 들여가며 아내를 가만히 내려다보니 그동안 고생만 시키고 변변히 먹이지도 못하였던 것이 갑자기 후회가 나는 것이다. 이럴 줄 알았더면 동넷집 닭이라도 훔쳐다 먹였을 걸 싶어,

  "울지 말아, 그것들이 뭘 아나 제까짓 게!"

하고 소리를 뻑 지르고는,

  "채미 하나 먹어 볼 테야?"

  "채민 싫어요."

  아내는 더위에 속이 탔음인지 한길 건너 저쪽 그늘에서 팔고 있는 얼음냉수를 손으로 가리킨다. 남편이 한 푼 더 보태어 담배를 사려던 그 돈으로 얼음냉수를 한 그릇 사다가 입에 먹여까지 주니 아내도 황송하여 한숨에 들이켠다. 한 그릇을 다 먹고 나서 하나 더 사다 주랴 물었을 때 이번엔 왜떡이 먹고 싶다 하였다. 덕순이는 이것이 마지막이라는 생각으로 나머지 돈으로 왜떡 세 개를 사다 주고는 그대로 눈물도 씻을 줄 모르고 그걸 오직오직 깨물고 있는 아내를 이윽히 바라보고 있었다. 그러나 아내가 무슨 생각을 하였는지 왜떡을 입에 문 채 훌쩍훌쩍 울며,

"저 사촌 형님께 쌀 두 되 꿔다 먹은 거 부대 잊지 말구 갚우."
하고 부탁할 제 이것이 필연 아내의 유언이라 깨닫고는,
"그래 그건 염려 말아!"
"그리구 임자 옷은 영근 어머니더러 사정 얘길 하구 좀 빨아 달래우."
하고 이야기를 곧잘 하다가 다시 입을 일그리고 훌쩍훌쩍 우는 것이다.

덕순이는 그 유언이 너무 처량하여 눈에 눈물이 핑 돌아 가지고는 지게를 도로 지고 일어선다. 얼른 갖다 눕히고 죽이라도 한 그릇 더 얻어다 먹이는 것이 남편의 도릴 게다.

때는 중복, 허리의 쇠뿔도 녹이려는 뜨거운 땡볕이었다.

덕순이는 빗발같이 내려붓는 등골의 땀을 두 손으로 번갈아 훔쳐 가며 끙끙 내려올 제 아내는 지게 위에서 그칠 줄 모르는 그 수많은 유언을 차근차근 남기자, 울자, 하는 것이다.

출전:여성11(1937.2)

산골 나그네

 밤이 깊어도 술꾼은 역시 들지 않는다. 메주 뜨는 냄새와 같이 쾨쾨한 냄새로 방 안은 괴괴하다. 윗간에서는 쥐들이 찍찍거린다. 홀어머니는 쪽 떨어진 화로를 끼고 앉아서 쓸쓸한 대로 곰곰 생각에 젖는다. 가뜩이나 침침한 반짝 등불이 북쪽 지게문에 뚫린 구멍으로 새드는 바람에 반뜩이며 빛을 잃는다. 헌 버선 짝으로 구멍을 틀어막는다. 그리고 등잔 밑으로 반짇고리를 끌어당기며 시름없이 바늘을 집어 든다.
 산골의 가을은 왜 이리 고적할까! 앞뒤 울타리에서 부수수 하고 떨잎은 진다. 바로 그것이 귀밑에서 들리는 듯 나직나직 속삭인다. 더욱 몹쓸 건 물소리 골을 휘돌아 맑은 샘은 흘러내리고 야릇하게도 음률을 읊는다.
 퐁! 퐁! 퐁! 쪼록 퐁!
 바깥에서 신발 소리가 자작자작 들린다. 귀가 번쩍 띄여 그는 방문을 가볍게 열어젖힌다. 머리를 내밀며
 "덕돌이냐?" 하고 반겼으나 잠잠하다. 앞뜰 건너편 수풍 위를 감돌아 싸늘한 바람이 낙엽을 홀뿌리며 얼골에 부딪친다.

용마루가 생생운다. 모진 바람 소리에 놀라 멀리서 밤 개가 요란히 짖는다.

"쥔 어른 계서유?"

몸을 돌리어 바느질거리를 다시 집어들려 할 제 이번에는 짜정 인기가 난다. 황겁하게

"누기유?" 하고 일어서며 문을 열어보았다.

"왜 그리유?"

처음 보는 아낙네가 마루 끝에 와 섰다. 달빛에 비끼어 검붉은 얼굴이 해쓱하다. 추운 모양이다. 그는 한 손으로 머리에 둘렀던 왜 수건을 벗어들고는 다른 손으로 흩어진 머리칼을 쓸어담아 올리며 수줍은 듯이 쭈뼛쭈뼛한다.

"저…… 하로 밤만 드새고 가게 해주세유 ──"

남정네도 아닌데 이 밤중에 웬일인가, 맨발에 짚신짝으로. 그야 아무렇든 ──

"어서 들어와 불 쬐게유."

나그네는 주춤주춤 방 안으로 들어와서 화로 곁에 도사려 앉는다. 낡은 치맛자락 위로 빠지려는 속살을 아무리자 허리를 지그시 튼다. 그러고는 묵묵하다. 주인은 물끄러미 보고 있다가 밥을 좀 주랴느냐고 물어보아도 잠자코 있다. 그러나 먹던 대궁을 주워 모아 짠지쪽하고 갖다주니 감지덕지 받는다. 그리고 물 한 모금 마심 없이 잠깐 동안에 밥그릇의 밑바닥을 긁는다.

밥숟가락을 놓기가 무섭게 주인은 이야기를 붙이기 시작하였다. 미주알고주알 물어보니 이야기는 지수가 없다. 자기로도 너무 지쳐 물은 듯싶을 만치 대구 추근거렸다. 나그네는 싫단 기

색도 좋단 기색도 별로 없이 시나브로 대꾸하였다. 남편 없고 몸 붙일 곳 없다는 것을 간단히 말하고 난 뒤

"이리저리 얻어먹어 단게유" 하고 턱을 가슴에 묻는다.

첫닭이 홰를 칠 때 그제야 마을갔던 덕돌이가 돌아온다. 문을 열고 감사나운(억세게 사나운) 머리를 디밀려다 낯선 아낙네를 보고 눈이 휘둥그렇게 주춤한다. 열린 눈으로 억센 바람이 몰아들며 방 안이 캄캄하다. 주인은 문 앞으로 걸어와 서며 덕돌이의 등을 뚜덕거린다. 젊은 여자 자는 방에서 떠꺼머리총각을 재우는 건 상서럽지 못한 일이었다.

"애 덕돌아, 오늘은 마을 가 자고 아침에 온."

가을 할 때가 지났으니 돈냥이나 좋이 퍼질 때도 되었다. 그 돈들이 어디로 몰리는지 이 술집에서는 좀체 돈맛을 못 본다. 술을 판대야 한 초롱에 오륙십 전 떨어진다. 그 한 초롱을 잘 판대도 사날씩이나 걸리는 걸 요새 같아선 그 잘냥한(알량한) 술꾼까지 씨가 말랐다. 어쩌다 전일에 펴놓았던 외상값도 갓 갖다줄 줄을 모른다. 홀어미는 열병거지가 나서 이른 아침부터 돈을 받으러 돌아다녔다. 그러나 다리품을 들인 보람도 없었다. 낼 사람이 즐겨야 할 텐데 우물쭈물하며 한단 소리가 좀 두고 보자는 것이 고작이었다. 그렇다고 안 갈 수도 없는 노릇이다. 나날이 양식은 딸리고 지점집에서 집행을 하느니 뭘 하느니 독촉이 어지간치 안음에야…….

"저도 인젠 떠나겠세유."

그가 조반 후 나들이옷을 바꾸어 입고 나서니 나그네도 따라

일어서다. 그의 손을 잔상히 붙잡으며 주인은

"고달플 테니 며칠 더 쉬어 가게유" 하였으나

"가야지유. 너머 오래 신세를……"

"그런 염려는 말구" 하고 누르며 집 지켜주는 셈 치고 방에 누웠으라 하고는 집을 나섰다.

　백두 고개를 넘어서 안말로 들어가 해동갑으로 헤메었다. 헤실수로 간 곳도 있기야 하지만 맑았다. 해가 지고 어두울 녘에야 그는 홀부들해서 돌아왔다. 좁쌀 닷 되밖에는 못 받았다. 다른 사람들은 돈 낼 생각커녕 이러면 다시 술 안 먹겠다고 도리어 얼러 보냈던 것이다. 그러나 이만도 다행이다. 아주 못 받으니보다는. 끼니때가 지었다. 그는 좁쌀을 씻고 나그네는 솥에 불을 지펴 부랴사랴 밥을 짓고 일변 상을 보았다.

　밥들을 먹고 나서 앉았으랴니까 갑작이 술꾼이 몰려든다. 이거 웬일인가. 처음에는 하나가 오더니 다음에는 세 사람 또 두 사람. 모두 젊은 축들이다. 그러나 각각들 먹일 방이 없으므로 주인은 좀 망설이다가 그 연유를 말하였으나 뭐 한 동리 사람인데 어떠냐 한데서 먹게 해달라 하는 바람에 얼씨구나 하였다. 이제야 운이 트나 보다. 양푼에 막걸리를 딸쿠어 나그네에게 주며 솥에 넣고 좀 속히 데워달라 하였다. 자기는 치마꼬리를 휘둘러가며 잽싸게 안주를 장만한다. 짠지 동치미 고추장. 특별한 안주로 삶은 밤도 놓았다. 사촌 동생이 맛보라고 며칠 전에 갖다준 것을 아껴둔 것이었다.

　방 안은 떠들썩하다. 벽을 두드리며 〈아리랑〉 찾는 놈에 건으로 너털웃음 치는 놈 혹은 수군숙덕 하는 놈…… 가지각색이다.

주인이 술상을 받쳐 들고 들어가니 짜기나 한 듯이 일제히 자리를 바로잡는다. 그중에 얼굴 넓적한 하이칼라 머리가 야리가 나서 상을 받으며 주인 귀에다 입을 비겨댄다.

"아주머니 젊은 갈보 사왔다지유? 보여주게유."

영문 모를 소문도 다 도는고!

"갈보라니 웬 갈보?" 하고 어리뻥뻥하다 생각을 하니 턱없는 소리는 아니다. 눈치 있게 부엌으로 내려가서 보강지 앞에 웅크리고 있는 나그네의 머리를 은근히 끌어안았다. 자 저 패들이 새댁을 갈보로 횡보고 찾아온 맥이다. 물론 새댁 편으론 망측스러운 일이겠지만 달포나 손님의 그림자가 드물던 우리 집으로 보면 재수의 빗발이다. 술국을 잡는다고 어디가 떨어지는 게 아니요 욕이 아니니 나를 보아 오늘만 좀 팔아 주기 바란다 ──. 이런 의미를 곰상궂게 간곡히 말하였다. 나그네의 낯은 별반 변함이 없다. 늘 한 양으로 예사로이 승낙하였다.

술이 온몸에 돌고 나서야 되술이 잔풀이가 난다. 한 잔에 오전 그저 마시긴 아깝다. 얼간한 상투박이가 계집의 손목을 탁 잡아 앞으로 끌어당기며

"권주가 좀 해. 이건 뀌어온 보릿자룬가."

"권주가? 뭐야유?"

"권주가? 아 갈보가 권주가도 모르나. 으하하하" 하고는 무안에 취하여 푹 숙인 계집 뺨에다 꺼칠꺼칠한 턱을 문질러본다. 소리를 암만 시켜도 아랫입술을 깨물고는 고개만 기울일 뿐 소리는 못 하나 보다. 그러나 노래 못하는 꽃도 좋다. 계집은 영 내리는 대로 이 무릎 저 무릎으로 옮아앉으며 턱밑에다 술잔을

받쳐 올린다.

술들이 담뿍 취하였다. 두 사람은 고라져서 코를 곤다. 계집이 칼라 머리 무릎 위에 앉아 담배를 피워 올릴 때 코웃음을 흥치더니 그 무지스러운 손이 계집의 아래 뱃가죽을 사양 없이 움켜잡았다. 별안간 "아야" 하고 퍼들껑하더니 계집의 몸뚱아리가 공중으로 도로 뛰여오르다 떨어진다.

"이 자식아 너만 돈 내고 먹었니?"

한 사람 사이 두고 앉았던 상투가 콧살을 찌푸린다. 그리고 맨발 벗은 계집의 두 발을 양손에 붙잡고 가랑이를 쩍 벌려 무릎 위로 지르르 끌어올린다. 계집은 앙탈을 한다. 눈시울에 눈물이 엉기더니 불현듯이 쪼록 쏟아진다.

방 안에서 왱마가리 소리가 끓어오른다.

"저 잡놈 보게, 으하하……"

술은 연실 데워서 들여가면서도 주인은 불안하여 마음을 졸였다. 겨우 마음을 놓은 것은 훨씬 밝아서이다.

참새들은 소란히 지저귄다. 지직 바닥이 부스럼 자국보다 질배없다. 술 짠지쪽 가래침 담뱃재──뭣해 너저븐하다. 우선 한길치에 자리를 잡고 계배를 대보았다. 마수걸이가 팔십오 전 외상이 이 원 각수다. 현금 팔십오 전 두 손에 들고 앉아 세고 또 세어보고……

뜰에서는 나그네의 혀로 끌어올리는 인사.

"안녕히 가십시게유."

"입이나 좀 맞치고 뽀! 뽀! 뽀!"

"나두."

찌르쿵! 찌르쿵! 찔거러쿵!

"방아머리가 무겁지유?…… 고만 까불까."

"들 익었세유, 더 쪄야지유."

"그런데 얘는 어쩐 일이야……"

덕돌이를 읍엘 보냈는데 날이 저물어도 여태 오지 않는다. 흩어진 좁쌀을 확에 쓸어 넣으며 홀어미는 퍽이나 애를 태운다. 요새 날새가 차지니까 늑대, 호랑이가 차자 마을로 찾아 내린다. 밤길에 고개 같은 데서 만나면 끽소리도 못하고 욕을 당한다.

나그네가 방아를 괴어놓고 내려와서 키로 확의 좁쌀을 담아 올린다. 주인은 그 머리를 씨담고 자기의 행주치마를 벗어서 그 위에 씌워준다. 계집의 나이 열아홉이면 활짝 필 때이건만 버케 된 머리칼이며 야윈 얼굴이며 벌써부터 외양이 시들어간다. 아마 고생을 짓한 탓이리라.

날씬한 허리를 재발이 놀려가며 일이 끊일 새 없이 다기지게 덤벼드는 그를 볼 때 주인은 지극히 사랑스러웠다. 그러고 일변 측은도 하였다. 뭣하면 딸과 같이 자기 곁에서 길래 살아주었으면 상팔자일 듯싶었다. 그럴 수만 있다면 그 소 한 바리와 바꾼대도 이것만은 안 내놓으리라고 생각도 하였다.

아들만 데리고 홀어미의 생활은 무던히 호젓하였다. 그런데다 동리에서는 속 모르는 소리까지 한다. 떠거머리 총각을 그냥 늙힐 테냐고. 그러나 형세가 부침으로 감히 엄두도 못 내다가 겨우 올봄에서야부터 다붙어 서둘게 되었다. 의외로 일은 손쉽게 되었다. 이리저리 언론이 돌더니 남산에 사는 어느 집 둘째

딸과 혼약하였다. 일부러 홀어미는 사십 리 길이나 걸어서 색시의 손등을 문질러보고는
"참 애기 잘도 생곕네!"
좋아서 사돈에게 칭찬을 뇌고 뇌곤 하였다.
그런데 없는 살림에 빚을 내어가며 혼수를 다 꿰매놓은 뒤였다. 혼인날을 불과 이틀 격해놓고 일이 고만 빗나갔다. 처음에야 그런 말이 없더니 난데없는 선채금 삼십 원을 가져오란다. 남의 돈 삼 원과 집의 돈 오 원으로 거추꾼에게 품삯 노비 주고 혼수하고 단지 이 원——잔치에 쓸 것밖에 안 남고 보니 삼십 원이란 입내도 못 낼 소리다. 그 밤 그는 이리 뒤척 저리 뒤척 넋 잃은 팔을 던져가며 통밤을 새웠던 것이다.
"어머님! 진지 잡수세유."
새댁에게 이런 소리를 듣는다면 끔찍이 귀여우리라. 이것이 단 하나의 그의 소원이었다.
"다리 아프지유? 너무 일만 시켜서……"
주인은 저녁 좁쌀을 쓸어 넣다가 방아다리에 깝신대는 나그네를 걸삼스럽게 쳐다본다. 방아가 무거워서 껍적이며 잘 오르지 않는다. 가냘픈 몸이라 상혈이 되어 두 볼이 새빨갛게 색색거린다. 치마도 치마려니와 명주 저고리는 어찌 삭았는지 어깨께가 손바닥만 하게 척 나갔다. 그러나 덕돌이가 왜포 다섯 자를 바꿔오거든 첫 대 사발화통된 속곳부터 해 입히고 차차 할 수밖엔 없다.
"같이 찔시다유."
주인도 남저지 방아다리에 올라섰다. 그리고 찌껑 위에 놓인

나그네의 손을 눈치 안 채게 슬며시 쥐어보았다. 더도 덜도 말고 그저 요만한 며느리만 얻어도 좋으련만! 나그네와 눈이 고만 마주치자 그는 열적어서 시선을 돌렸다.

"퍽도 쓸쓸하지유?" 하며 손으로 울 밖을 가리킨다. 첫 밤 같은 석양판이다. 색동저고리를 떨쳐입고 산들은 거방진 방앗소리를 은은히 전한다. 찔그러쿵! 찌러쿵!

그는 나그네를 금덩이같이 위하였다. 없는 대로 자기의 옷가지도 서로서로 별러 입었다. 그리고 잘 때에는 딸과 진배없이 이불 속에서 품에 꼭 품고 재우곤 하였다. 하지만 자기의 은근한 속셈은 차마 입에 드러내어 말은 못 건넸다. 잘 들어주면 이어니와 뭣하게 안다면 피차의 낯이 뜨듯한 일이었다.

그러자 맘먹지 않았던 우연한 일로 인하여 마침내 기회를 얻게 되었다——. 나그네가 온 지 나흘 되던 날이었다. 거문관이 산기슭에 있는 영길네가 벼 방아를 좀 와서 찧어달라고 한다. 나그네는 줄밤을 새움으로 낮에나 푸근히 자라고 두고 그는 홀로 집을 나섰다.

머리에 겨를 보얗게 쓰고 맥이 풀려서 집에 돌아온 것은 이럭저럭 으스레하였다. 늘큰한 다리를 끌고 뜰 앞으로 향하다가 그는 주춤하였다. 나그네 홀로 자는 방에 덕돌이가 들어갈 리 만무한데 정녕코 그놈일 게다. 마루 끝에 자그마한 나그네의 짚석이가 놓인 그 옆으로 길목채 벗은 왕달짚석이가 우악살스럽게 놓였다. 그리고 방에서는 수군수군 낮은 말소리가 흘러나온다. 그는 무심코 닫은 방문께로 귀를 기울였다.

"그럼 와 그러는 게유? 우리 집이 굶을까 봐 그리시유?"

"……"

"어머니도 사람은 좋아유…… 올해 잘만 하면 내년에는 소 한 마리 사놓을 게구 농사만 해도 한 해에 쌀 넉 섬 조 엿 섬 그만하면 고만이지유…… 내가 싫은 게유?"

"……"

"사내가 죽었으니 아무튼 얻을 게지유?" 옷 터지는 소리. 부스럭거린다.

"아이! 아이! 아이! 참! 이거 노세유."

쥐 죽은 듯이 감감하다. 허공에 아롱거리는 낙엽을 이윽히 바라보며 그는 빙그레한다. 신발 소리를 죽이고 뜰 밖으로 다시 돌쳐섰다.

저녁상을 물린 후 시치미를 딱 떼고 나그네의 기색을 살펴보다가 입을 열었다.

"젊은 아낙네가 홋몸으로 돌아다닌대두 고생일 게유. 또 어차피 사내는……"

여기서부터 사리에 맞도록 이 말 저 말을 주섬주섬 꺼내오다가 나의 며느리가 되어줌이 어떻겠느냐고 꽉 토파를 지었다. 치마를 흡싸고 앉아 갸웃이 듣고 있던 나그네는 치마끈을 깨물며 이마를 떨어뜨린다. 그러고는 두 볼이 발개진다. 젊은 계집이 나 시집가겠소 하고 누가 나서랴. 이만하면 합의한 거나 틀림없을 것이다.

혼수는 전에 해둔 것이 있으니 한시름 잊었다. 그대로 이앙이나 고쳐서 입히면 고만이다. 돈 이 원은 은비녀 은가락지 사다가 각별히 색시에게 선물 내리고……

산골 나그네 143

일은 밀수록 낭패가 많다. 금시로 날을 받아서 대례를 치렀다. 한편에서는 국수를 누른다. 잔치 보러 온 아낙네들은 국수 그릇을 얼른 받아서 후룩후룩 들이마시며 색시 잘났다고 추었다.

주인은 즐거움에 너머 겨워서 추배를 흥근히 들었다. 여간 경사가 아니다. 뭇사람을 삐집고 안팎으로 드나들며 분부하기에 손이 돌지 않는다.

"애 메누라! 국수 한 그릇 더 가져온 ——"

어째 말이 좀 어색하구먼——다시 한번

"메누라 애야! 얼른 가져와 ——"

삼십을 바라보자 동굿을 찔러보니 제불에 멋이 질려 비뚜름하다. 덕돌이는 첫날을 치르고 부쩍부쩍 기운이 난다. 남이 두 단을 털 제면 그의 볏단은 석 단째 풀쳐나간다. 연방 속바닥에 침을 뱉아 붙이며 어깨를 으쓱거린다.

"끅! 끅! 끅! 찍어라 굴려라 끅! 끅!"

동무의 품앗이 일이다. 검으무투룩한 젊은 농군 댓이 볏단을 번차례로 집어 든다. 열에 뜬 사람같이 식식거리며 세차게 벼알을 절구통 배에서 주룩주룩 흘러내린다.

"애! 장가들고 한턱 안 내니?"

"일색이드라. 단단히 먹자 닭이냐? 술이냐? 국수냐?"

"웬 국수는? 너는 국수만 아느냐?"

저희끼리 찧고 까분다. 그들은 일을 놓으며 옷깃으로 땀을 씻는다. 골바람이 벼깔치를 부옇게 풍긴다. 옆 산에서 푸드덕 하고 꿩이 날며 머리 위를 지나간다. 갈퀴질을 하던 얼굴 넓적이가 갈퀴를 들고 씽긋하더니 달려든다. 장난꾼이다. 여러 사람의 힘을 빌려 덕돌이 입에다 헌 짚신짝을 물린다. 버들껑거린다. 다시 양 귀를 두 손에 잔뜩 움켜잡고 끌고 와서는 털어놓은 벼 무더기 위에 머리를 틀어박으며 동서남북으로 큰절을 시킨다.

"야아! 야아! 아!"

"아니다. 아니야. 장갈 갔으면 산신령한테 이러하다 말이 있어야지 괜스레 산신령이 노하면 눈깔망나니(호랑이) 내려보낸다."

뭇 웃음이 터져 오른다. 새신랑이 옷이 이게 뭐냐 볼기짝에 구멍이 다 뚫리고…… 빈정대는 사람도 있다. 그러나 덕돌이는 상투의 먼데기를 털고 나서 곰방대를 피어 물고는 싱그레 웃어 치운다. 좋은 옷은 집에 두었다. 인조견 조끼 저고리 새하얀 옥당목 겹바지. 그러나 아끼는 것이다. 일할 때엔 헌 옷을 입고 집에 돌아와 쉴 참에 입는다. 잘 때에는 모조리 벗어서 더럽지 않게 착착 개어 머리맡에 위해놓고 자곤 한다. 의복이 남루하면 인상이 추하다. 모처럼 얻은 귀여운 아내니 행여나 마음이 돌아앉을까 미리미리 사려두지 않을 수도 없는 노릇이다. 그야말로 이십구 년 만에 누런 이 조각에다 어제서야 소금을 발라본 것도 이 까닭이었다.

덕돌이가 볏단을 다시 집어 올릴 제 그 이웃에 사는 돌쇠가 옆으로 와서 품을 앗는다.

"얘 덕돌아! 너 내일 우리 조마댕이 좀 해줄래?"

"뭐 어째?" 하고 소리를 빽 지르고는 그는 눈 귀가 실룩하였다.

"누구보고 해라야? 응? 이 자식 까놀라!"

어제까지는 턱없이 지냈단 대도 오늘의 상투를 못 보는가 ——

바로 그날이었다. 윗간에서 혼자 새우잠을 자고 있던 홀어미는 놀란 눈이 번쩍 띄었다. 만뢰 잠잠한 밤중이다.

"어머이! 그거 달아났세유. 내 옷도 없고……"

"응?" 하고 반 마디 소리를 치며 얼떨김에 그는 캄캄한 방 안을 더듬어 아랫간으로 넘어섰다. 황망히 등잔에 불을 당기며

"그래 어디로 갔단 말이냐?"

영산이 나서 묻는다. 아들은 벌거벗은 채 이불로 앞을 가리고 앉아서 징징거린다. 옆자리에는 빈 베개뿐 사람은 간 곳이 없다. 들어본즉 온종일 일한 게 피곤하여 아들은 자리에 들자 고만 세상을 잊었다. 하기야 그때 아내도 옷을 벗고 한자리에 누워서 맞붙어 잤던 것이다. 그는 보통 때와 조금도 다름없이 새침하니 드러누워서 천장만 쳐다보았다. 그런데 자다가 별안간 오줌이 마렵기에 요강을 좀 집어달래려고 보니 뜻밖에 품 안이 허룩하다. 불러보아도 대답이 없다. 그제서는 어림짐작으로 우선 머리맡에 위해놓았던 옷을 더듬어보았다. 딴은 없다 ——

필연 잠든 틈을 타서 살며시 옷을 입고 자기의 옷이며 버선까지 들고 내뺐음이 분명하리라.

"도적년!"

모자는 광솔불을 켜 들고 나섰다. 부엌과 잿간을 뒤졌다. 그러고 뜰 앞 숲 풀 속도 낱낱이 찾아봤으나 흔적도 없다.

"그래도 방 안을 다시 한번 찾아보자."

홀어미는 구태여 며느리를 도적년으로까지는 생각하고 싶지 않았다. 거반 울상이 되어 허벙저벙 방 안으로 들어왔다. 마음을 가라앉혀 들쳐 보니 아니면 다르랴, 며느리 배게 밑에서 은비녀가 나온다. 달아날 계집 같으면 이 비싼 은비녀를 그냥 두고 갈 리 없다. 두말없이 무슨 병폐가 생겼다.

 홀어미는 아들을 데리고 덜미를 집히는 듯 문밖으로 찾아 나섰다.

 마을에서 산길로 빠져나는 어귀에 우거진 숲 사이로 비스듬히 언덕길이 놓였다. 바로 그 밑에 석벽을 끼고 깊고 푸른 웅덩이가 묻히고 넓은 그 물이 겹겹산을 에돌아 약 십 리를 흘러내리면 신연강 중턱을 뚫는다. 시새에 반쯤 파묻혀 번들대는 큰 바위는 내를 사고 양쪽으로 질펀하다. 꼬부랑길은 그 틈바구니로 뻗었다. 좀체 걷지 못할 재갈길이다. 내를 몇 번 건너고 흠상궂은 산들을 비켜서 한 다섯 마장 넘어야 겨우 길다운 길을 만난다. 그리고 거기서 좀 더 간 곳에 냇가에 외지게 일허진 오막살이 한 칸을 볼 수 있다. 물방앗간이다. 그러나 이제는 밥을 찾아 흘러가는 뜬 몸들의 하룻밤 숙소로 변하였다.

 벽이 확 나가고 네 기둥뿐인 그 속에 힘을 잃은 물방아는 을씨년궂게 모로 누었다. 거지도 그 옆에 홑이불 위에 거적을 덧쓰고 누웠다. 거푸진 신음이다. 으! 으! 으흥! 서까래 사이로 달빛은 쌀쌀히 흘러든다. 가끔 마른 잎을 뿌리며 ──

 "여보 자우? 일어나게유 얼핀!"

 계집의 음성이 나자 그는 꾸물거리며 일어 앉는다. 그러고 너

털대는 홑적삼을 깃을 여며 잡고는 덜덜 떤다.

"인제 고만 떠날 테이야? 쿨룩……"

말라빠진 얼굴로 계집을 바라보며 그는 이렇게 물었다.

십 분가량 지났다. 거지는 호사하였다. 달빛에 번쩍거리는 겹옷을 입고서 지팡이를 끌며 물방앗간을 등졌다. 골골하는 그를 부축하야 계집은 뒤에 따른다. 술집 며느리다.

"옷이 너머 커——좀 적었으면……."

"잔말 말고 어여 갑시다 펄쩍……"

계집은 불이 나게 그를 재촉한다. 그러고 연해 돌아다보길 잊지 않았다.

그들은 강길로 향한다. 개울을 건너 불거져 내린 산모퉁이를 막 꼽들려 할 제다. 멀리 뒤에서 사람 욱이는 소리가 끊일 듯 날 듯 간신히 들려온다. 바람에 먹히어 말저는 모르겠으나 재없이 덕돌이의 목성임은 넉히 짐작할 수 있다.

"아 얼른 좀 오게유."

똥끝이 마르는 듯이 계집은 사내의 손목을 겁겁히 잡아끈다. 병든 몸이라 끌리는 대로 뒤툭거리며 거지도 으슥한 산 저편으로 같이 사라진다. 수은 빛 같은 물방울을 품으며 물결은 산 벽에 부닥뜨린다. 어디선지 지정(指定)치 못할 늑대 소리는 이 산 저 산서 와글와글 굴러내린다.

출전:제일선(1933.1.13)

산골

산

 머리 위에서 굽어보던 햇님이 서쪽으로 기울어 나무에 긴 꼬리가 달렸건만 나물 뜯을 생각은 않고, 이뿐이는 늙은 잣나무 허리에 등을 비겨 대고 먼 하늘만 이렇게 하염없이 바라보고 섰다.
 하늘은 맑게 개고 이쪽저쪽으로 뭉글뭉글 피어오른 흰 꽃송이는 곱게도 움직인다. 저것도 구름인지 학들은 쌍쌍이 짝을 짓고 그 새로 날아들며 끼리끼리 어르는 소리가 이 수풍까지 멀리 흘러내린다.
 갖가지 나무들은 사방에 잎이 욱었고 땡볕에 그 잎을 펴들고 너훌너훌 바람과 아울러 산골의 향기를 자랑한다.
 그 공중에는 나는 꾀꼬리가 어여쁘고…… 노란 날개를 팔딱이고 이가지 저가지로 옮아 앉으며 흥에 겨운 행복을 노래 부른다.
 ──고 ──이! 고이고 ──이!

요렇게 아양스레 노래도 부르고.

──담배 먹구 꼴 비어!

맞은쪽 저 바위 밑은 필시 호랑님의 드나드는 굴이리라. 음침한 그 위에는 가시덤불 다래넝쿨이 어지러이 엉클리어 지붕이 되어 있고, 이것도 돌이랄지 연록색 털복숭이는 올망졸망 놓였고, 그리고 오늘도 어김없이 뻐꾸기는 날아와 그 잔등에 다리를 머무르며.

──뻐꾹! 뻐꾹! 뻐뻐꾹!

어느덧 이뿐이는 눈시울에 구슬방울이 맺히기 시작한다. 그리고 나물 바구니가 툭, 하고 땅에 떨어지자 두 손에 펴든 치마폭으로 그새 얼굴을 폭 가리고는 이뿐이는 흐륵흐륵 마냥 느끼며 울고 섰다.

이제야 후회나노니 도련님 공부하러 서울로 떠나실 때 저도 간다고 왜 좀 더 붙들고 늘어지지 못했던가, 생각하면 할수록 가슴만 미어질 노릇이다. 그러나 마님의 눈을 기어 자그만 보따리를 옆에 끼고 산속으로 이십 리나 넘어 따라갔던 이뿐이가 아니었던가. 과연 이뿐이는 산등을 질러갔고 으슥한 고갯마루에서 기다리고 섰다가 넘어오시는 도련님의 손목을 꼭 붙잡고,

"난 안 데려가지유!"

하고 애원 못 한 것도 아니니 공연스레 눈물부터 앞을 가렸고 도련님이 놀라며,

"너 왜 오니? 여름에 꼭 온다니까, 어여 들어가라."

하고 역정을 내심에는 고만 두려웠으나 그래도 날 데려가라고 그 몸에 매어달리니 도련님은 얼마를 벙벙히 그냥 섰다가,

"울지 마라 이뿐아, 그럼 내 서울 가 자리나 잡거든 널 데려가마."

하고 등을 두드리며 달래일 제 만일 이 말에 이뿐이가 솔깃하여 꼭 곧이듣지만 않았던들 도련님의 그 손을 안타까이 놓지는 않았던 걸…….

"정말 꼭 데려가지유?"

"그럼 한 달 후에면 꼭 데려가마."

"난 그럼 기다릴 테야유!"

그리고 아침 햇발에 비끼는 도련님의 옷자락이 산등으로 꼬불꼬불 저 멀리 사라지고 아주 보이지 않을 때까지 이뿐이는 남이 볼까 하여 피어 흩어진 개나리 속에 몸을 숨기고 치마끈을 입에 물고는 눈물로 배웅하였던 것이 아니련가. 이렇게도 철석같이 다짐을 두고 가시더니 그 한 달이란 대체 얼마나 되는 겐지 몇 한 달이 거듭 지나고 돌도 넘었으련만 도련님은 이렇다 소식 하나 전할 줄조차 모르신다. 실토로 터놓고 말하자면 늙은 이 잣나무 아래에서 도련님과 맨 처음 눈이 맞을 제 이뿐이가 먼저 그러자고 한 것도 아니련만…… 이뿐 어머니가 마님 댁 씨종이고 보면 그 딸 이뿐이는 잘 따져야 씨의 씨종이니 하잘것없는 계집애이거늘 이뿐이는 제 몸이 이럼을 알고 시내에서 홀로 빨래를 할 제이면 도련님이 가끔 덤벼들어 이게 장난이겠지, 품에 꼭 껴안고 뺨을 깨물어 뜯는 그 꼴이 숭굴숭굴하고 밉지는 않았으나 그러나 이뿐이는 감히 그런 생각을 먹어 본 적이 없었다. 그날도 마님이 구미가 제치셨다고 애 이뿐아 나물 좀 뜯어 온 하실 때 이뿐이는 퍽이나 반가웠고 아침밥도 몇 술로 곁

날리고 보구니를 동무삼아 집을 나섰으니 나이 아직 열여섯이라 마님에게 귀염을 받는 것이 다만 좋았고 칠칠한 나물을 뜯어 드리고자 한사코 이 험한 산속으로 기어올랐다. 풀잎의 이슬은 아직 다 마르지 않았고 바위 틈바구니에 흩어진 잔디에는 커다란 구렁이가 똬리를 틀고서 떡 머구리 한 놈을 우물거리며 있는 중이매 이뿐이는 쌔근쌔근 가쁜 숨을 쉬어 가며 그걸 가만히 들여다보고 섰다가 바로 발 앞에 도라지순이 있음을 발견하고 꼬챙이로 마악 캐려 할 즈음 등뒤에서 뜻밖에 발자국 소리가 들리는 것이 아닌가. 깜짝 놀라며 고개를 돌려보니 언제 어디로 따라왔던가, 도련님은 물푸레나무 토막을 한 손에 지팡이로 짚고 붉은 얼굴이 땀바가지가 되어 식식거리며 그리고 싱글싱글 웃고 있다. 그 모양이 하도 수상하여 이뿐이는 눈을 똥그랗게 뜨고 바라보니 도련님은 좀 면구쩍은지 낯을 모로 돌리며 그러나 여일히 싱글싱글 웃으며 뱃심 유한 소리가 ──

"난 지팽이 꺾으러 왔다."

그렇지마는 이뿐이는 며칠 전 마님이 불러 세우고 '너 도련님 하구 같이 다니면 매맞는다' 하시던 그 꾸지람을 얼른 생각하고,

"왜 따라왔지유…… 마님 아시면 남 매맞으라구?"

하고 암팡스레 쏘았으나 도련님은 귓등으로 듣는지 그래도 여전히 싱글거리며 뱃심 유한 소리로,

"난 지팽이 꺾으러 왔다."

그제야 이뿐이는 성을 안 낼 수 없고,

"마님께 나 매맞어두 난 몰라."

혼자말로 이렇게 되알지게 쫑알거리고 너야 가든 말든 하라

는 듯이 고개를 돌리어 아까의 도라지를 다시 캐자노라니 도련님은 무턱대고 그냥 와락 달려들어,

"너 맞는 거 나는 알지?"

이뿐이를 뒤로 꼭 붙들고 땀이 쪽 흐른 그 뺨을 또 잔뜩 깨물고는 놓질 않는다. 이뿐이는 어려서부터 도련님과 같이 자랐고 같이 놀았으되 제가 먼저 그런 생각을 두었다면 도련님을 벌컥 떠다밀어 바위 너머로 곤두박히게 했을 리 만무이었고 궁둥이를 털고 일어나며 도련님이 무색하여 멀거니 쳐다보고 입맛만 다시니 이뿐이는 그 꼴이 보기 가여웠고 죄를 저지른 제 몸에 대하여 죄송한 자책이 없던 바도 아니건마는 다시 손목을 잡히고 이 잣나무 밑으로 끌릴 제에는 온 힘을 다하여 그 손깍지를 버리며 야단친 것도 사실이 아닌 건 아니나, 그러나 어딘가 마음 한편에 앙살을 피우면서도 넉히 끌리어 가도록 도련님의 힘이 좀더 좀더 하는 생각이 전혀 없었다면 그것은 거짓말이 되고 말 것이다. 물론 이뿐이가 얼굴이 빨개지며 앙큼스러운 생각을 먹은 것은 바로 이때이었고,

"난 몰라, 마님께 여쭐 터이야, 난 몰라!"

하고 적잖이 조바심을 태우면서도 도련님의 속맘을 한번 뜯어보고자,

"누가 종두 이러는 거야?"

하고 손을 뿌리치고 된통 호령을 하고 보니 도련님은 이 깊고 외진 산속임에도 불구하고 귀에다 입을 갖다 대고 가만히 속삭이는 그 말이,

"너 나하고 멀리 도망가지 않으련!"

그러니 이뿐이는 이 말을 참으로 꼭 곧이들었고 사내가 이렇게 겁을 집어먹는 수도 있는지 도련님이 땅에 떨어지는 성냥갑을 호줌에 다시 집어널 줄도 모르고 덤벙거리며 산 아래로 꽁지를 뺄 때까지 이뿐이는 잣나무 뿌리를 베고 풀밭에 번듯이 드러누운 채 푸른 하늘을 바라보며 인제 멀리만 달아나면 나는 저 도련님의 아씨가 되려니 하는 생각에 마님께 진상할 나물 캘 생각조차 잊고 말았다. 그러나 조금 지나매 이뿐이는 어쩐지 저도 겁이 나는 듯싶었고 발딱 일어나 사면을 휘돌아보았으나 거기에는 험상스러운 바위와 우거진 숲이 있을 뿐 본 사람은 하나도 없으련만——아마 산이 험한 탓일지도 모르리라. 가슴은 여전히 달랑거리고 두려우면서 그러나 이 몸뚱이를 제 품에 꼭 품고 같이 둥굴고 싶은 안타까운 그런 행복이 느껴지지 않은 것도 아니었으니 도련님은 이렇게 정을 들이고 가시고는 이제 와서는 생판 모르는 체하시는 거나 아닐런가…….

마을

두 손등으로 눈물을 씻고 고개는 어레 들었으나 나물 뜯을 생각은 않고 이뿐이는 늙은 잣나무 밑에 앉아서 먼 하늘을 치켜대고 도련님 생각에 이렇게도 넋을 잃는다.

이제 와 생각하면 야속도 스럽나니 마님께 매를 맞도록 한 것도 결국 도련님이었고 별 욕을 다 당하게 한 것도 결국 도련님이 아니었던가…….

매일과 같이 산엘 올라다닌 지 단 나흘이 못 되어 마님은 눈치를 채셨는지 혹은 짐작만 하셨는지 저녁때 기진하여 내려오는 이뿐이를 불러 앉히시고,
　"너 요년 바른 대로 말해야지 죽인다."
하고 회초리로 때리시되 볼기짝이 톡톡 불거지도록 하시었고, 그래도 안차게 아니라고 고집을 쓰니 이번에는 어머니가 달겨들어 머리채를 휘감고 주먹으로 등어리를 서너 번 쾅쾅 때리더니 그만도 좋으련만 뜰 아랫방에 갖다 가두고는 사날씩이나 바깥 구경을 못 하게 하고 구메밥으로 구박을 막 함에는 이뿐이는 짜장 서럽지 않을 수가 없었다. 징역살이 맨 마지막 밤이 깊었을 제 이뿐이는 너무 원통하여 혼자 앉아서 울다가 자리에 누운 어머니의 허리를 꼭 끼고 그 품속으로 기어들며 '어머니, 나 데련님하고 살 테야' 하고 그예 저의 속중을 토설하니 어머니는 들었는지 먹었는지 그냥 잠잠히 누웠더니 한참 후 후유, 하고 한숨을 내뿜을 때에는 이미 눈에 눈물이 그렁그렁하였고, 그리고 또 한참 있더니 입을 열어 하는 이야기가 지금은 이렇게 늙었으나 자기도 색시 때에는 이뿐이만치나 어여뺐고 얼마나 맵시가 출중났던지 노라리와 은근히 배가 맞았으나 몇 달이 못 가서 노마님이 이걸 아시고 하루는 불러 세고 때리시다가 마침내 샘에 못 이기어 인두로 하초를 지지려고 들이덤비신 일이 있다고 일러 주고 다시 몇 번 몇 번 당부하여 말하되 석숭네가 벌써부터 말을 건네는 중이니 도련님에게 맘을랑 두지 말고 몸 잘 갖고 있으라 하고 딱 떼는 것이 아닌가. 하기야 이뿐이가 무남독녀의 귀여운 외딸이 아니었더런들 사흘 후에도 바깥엔 나올 수 없었

으려니와 비로소 대문을 나와 보니 그간 세상이 좀 넓어진 것 같고 마치 우리를 벗어난 짐승과 같이 몸의 가뜬함을 느꼈고 흉측스러운 산으로 뺑뺑 둘러싼 이 산골에서 벗어나 넓은 버덩으로 나간다면 기쁘기가 이보다 좀 더하리라 생각도 하여 보고 어머니의 영대로 고추밭을 매러 개울길로 내려가려니까 왼편 수풍 속에서 도련님이 불쑥 튀어나오며 또 붙들고 산에 안 갈 테냐고 대고 보채인다. 읍에 가 학교를 다니다가 요즘 방학이 되어 집에 돌아온 뒤로는 공부는 할 생각 않고 날이면 날 저물도록 저만 이렇게 붙잡으러 다니는 도련님이 딱도 하거니와 한편 마님도 무섭고 또는 모처럼 용서를 받는 길로 그리고 보면 이번에는 호되이 불이 내릴 것을 알고 이뿐이는 오늘은 안 되니 낼모레쯤 가자고 좋게 달래다가 그래도 듣지 않고 굳이 가자고 성화를 하는 데는 할 수 없이 몸을 뿌리치고 뺑손을 놀 수밖에 딴 도리가 없었다. 구질구질히 내리는 비로 말미암아 한동안 손을 못 댄 고추밭은 풀들이 제법 성큼히 엉기었고 어디서부터 시작해야 좋을지 갈피를 모르겠는데 이뿐이는 되는 대로 한편 구석에 치마를 도사리고 앉아서, 이것도 명색은 김매는 거겠지, 호미로 흙등만 따작거리며 정작 정신은 어젯밤 좋은 상전과 못 사는 법이라던 어머니의 말이 옳은지 그른지 그것만 일념으로 아로새기며 이리 씹고 저리도 씹어 본다. 그러나 이뿐이는 아무렇게도 나는 도련님과 꼭 살아 보겠다, 혼자 맹세하고 제가 아씨가 되면 어머니는 일테면 마님이 되련마는 왜 그리 극성인가 싶어서 좀 야속하였고 해가 한나절이 되어 목덜미를 확확 달릴 때까지 이리저리 곰곰 생각하다가 고개를 들어 보매 밭은 여태

한 고랑도 다 끝이 못 났으니 이놈의 밭이, 하고 탓 안 할 탓을 하며 저절로 하품이 나올 만치 어지간히 기가 막혔다. 이번에는 좀 빨랑빨랑 하리라 생각하고 이뿐이는 호미를 잽싸게 놀리며 폭폭 찍고 덤볐으나 그래도 웬일인지 일은 손에 붙지를 않고 그뿐 아니라 등뒤 개울의 덤불에서는 온갖 잡새가 귀둥대둥 멋대로 속삭이고 먼발치에서 풀을 뜯고 있는 황소가 메—— 하고 늘어지게도 소리를 내뽑으니 이뿐이는 이걸 듣고 갑자기 몸이 나른해지지 않을 수 없고 밭가에 선 수양버들 그늘에 쓰러져 한잠 들고 싶은 생각이 곧바로 나지마는 어머니가 무서워 차마 그걸 못 하고 만다. 인제는 계집애는 밭일을 안 하도록 법이 됐으면 좋겠다 생각하고 이뿐이는 울화중이 나서 호미를 메꽂고 얼굴의 땀을 씻으며 앉았노라니까 들로 보리를 걷으러 가는 길인지 석숭이가 빈 지게를 지고 꺼불꺼불 밭머리에 와 서더니 아주 썩 시퉁그러지게 입을 삐죽거리며 이뿐이를 건너대고 하는 소리가 ——

"너 데련님하구 그랬대지."

새파랗게 간 비수로 가슴을 쭉 내리긋는대도 아마 이토록은 재겹지 않으리라마는 이뿐이는 어서 들었느냐고 따져 볼 겨를도 없이 얼굴이 그만 홍당무가 되었고, 그놈의 소위로 생각하면 대뜸 들어덤벼 그 귓배기라도 물고 늘어질 생각이 곧 간절은 하나 한 죄는 있고 어째 볼 용기가 없으매 다만 고개를 푹 수그릴 뿐이다. 그러니까 석숭이는 제가 괜 듯싶어서 이뿐이를 짜장 넘보고 제법 밭 가운데까지 들어와 떡 버티고 서서는 또 한번 시큰둥하게 그리고 엇먹는 소리로,

"너 데련님하구 그랬대지."

전일 같으면 제가 이뿐이에게 지게 막대기로 볼기 맞을 생각도 않고 감히 이 따위 버르장머리는 하기커녕 즈 아버지 장사하는 원두막에서 몰래 참외를 따가지고 와서,

"얘 이뿐아, 너 이거 먹어라."
하다가,

"난 네가 주는 건 안 먹을 테야."
하고 몇 번 내뱉음에도 굴치 않고 굳이 먹으라고 떠맡기므로 이뿐이가 마지못하는 체하고 받아 들고는 물론 치마폭에 흙을 싹싹 문대고 나서 깨물고 앉았노라면 아무쪼록 이뿐이 맘에 잘 들도록 호미를 대신 손에 잡기가 무섭게 느실난실 김을 매주었고, 그리고 가끔 이뿐이를 웃겨 주기 위하여 그것도 재주라고 밭고랑에서 잘 봐야 곰 같은 몸뚱이로 이리 둥굴고 저리 둥굴고 하였다. 석숭 아버지는 이놈이 또 어디로 내뺐구나 하고 찾아다니다가 여길 와보니 매라는 제 밭은 안 매고 남 계집애 밭에 들어와서 대체 온 이게 무슨 놀음인지 이 꼴이고 보매 기도 막힐뿐더러 터지려는 웃음을 억지로 참고 노여운 낯을 지어 가며,

"너 이놈아, 네 밭은 안 매고 남의 밭에 들어와 그게 뭐냐?"
하고 꾸중을 하였지마는 석숭이가 깜짝 놀라서 돌아다보고 고만 멀쑤룩하여 궁둥이의 흙을 털고 일어서며,

"이뿐이 밭 좀 매주러 왔지 뭘 그래?"
하고 되레 퉁명스러이 뻗댐에는 더 책하지 않고,

"어 망할 자식두 다 많어이!"
하고 돌아서 저리로 가며 보이지 않게 피익 웃고 마는 것인데,

그러면 이뿐이는 저의 처지가 꽤 야릇하게 됨을 알고 저기까지 분명히 들리도록,

"너보고 누가 밭 매달랬어? 가, 어여 가, 가."

하고 다 먹은 참외는 생각 않고 등을 떠다밀며 구박을 막 하던 이런 터이련만 제가 이제 와 누굴 비위를 긁다니 하늘이 무너지면 졌지 이것은 도시 말이 안 된다.

돌

이뿐이는 남다른 부끄럼으로 온 전신이 확확 다는 듯싶었으나 그러나 조금 뒤에는 무안을 당한 거기에 대갚음이 없어서는 아니 되리라 생각하고 앙칼스러운 역심이 가슴을 콕 찌를 때에는 어깨뿐만 아니라 등어리 전체가 샐룩거리다가 새침히 발딱 일어나 사방을 훑어보더니 대낮이라 다들 일들 나가고 안마을에 사람이 없음을 알고 석숭이 소맷자락을 넌지시 끌며 그 옆 숙성히 자란 수수밭 속으로 들어간다. 밭 한복판은 아늑하고 아무 데도 보이지 않으므로 함부로 떠들어도 괜찮으려니 믿고 이뿐이는 거기다 석숭이를 세워 놓자 밭고랑에 널려진 돌 틈에서 맞아 죽지 않고 단단히 아플 만한 모리돌멩이 하나를 집어 들고 그 옆 정강이를 모질게 후려치며,

"이 자식, 뭘 어째구 어째?"

하고 딱딱 으르니까 석숭이는 처음에 뭐나 좀 생길까 하고 좋아서 따라왔던 걸 별안간 난데없는 모진 돌만 날아듦에는,

"아야!"

하고 소리치자 똑 선불 맞은 노루 모양으로 한번 뻐들껑 뛰며 눈이 그야말로 왕방울만해지지 않을 수가 없었다. 그러나 석숭이는 미움보다 앞서느니 기쁨이요, 전일에는 그 옆을 지나도 본 둥 만 둥하고 그리 대단히 여겨 주지 않던 그 이뿐이가 일부러 이리 끌고 와 돌로 때리되 정말 아프도록 힘을 들일 만치 이뿐이에게 있어는 지금의 저의 존재가 그만큼 끔찍함을 그 돌에서 비로소 깨닫고 짓궂이 씽글씽글 웃으며 한번 더 뒤둥그러진, 그리고 흘게 늦은 목소리로,

"뭘 데련님하고 그랬대는데."

하고 놀려 주었다. 이뿐이는,

"뭐 이 자식?"

하고 상기된 눈을 똑바로 떴으나 이번에는 돌멩이 집을 생각을 않고 아까부터 겨우 참아 왔던 울음이,

"으응!"

하고 탁 터지자 잡은 참 덤벼들어 석숭이 옷가슴에 매어달리며 쥐어 뜯으니 석숭이는 이뿐이를 울려 논 것은 저의 큰 죄임을 얼른 알고 눈이 휘둥그래서,

"아니다, 아니다, 내 부러 그랬다, 아니다."

하고 입에 부리나케 그러나 손으로 등을 어루만지며, '아니다'를 여러 십 번을 부른 때에야 간신히 울음을 진정해 놓았고 이뿐이가 아직 느끼는 음성으로 몇 번 당부를 하니,

"인제 남 듣는 데 그러면 내 너 죽일 터야?"

"그래 인전 안 그러마."

참으로 이런 나쁜 소리는 다시 입에 담지 않으리라 맹세하였다. 이뿐이도 그제야 마음을 놓고 흔적이 없도록 눈물을 닦으면서,

"다시 그래 봐라 내 죽인다!"

또 한번 다져 놓고 고추밭으로 도로 나오려 할 제 석숭이가 와락 달려들어 그 허리를 잔뜩 껴안고,

"너 그럼 우리집에서 나한테로 시집오라니깐 왜 싫다구 그랬니?"

하고 설혹 좀 성가시게 굴었다 치더라도, 만일 이뿐이가 이 행실을 도련님이 아신다면 단박에 정을 떼시려니 하는 염려만 없었더라면 그리 대수롭지 않은 것을 그토록 오지게 혼을 냈을 리 없었겠다고 생각하면 두고두고 입때껏 후회가 나리만치 그렇게 사내의 뺨을 우려친 것도 결국 도련님을 위하는 이뿐이의 깨끗한 정이 아니었던가…….

물

가득히 품에 찬 서러움을 눈물로 가시고 나물 바구니를 손에 잡았으니 이뿐이는 다시 일어나 산 중턱으로 거친 수풍 속을 기어내리며 도라지를 하나 둘 캐기 시작한다.

참인지 아닌지 자세히는 모르나 멀리 날아온 풍설을 들어 보면 도련님은 서울 가 어여쁜 아씨와 다시 정분이 났다 하고 그뿐만도 오히려 좋으련마는 댁의 마님은 마님대로 늙은 총각 오

래 두면 병난다 하여 상냥한 아가씨만 찾는 길이니 대체 이게 웬셈인지 이뿐이는 골머리가 아팠고 도라지를 캔다고 꼬챙이를 땅에 꾸욱 꽂으니 그대로 짚고 선 채 해만 점점 부질없이 저물어 간다. 맥을 잃고 다시 내려오다 이뿐이는 앞에 우뚝 솟은 바위를 품에 얼싸안고 그 앞을 굽어보니 험악한 석벽 틈에 맑은 물은 웅숭깊이 충충 괴었고 설핏한 하늘의 붉은 노을 한쪽을 똑 떼들고 푸른 잎새로 전을 둘렀거늘 그 모양이 보기에 퍽도 아름답다. 그걸 거울삼고 이뿐이는 저 밑에 까맣게 비치는 저의 외양을 또 한번 고쳐 뜯어 보니 한때는 도련님이 조르다 몸살도 나셨으려니와 의복은 비록 추레할망정 저의 눈에도 밉지 않게 생겼고 남 가진 이목구비에 반반도 하련마는 뭐가 부족한지 달리 눈이 맞는 도련님의 심정이 알 수 없고 어느덧 원망스러운 눈물이 눈에서 떨어지니 잔잔한 물면에 물둘레를 치기도 전에 무슨 밥이나 된다고 커단 꺽지는 휘엉휘엉 올라와 꼴딱 받아 먹고 들어간다. 이뿐이는 얼빠진 등신같이 맑은 이 물을 가만히 들여다보노라니 불시로 제 몸을 풍덩 던지어 깨끗이 빠져도 죽고 싶고, 아니 이왕 죽을진댄 정든 님 품에 안겨 같이 풍 빠지어 세상사를 다 잊고 알뜰히 죽고 싶고, 그렇다면 도련님이 이 등에 넙죽 엎디어 뺨에 뺨을 비벼 대고, 그리고 이 물을 같이 굽어보며,

"얘 울지 마라, 내가 가면 설마 아주 가겠니?"

하고 세우 달랠 제 꼭 붙들고 풍덩실 하고 왜 빠지지 못했던가. 시방은 한가도 컸건마는 그 이뿐이는 그리도 삶에 주렸던지,

"정말 올 여름엔 꼭 오우?"

하고 아까부터 몇 번 묻던 걸 또 한번 다져 보았거늘 도련님은

시원스러이 선뜻,

"그럼 오구말구. 널 두고 안 오겠니!"

하고 대답하고 손에 꺾어 들었던 노란 동백꽃을 물 위로 홱 내던지며,

"너 참 이 물이 무슨 물인지 알면 용치?"

눈을 끔벅끔벅하더니 이야기하여 가로되, 옛날에 이 산속에 한 장사가 있었고 나라에서는 그를 잡고자 사방팔면에 군사를 놓았다. 그렇지마는 장사에게는 비호같이 날랜 날개가 돋친 법이니 공중을 훌훌 나는 그를 잡을 길 없고 머리만 앓던 중 하루는 그예 이 물에서 목욕을 하고 있는 것을 사로잡았다는 것이로되, 왜 그러냐 하면 하느님이 잡수시는 깨끗한 이 물을 몸으로 흐렸으니 누구라도 천벌을 아니 입을 리 없고 몸에 물이 닿자 돋쳤던 날개가 흐지부지 녹아 버린 까닭이라고 말하고 도련님은 손짓으로 장사의 처참스러운 최후를 시늉하며 가장 두려운 듯이 눈을 커닿게 끔적끔적하더니 뒤를 이어 그 말이,

"아 무서! 얘 우지 마라. 저 물에 눈물이 떨어지면 너 큰일난다."

그러나 이뿐이는 그까짓 소리는 듣는 둥 마는 둥 그리 신통치 못하였고 며칠 후 서울로 떠나면 아주 놓일 듯만 싶어서 도련님의 얼굴을 이윽히 쳐다보고 그럼 다짐을 두고 가라 하다가 도련님이 조금도 서슴없이 입고 있던 자기의 저고리 고름 한 짝을 뚝 떼어 이뿐이 허리춤에 꾹 꽂아 주며,

"너 이래두 못 믿겠니?"

하니 황송도 하거니와 설마 이걸 두고야 잊으시진 않겠지 하고

속이 든든하지 않은 것도 아니었다. 대장부의 노릇이매 이렇게 하고 변심은 없을 게나 그래도 잘 따져 보니 이 고름이 말하는 것도 아니거든 차라리 따라 나서느니만 같지 못하다고 문득 마음을 고쳐 먹고 고개로 쫓아간 건 좋으련마는 왜 그랬던고. 좀 더 매달리어 진대를 안 붙고 고기 주저앉고 말았으니 이제 와서는 한가만 새롭고 몸에 고이 간직하였던 옷고름을 이 손에 꺼내 들고 눈물을 흘려 보되 별수없나니 보람 없이 격지만 늘어 간다. 하나 이거나마 아주 없었더런들 그야 살맛조차 송두리 잃었으리라마는 요즘 매일과 같이 이 험한 깊은 산속에 올라와 옛 기억을 홀로 더듬어 보며 이뿐이는 해가 저물도록 이렇게 울고 섰곤 하는 것이다.

길

  모든 새들은 어제와 같이 노래를 부르고 날도 맑으련만 오늘은 웬일인지 이뿐이는 아직도 올라오질 않는다.
  석숭이는 아버지가 읍의 장에 가서 세 마리의 닭을 팔아 그걸로 소금을 사오라 하여 아침 일찍이 나온 것도 잊고 이 산에 올라와 다리를 묶은 닭들은 한편에 내던지고 늙은 잣나무 그늘에 누워 눈이 빠지도록 기다렸으나 이뿐이가 좀체 나오지 않으매 웬일일까, 고게 또 노하지나 않았나 하고 일찌움이 이렇게 애를 태운다. 올 가을이 얼른 되어 새 곡식을 거두면 이뿐이에게로 장가를 들게 되었으니 기쁨인들 이 위 더할 데 있으랴마는 이번도 또 이뿐이가 밥도 안 먹고 죽는다고 야단을 친다면 헛일이 아닐까 하는 염려도 없지 않았거늘 그렇게 쌀쌀하고 매일매일 하던 이뿐이의 태도가 요즘에 들어와서는 갑자기 다소곳하고 눈 한번 흘길 줄도 모르니 이건 참으로 춤을 추어도 다 못 출 것이다. 뿐만 아니라 이슬비가 내리던 날 마님 댁 울 뒤에서 이뿐이는 옥수수를 따고 섰고 제가 그 옆을 지날 제 은근히 손짓을 하므로 가까이 다가서니 귀에다 나직이 속삭이는 소리가,
"너 편지 하나 써주련?"
"그래 그래 써주마, 내 잘 쓴다."
석숭이는 너무 반가워서 허둥거리며 묻지 않는 소리까지 하다가 또 그 말에 내 너 하라는 대로 다 할 게니 도련님에게 편지를 쓰되, 이뿐이는 여태 기다립니다, 하고 그리고 이런 소리는 아예 입 밖에 내지 말라 하므로 그런 편지면 일 년 내내 두고 썼으면 좋겠다 속으로 생각하고 채 틀 못 박힌 연필 글씨로 다섯 줄을 그리기에 꼬박이 이틀 밤을 새고 나서 약속대로 산으로 이뿐이를 만나러 올라올 때에는 어쩐지 가슴이 두근두근하는 것이 바로 아내를 만나러 오는 남편의 그 기쁨이 또렷이 나타나는 것이다. 이뿐이가 얼른 올라와야 뭐가 제일 좋으냐 물어 보고 이 닭들을 팔아 선물을 사다 주련만 오진 않고 석숭이는 암만 생각해야 영문을 모르겠으니 아마 요전번,
"이 편지 써왔으니깐 너 나구 꼭 살아야 한다."
하고 크게 얼른 것이 좀 잘못이라 하더라도 이뿐이가 고개를 푹 숙이고 있다가,
"그래."

산골 165

하고 눈에 눈물을 보이며,

"그 편지 읽어 봐."

하고 부드럽게 말한 걸 보면 그리 노한 것은 아니니 석숭이는 기뻐서 그 앞에 떡 버티고, 제가 썼으나 제가 못 읽는 그 편지를 떠듬떠듬 데련님 전상사리, 가신 지가 오래 됐는디 왜 안 오구, 일 년 반이 됐는디 왜 안 오구 하니깐 이뿐이는 밤마두 눈물로 새오며, 이뿐이는 그럼 죽을 테니까 날을 듯이 얼찐 와서——이렇게 땀을 내며 읽었으나 이뿐이는 다 읽은 뒤 그걸 받아서 피봉에 도로 넣고 그리고 나물 보구니 속에 감추고는 그대로 덤덤히 산을 내려온다. 산기슭으로 내리니 앞에 큰 내가 놓여 있고 골고루도 널려 박힌 험상궂은 웅퉁바위 틈으로 물은 우람스레 부딪치며 콸콸 흘러내리매 정신이 다 아찔하여 이뿐이는 조심스레 바위를 골라 디디며 이쪽으로 건너왔으나 아무리 생각하여도 같이 멀리 도망 가자는 도련님이 저 서울로 혼자만 삐쭉 달아난 것은 그 속이 알 수 없고 사나이 맘이 설사 변한다 하더라도 잣나무 밑에서 그다지 눈물까지 머금고 조르시던 그 도련님이 인제 와 싹도 없이 변하신다니 이야 신의 조화가 아니면 안 될 것이다. 이뿐이는 산처럼 잎이 퍼드러진 호양나무 밑에 와 발을 멈추며 한 손으로 보구니의 편지를 꺼내어 행주치마 속에 감추어 들고 석숭이가 쓴 편지도 잘 찾아갈는지 미심도 하거니와 또한 도련님 앞으로 잘 간다 하면 이걸 보고 도련님이 끔뻑하여 뛰어올 겐지 아닌지 그것조차 장담 못 할 일이건마는 아니 오신다 이 옷고름을 두고 가시던 도련님이거늘 설마 이 편지에도 안 오실 리 없으리라고 혼자 서서 우기며 해가 기우는 먼

고개치를 바라보며 체부 오기를 기다린다. 체부가 잘 와야 사흘에 한 번밖에는 더 들르지 않는 줄을 저라고 모를 리 없고 그리고 어제 다녀갔으니 모레나 오는 줄은 번연히 알련마는 그래도 이뿐이는 산길에 속는 사람같이 저 산비탈로 꼬불꼬불 돌아나간 기나긴 산길에서 금시 체부가 보일 듯 보일 듯싶었는지 해가 아주 넘어가고 날이 어둡도록 지루하게도 이렇게 속 달게 체부 오기를 기다린다.

그러나 오늘은 웬일인지 어제와 같이 날도 맑고 산의 새들은 노래를 부르건만 이뿐이는 아직도 나올 줄을 모른다.

출전:조선문단7(1935.7)

정분

 들고 나갈거라곤 인제 매함지박 키쪼각이 있을 뿐이다. 체량 그릇이랑 이낀 좀 하나 깨지고 헐고하야 아무짝에도 못 쓸 것이다. 그나마도 들고 나설랴면 안해의 눈을 기워야 할 턴데 맞은쪽에 빤이 앉았으니 꼼짝할 수 없다. 허지만 오늘도 밸을 좀 긁어놓으면 성이 뻐처서 제물로 부르르 나가버리리라. 아래묵의 은식이는 저녁상을 물린 뒤 두 다리를 세워 얼싸안고는 고개를 떠러친 채 묵묵하였다. 묘한 꼬투리가 선뜻 생각키지 않는 까닭이었다.
 웃방에서 나려오는 냉기로 하야 아랫방까지 몹시 싸늘하다. 가을쯤 치받이를 해두었든면 좋았으련만 천정에서 흙 방울이 똑똑 떨어지며 찬바람이 새여든다. 헌 옷 때기를 들쓰고 앉어 어린 아들은 화루전에서 킹얼거린다. 안해는 그 아이를 옆에 끼고 달래며 감자를 구어 먹인다. 다리를 모로 느리고 사지를 뒤트는냥이 온종일 방아다리에 시달린 몸이라 매우 나른한 맵이었다. 하품만 연달아 할 뿐이었다.
 한참 지난 후 남편은 고개를 들어 안해의 눈치를 살펴보았다.

그리고 두터운 입살을 찌그리며 데퉁스럽게

"아까 낮에 누가 왔다 갔어?" 하고 한마디 내다 붙었다.

"면서기밖에 누가 왔다갔지유" 하고 안해는 심심이 받으며 들떠보도않는다.

물론 전부터 밀어오든 호포를 독촉하러 면서기가 왔든 것을 자기는 거리에서 먼저 기수채웠다. 그 때문에 붙잡히면 혼이 뜰까바 일부러 몸을 피한바나 어차피 말을 꼴랴니까,

"볼일이 있으면 날 불러 대든지 할 게지 왜 그놈을 방으로 불러드려서 둘이들 뭐했어 그래?" 하고 눈을 부르뜨지 않을 수 없었다. 안해는 이마를 홱 들드니 잡은참 눈꼴이 돌아간다. 하 어이없는 모양이다. 샐쭉해서 턱을 족곰소치자 그대로 떨어치며 잠잣고 아이에게 감자를 먹인다. 이만하면 하고 다시 한번 분을 솎았다.

"헐 말이 있으면 밖에서 허던지 방으로까지 끌어드릴건 뭐야."

"남의 속 모르는 소리 작작하게유 자기 때문에 말막음하느라고 욕본 생각은 못 하구……" 하고 안해는 감으잡잡한 얼굴에 핏대를 올렸으나 표정을 고르잡지 못한다. 얼마 그러드니 남편의 낯을 똑바루 쏘아보며

"그지말고 밤마닥 집신짝이라두 삶어서 호포를 갓다내게유" 하다가 좀 사이를 두곤 들릴 듯 말 듯 한 혼잣소리로

"계집이 좋다기로 집안 물건을 모조리 들어낸담" 하고 모지게 종알거린다.

"집안 물건을 누가 들어내?"

그는 시치미를 떼며 펄석 뛰었다. 그러나 속으로는 찐하였다. 모르는 줄 알았드니 안해는 벌서 다안 눈치다. 어젯밤 안해의 속곳과 그제 밤 맷돌짝을 훔으려 낸 것이 탈로되었구나 생각하니 불쾌하기 짝이 없다.

"누가 그따위 소리를 해? 벼락을 맞을라구"

한팔로 아이를 끌어드려 젖만 먹일 뿐 젊은 안해는 받아주지 않었다. 샘과 분에 못 이겨 무슨 호된 말이 터질 듯 터질 듯 하련만 꾹꾹 참는 모양이라.

"누가 그따위 소리를 해그려?"

"철쇠 어머니지 누군 누구야"

"뭐라구?"

"들뺑이와 배 맞었다지 뭐뭐야 맷돌하고 내 속곳은 술 사 먹는 거라지유?"

남편은 갑작스레 얼굴이 벌갯다. 안해는 살고자 고생을 무릅쓰고 바둥거리는데 남편이란 궐자는 그 속곳으로 술 사 먹다니 어느 모로 보던 곱지 못한 행실이리라. 그도 안해의 시선을 피할 만치 양심의 가책을 느꼈다. 마는 그렇다고 자기의 의지가 꺾인다면 남편된 도리도 아니었다.

"보도 못 하고 애맨 소리를 해그래 눈깔들이 멀랴구" 하고 변명삼아 목청을 돋았다. 그러나 아무 효력을 보이지 않으매 약이 올랐다. 말끝을 슬몃이 돌리어

"자기는 뭔데 대낮에 그놈을 끼고 누었드람" 하야 안해를 되순나잡았다.

이 말에 안해는 독살이 뽀로졌다. 젖먹이든 아이를 방바닥

에 쓸어 박고는 발닥이러슨다. 공도 모르고 게정만 부리니 야속할 게라. 찬방에서 혼자 좀 자란듯이 천연스레 뒤로 치마 다리를 여미드니 그대로 살랑살랑 나가버린다. 아이는 요란히 울어대인다.

눈 우를 밟는 안해의 발자최 소리가 멀리 사라짐을 알자 그는 속이 놓였다.

방문을 열고 가만히 나왔다. 무슨 즛을 하던 볼 사람은 없을 것이다. 벅으로 더듬어 들어가서 성냥을 그어대고 두리번거렸다. 생각대로 함지박은 부뚜막 우에서 주인을 기다린다. 그 속에 담긴 감자나부렁이는 그 자리에 쏟아 버린 뒤 번적들고 뒤란으로 나갔다. 앞으로 들고 나가단 안해에게 들키면 혼이 난다. 뒷겯 언덕우로 올라가서 울타리 밖으로 던저 넘겼다. 그담엔 예전 뒤나 보러 나온 듯이 싸리문께로 와서 유유히 사면을 돌아보았다. 하얀 눈뿐이다. 울타리에 몸을 비겨대고 뒤를 돌아 함지박을 집어 들자 뺑손을 놓았다.

은식이는 인가를 피하야 산기슭으로 돌았다. 함지박을 몸에다 착붙였으니 들킬 염여는 없었다.

매섭게 쌀쌀한 달님은 푸른 하늘에 댕그머니 눈을 떳다. 수어리 골을 흘러나리든 시내도 인젠 얼어붙어서 날카롭게 번득인다. 그리고 산이며 들, 집, 낫 가리, 만물은 겹겹 눈에 잠기어 숨소리조차 내지 않는다.

산길을 빠저 거리로 나올랴제 어데선가 징 소리가 울린다. 고적한 밤공기를 은은히 흔들었다. 그는 가든 다리를 멈추고 멍허니 섰다. 오늘 밤이 진흥회 총회임을 깜박 잊었든 것이다. 한

번 안 가는데 궐전이 오 전, 뿐만 아니라 괜은 부역까지 안담이 씨우는 것이 이동리의 전례이었다. 허나 몸이 아퍼서 앓았다면 그만이겠지, 이쯤 마음을 놓았으나 그래도 끌밋하였다. 진흥회라고 없는 놈에게 땅을 배채해 준다든가 다른 살 방침을 붓들어 준다든가 할진저 툭탁하면 굶는 놈을 붙잡아다 신장노 닦으라고 부역을 시키기가 난당 껀듯 하면 고달픈 놈 불러 앉치고 잔소리로 밤을 패는 것이 일수이니 가뜩이나 살림에 쪼들리는 놈이라 도시 성이 가셔서 벌서부터 동리를 떠날나구 장은 댓으나 옴치고뛸 터전이 없었다. 하지만 진흥회가 동리 청년들을 쓸어 간 것만은 고마운 일이었다. 오늘 밤에는 저 혼자 들뼁이를 차지할 수 있으리라.

술집 가까히 왔을 때엔 기쁠뿐더러 용기까지 솟아올랐다. 길가에 따로 떨어저 호젓이 놓인 집이다. 산모롱이 옆에 서서 눈에 쌓여 흔적이 진가민가나 달빛에 빗기어 갸름한 꼬리를 달았다. 서쪽으로 그림자에 묻기어 대문이 열렸고 고 곁으로 등불이 반찍대는 지게문이 있다. 이방이 계숙이가 빌려 있는 곳이었다.

문을 열고 썩 들어스니 계집은 이러스며 반긴다.

"이게 웬 함지박이지유?"

그 태도며 얕은 우슴을 짓는 낭이 사흘 전 처음 인사할 제와 조곰도 변치 않았다. 어젯밤 자기를 사랑한다는 그 말이 알톨 같은 진정이리라. 하여튼 정분이란 히얀한 물건.

"왜 우서 어젯밤 술값으로 가저 왔지" 하였으나 좀 제면적었다. 계집이 받아 들고서 좋아하는 걸 얼마쯤 보다가

"그게 그래 봬두 두 장은 넘을걸"

맞우 싱그레 우서 주었다. 게숙이의 흥겨운 낮은 그의 행복 전부이었다.

계집은 함지를 들고 안쪽 문으로 나가드니 술상을 바처 들고 들어온다. 미안하야 달라도 않는 술이나 술값은 어찌 되었든 우선 한잔하란 맵이었다. 막걸리를 화로에 거냉만하야 많아 부며

"어서 마시게유 그래야 몸이 풀류" 하드니 입에다 부어까지 준다. 한숨에 쭉 들어켰다. 한잔 두잔 석잔

계집은 탐탁히 옆에 붙어 앉드니 은식의 얼은 손을 젖가슴에 품어준다. 가여운 모양이다. 고개를 접으며

"나는 낼 떠나유" 하고 떨어지기 섭한 내색을 보인다. 좀 더 있을랴 했으나 진흥회 회장이 왔다. 동리를 위하야 들뼁이는 안 받으니 냉큼 떠나라 하였다. 그러나 이 밤에야 어델 가랴 낼 아츰 밝는 대로 떠나겠노라고 하였다는 것이다.

은식이는 낭판이 떨어저서 멍멍하였다. 언제던 갈 줄은 알았든게나 급작이 서들 줄은 꿈 밖이었다. 따로 떨어지면 자기는 어찌 살려는가. 게숙이에겐 번이 남편이 있었다. 곧 아랫묵에 누어 있는 아이의 아버지. 술만 처먹고 노름질에다 혹닥하면 안해를 뚜들겨 패고 벌은 돈푼을 뺏어가고 함으로 해서 견딜 수 없어 석 달 전에 갈렸다는 것이었다. 그럼 자기와 들어내고 살아도 무방할 게다. 허나 그런 말은 참아 하기 어색하였다.

"난 그래 어떻게 살아 나두 많아 갈가?"

"그럼 그럽시다유" 하고 그 말을 바랬단 듯이 선듯 받아가

"집에 있는 안해는 어떻게 하지유?"

"그건 염여 없어"

은식이는 기운이 뻗혀서 게집을 얼싸안었다. 안해쯤은 치우기 손 수웠다. 제대로 내버려두면 어데로 가던 마던 할터이니까 다만 게숙이를 많이 다니며 벌어먹겠구나 하는 새로운 생활만이 기쁠 뿐이다.

"낼 밝기 전에 가야 들키지 않을걸!"

야심하여도 술군은 없었다. 단념하고 문고리를 걸은 뒤 불을 껐다. 계집은 누어 있는 은식이 팔에 몸을 던지며 한숨을 후지운다.

"살림을 하려면 그릇 쪼각이라두 있어야 할 텐데 ——"

"내 집에 가서 가저오지"

그는 아무 꺼림 없었다. 안해가 잠에 고라지거던 들어가서 이거저거 후무려오면 그뿐이다. 내일부터는 굶주리지 않어도 맘 편히 살려니 생각하니 잠도 안 올만치 가슴이 들렁거린다.

우풍이 시었다. 주인이 나뻐서 방에 불도 안 핀 모양 까칠한 공석 자리에 들어누어서 떨리는 몸을 노기고자 서로 꼭 품었다. 한구석에 쓸어 박혔든 아이가 잠이 깨었다. 킹얼거리며 사이를 파고 들려는 걸 어미가 야단을 치니 도로 제자리로 가서 끽소리 없이 누었다. 매우 훈련받은 젖먹이었다.

은식이는 그놈이 몹시 싫였다. 우리들이 죽도록 모아노면 저놈이 써버리겠지 제애비번으로 노름질도 하고 어미를 두들겨 패서 돈도 빼앗고 하리라. 그러면 나는 신선노름에 도낏자루 썩는 격으로 헛공만드리는게 아닐가 하고 생각하니 곧 얼어 죽어도 아깝진 않었다. 그러나 어미의 환심을 살려닌까 에 그놈 착하기도 하지 하고 두어 번 그 궁뎅이를 안 뚜덕일 수 없으리라.

달이 기우러 지개문을 밝힌다. 있다금식 마구간에 뚜벅어리는 쇠굽소리 평화로운 잠자리에 때아닌 마가 들었다. 뭉태가 와서 낮은 소리로 계집을 부르며 지게문을 열라고 찔꺽어리는 것이다. 게숙이에게 돈 좀 쓰든 단골이라 세도가 맹랑하다. 은식이는 골피를 찌프렸다. 마는 계집이 귀속말로 "내 잠간 말해 보낼 게 밖에 나가 기다리유" 함에는 속이 든든하였다. 그 말은 남편을 신뢰하야 하는 속셈이리라. 그는 바람같이 안 문으로 나와서 방벽게로 몸을 착 붙여 세웠다.

은식이는 귀를 기우려 방의 말을 엿드렀다. 뭉태가 들어오며 "오늘도 그놈 왔었나" 하드니 계집이 아무도 안 왔다닌까 그 자식 웨 요새 바람이 나서 지랄이야 하며 된통 비웃는다. 그놈이란 자기다. 이말 저말 한참을 주언부언 지꺼드리니 자기가 동리의 평판이 나쁘다는 등 안해까지 돌아다니며 미워 남편을 숭본다는 등 혹은 게숙이를 집안 망할 도적년이라고 갖은 방자를 다 하드라는 등 자기에 대한 흠집은 모조리 들추어낸다. 그럴 적마다 계집은 는실난실 여신이 받으며 가치 웃는다. 그리곤 남 못 드를 만치 병아리 소리로들 속은거리는 것이었다.

은식이는 분이 올라 숨도 거츠렀다. 마는 어쩨볼 도리가 없다. 게숙이 좇아 핀잔도 안 주고 한통이 되는 듯 야속하기 이를 데 없다. 그는 노기와 추움으로 말미아마 팔장을 끼고는 덜덜 떨었다. 농창이 난 버선이라 눈을 밟고 섰으니 쑤시도록 저렸다. 안해 생각이 문득 떠오른다. 집으로만 가면 따스한 품이 기다리련만 왜 이 고생을 하누, 하지만 안해는 싫었다. 아리랑타령 하나 못하는 병신, 돈 한 푼 못 버는 천지, 하긴 초작에야 물

불을 모르도록 정이 두터웠으나 인제는 다 삭았다. 뭇사람의 품으로 옮아안기며 에쓱어리는 들뺑이가 천하다 할망정 힘 안 드리고 먹으니 얼마나 부러운가, 침들을 게제 흘리고 덤벼드는 뭇놈을 이 손 저 손으로 후둘르니 그 영예 바히 고귀하다 할지라. 그는 설한에 이까지 딱딱어린다. 그러면서도 불러드리길 만 고대하야 턱살을 바처대고 눈이 빠질 지경이다.

계집이 한문으로

"잘가게유 낭종 맞납시다"

"응 내 추후로 한번 가지"

뭉태를 내뱉자 또 한문으로

"가만히 들어오게유"

은식이를 집어드린다. 그는 닁큼 들어스며 얼은 손을 썩썩문탯다.

"그 자식 남자는데 왜아 쌩이질이야……"

"그러개말이유 그건 눈치코치도 없어"

계집은 빌 틈 없이 여일하였다. 등잔에 불을 대리며 건아하야 생글생글 웃는다.

"자식이 왜 그 뻔세야 거짓말만 슬슬하구" 하며 아까의 흥잡혓든 대갚음을 하였다. 뭉태란 놈은 돈도 신용도 아무것도 없는 건달이란 둥 오입질하다 들키어 되게 경을 쳤다는 둥 남의 집 버리를 훔쳐내다 붙잡혀서 구메밥을 먹었다는 헛풍까지 찌며 계집을 얼렁거리다가 깜짝 놀랜다. 안말에서 첫 홰를 울리는 게명성이 요란하였다. 시간이 촉박하다. 계집의 뺨을 문질러보곤 벌떡 이러섰다.

"내 밖에 좀 갔다 올 게 꼭 기달려 응"

　은식이는 즈 집 싸리문을 살몃이 들어밀었다. 달은 아주 넘어갔다. 뜰에 깔린 눈의 반영으로 할 만하였다. 우선 봉당으로 올라스며 방문에 귀를 기우렸다. 깊은 숨소리, 안해는 고라졌다. 그제선 맘을 놓고 벅으로 들어갔다. 더듬거리며 부뚜막에 다리를 엏자 솥을 뽑았다. 사 년전 안해를 얻어드릴 제 행복을 계약하든 솥이었다. 마는 달가운 꿈은 몇 달이었고 지지리 고생만 하였다. 인젠 마땅히 다른 데로 옮겨야 할 것이다. 벅 벽에 걸린 바구니에는 수까락이 세 가락 있다. 덕이(아들) 먹을 한 개만 남기고는 모집어 궤춤에 꽂았다. 좁쌀이 서너 되 방에 있다마는 그걸 꺼내다간 일이 빗나리라. 미진하나마 그대로 그림자 같이 나와버렸다.
　수아릿골 꼬리에 달린 막바지다. 양쪽 산에 끼어 시냇가에 집은 엎엿고 쓸쓸하였다. 마을 복판에 일이라도 있어 돌이 깔린 시냇길을 오르나리자면 적쟌히 애를 씨웠다. 그러나 그것도 하직을하자니 귀엽고도 일변 안탁까운 생각이 안 남는다. 그는 살든 집을 두어 번 돌아다보며 술집으로 힁하게 달려갔다.
"어서 들어오우 춥지유?"
　계숙이는 어리뻥뻥한 우슴을 띠이며 반색한다. 아마 그동안 눕지도 않은 듯 떠날 준비에 서성서성하였다. 계집의 의견대로 짐을 뎅그먼이 묶어놓았다. 먼동트는 대로 질머만 메면 된다. 만약 아츰에 주저거리 단 술집 주인에게 발각이 될게고 수동리에 소문이 퍼진다. 그뿐더러 안해가 쫓아온다면 모양만 창

피하리라.

떠날 차보를 다하고 나서 그는 게집과 자리에 맞우 누었다. 추위를 덜고자 몸을 맞붙였으나 그대로 마찬가지 덜덜 떨었다. 얼른 날이 밝아야 할 텐데——그러다 잠이 까빡 들었다.

그건 어느 때나 되었는지 모른다. 아이가 칭칭 거리며 머리우로 기어올라서 눈이 띠었다. 군찬하서 손으로 밀어나릴랴할제 영문 모를 일이라 등 뒤 웃묵 쪽에서

"이리 온 아빠 여깃다" 하고 귀설은 음성이 들린다. 걸걸하고 우람한 목소리. 필연코 내버린 번남편이 결기 먹고 땋아왔을 것이다. 은식은 꿈을 꾸는 듯싶었다. 겁이 나서 두러 누은 채 꼼짝도 못 한다. 안해의 정부를 현장에서 맞닥드린 남편의 분노이면 매일반이리라. 낫이라두 들어 찍으면 찍소리 못하고 죽을 밖에 별도리 없다. 등살이 꼿꼿하였다. 생각다 못 하야 게숙이를 깨우면 일이 좀 피일가하야 손꼬락으로 넌즛이 그 배를 몇 번 질렀다. 마는 계집은 그의 허리를 잔뜩 끌어안고 코골음에 세상을 모른다. 부쩍부쩍 진땀만 흘렀다. 남편은 어청어청 등 뒤로 거러온다. 언내를 번적 들어 안고 "왜 성가시게 굴어어여들 편히 자게유" 하며 웃묵으로 도로 간다. 그래도 그 말씨가 매우 유순하였고 맘세 좋아 보였으나 도리어 견딜 수 없이 살을 저몄다. 계집은 얼마 만에 이러났다. 어서 떠나야지 하고 눈을 부비드니 웃묵을 나려다보고 경풍을 한다. 그리고 입을 봉하고는 잠잠히 있을 뿐이다.

날은 활닥 밝았다. 벽에선 솥을 가신다. 주인은 기침을하드니 씨걱그리며 대문을 연다.

이판 새판이었다. 은식이도 딿아 이러나 옹크리고 앉으며 어찌 될 건가 처분만 기다렸다. 곁눈으로 흘깃 살피니 키가 커다랗고 감대는 사납지 않으나 암기 좀 있어 보이는 놈이 책상다리에 언내를 안고 웃묵에 앉았다.

"떠나지들 ——"

마샛군은 이러나서 언내를 계집에 맡기드니 은식이를 향하야 손을 빈다.

"여보기유 이러나서 이 짐 좀 지워주게유"

은식이는 허란 대로 안 할 수 없엇다. 번시는 자기가 질짐이었되 부축하야 지워주었다. 솥, 맷돌, 함지박, 봇다리들을 한태 묶은 것이니 조히 무거웠다. 허나 남편은 힘들기커녕 홀가분한 모양, 싱글거리며 덜렁덜렁 밖으로 나슨다. 계집도 언내를 퍼대기에 들싸업곤 딿아 나섰다. 은식이는 꿈을 보는 듯이 얼이 빠졌다. 그들의 하는 낭을 볼라고 설설 뒤묻었다.

아츰 공기는 더욱 쏘셨다. 바람은 지면의 눈을 품어다간 얼굴에 뿜고 뿜고 하였다. 산모롱이를 꼽드러 언덕길을 나릴랴제 남편은 은식이를 돌아보며

"왜 섯수? 가치 갑시다유"

동행하길 곤하였다. 그는 아무 대답 없이 우두머니 섯을 뿐. 그러자 산모롱이 옆길에서 은식이 안해가 달겨들었다. 기가 넘어 입은 버렸으나 말이 안 나왔다. 헐떡어리며 얼굴이 새빨개지드니

"왜 남의 솥을 빼가는 게야?" 하고 계집에게로 달라붙는다.

동리 사람들은 전 눈을 두부비며 구경을 나왔다. 멀직이 떨어

저서 서로들 붙고 떨어지고 수군 숙덕.

"아니야 아니야"

은식이는 안해를 뜯어말리며 볼이 확근거렸다. 그래도 발악을 마지않는다. 악담을 퍼붓는다. 그렇지마는 들뺑이 내외는 귀가 먹었는지 하나는 짐을 하나는 아이를 들러업은 채 언덕을 늠늠히 나려가며 돌아보도 않았다. 안해는 분에 복바치어 눈 우에 털썩 주저앉으며 울음을 놓았다. 은식이는 구경군 쪽으로 시선을 흘깃거리며 입맛만 다실 따름. 종국에는 안해를 잡아 이르키며 울상이 되었다.

"아이야 우리 솥이 아니라닌깐 그러네"

출전:조광5(1937.5)

정조

주인아씨는 행랑어멈 때문에 속이 썩을 대로 썩었다. 나가라 하자니 그것이 고분고분 나갈 것도 아니거니와 그렇다고 두고 보자니 괘씸스러운 것이 하루가 다 민망하다.

어멈의 버릇은 서방님이 버려놓은 것이 분명하였다.

아씨는 아직 이불 속에 들어 있는 남편 앞에 도사리고 앉아서는 아침마다 졸랐다. 왜냐면 아침때가 아니고는 늘 난봉 피우러 쏘다니는 남편을 언제 한번 조용히 대해볼 기회가 없었다. 그나마도 어젯밤이 새도록 취한 술이 미처 깨질 못하여 얼굴이 벌거니 늘어진 사람을 흔들며

"여보! 자우? 벌써 열점 반이 넘었수. 기운 좀 채리우" 하고 말을 붙이는 것은 그리 정다운 일이 아니었다.

그러면 서방님은 그 속이 무엇임을 지레 채고 눈 하나 떠보려 하지 않았다. 물론 술에 곯아서 못 들을 적도 태반이지만 간혹 가다간 듣지 않을 수 없을 만한 그렇게 큰 음성임에도 불구하고 역시 못 들은 척하였다.

이렇게 되면 아내는 제물에 더 약이 올라서 이번에도 설마 하

고는

"아니 여보! 일을 저질러놨으면 당신이 어떻게 처칠 하든지 해야지 않소?"

"글쎄 관둬, 다 듣기 싫으니" 하고 그제야 어리눅는 소리로 눈살을 찌푸리다가

"듣기 싫으면 어떡허우. 그 꼴은 눈허리가 시어서 두구 볼 수가 없으니 일이나 허면 했지 그래 쥔을 손아귀에 넣고 휘두르려는 이따위 행랑것두 있단 말이유?"

"글쎄 듣기 싫어."

이렇게 된통 호령은 하였으나 원체 뒤가 딸리고 보니 슬쩍 돌리고

"어여 나가 아침이나 채려오."

"난 세상없어도 어떻게 할 수 없으니 당신이 내쫓든지 치갈 하든지……" 하고 말끝이 고만 살며시 뒤둥그러지며

"어쩌자구 글쎄 행랑걸!"

"주둥아리 좀 못 닥쳐?"

여기에서 드디어 남편은 열병 든 사람처럼 벌떡 일어나 앉지 않을 수가 없었다. 그와 동시에 놋재떨이가 공중을 날아와 벽에 부딪치고 떨어지며 쟁그렁 하고 요란스러운 소리를 낸다.

이렇게까지 하지 않으면 서방님은 머리에 떠오르는 그 징글징글한 기억을 어떻게 털어버릴 도리가 없는 것이다. 하기는 아내를 더 지껄이게 하였다가는 그 입에서 무슨 소리가 나올지 모르니 겁도 나거니와 만일에 행랑어멈이 미닫이 밖에서 엿듣고 섰다가 이 기맥을 눈치챈다면 그는 더욱 우좌스러운 저의 몸을

발견함에 틀림없을 것이다.

 아내가 밖으로 나간 뒤 서방님은 멀뚱히 앉아서 쓴 침을 한 번 삼키려 하였으나 그것도 잘 넘어가질 않는다. 수전증 들린 손으로 머리맡의 냉수를 쭈욱 켜고는 이불 속으로 들어가 다시 눈을 감아보려 한다. 잠이 들면 불쾌한 생각이 좀 덜어질 듯싶어서이다.

 그러나 눈만 뽀송뽀송할 뿐 아니라 감은 눈 속으로 온갖 잡귀가 다아 나타난다. 머리를 풀어 헤치고 손톱을 길게 늘인 거지 귀신, 뿔 돋친 사자 귀신, 치렁치렁한 꼬리를 휘저으며 깔깔거리는 여우 귀신, 그중의 어떤 것은 한 짝 눈깔이 물커졌건만 그래도 좋다고 아양을 부리며 '아이 서방님' 하고 달려들면 이번에는 다리팔 없는 오뚝이 귀신이 저쪽에 올롱이 앉아서 '요 녀석!' 하고 눈을 똑바로 뜬다. 이것들이 모양은 다르다 할지라도 원 바탕은 한바탕이리라.

 '에이 망할 년들!'

 서방님은 진저리를 치며 벌떡 일어나 앉아서는 권연에 불을 붙인다. 등줄기가 선뜩하며 식은땀이 흥건히 내솟았다.

 그것도 좋으련만 부엌에서는 그릇 깨지는 소리와 함께 아내가 악을 쓰는 걸 보면 행랑어멈과 또 말시단이 되는 듯싶다. 무슨 일인지 자세히는 알 수 없으나

 "자넨 그래 게 다니나?" 하니까

 "전 빨리 다니진 못해요."

하고 행랑어멈의 데퉁스러운 그 대답.

 서방님도 행랑어멈의 음성만 들어도 몸서리를 치며 사지가 졸

아드는 듯하였다. 그리고

'아아! 내 뭘 보구 그랬던가. 검붉은 그 얼굴, 푸르딩딩하고 꺼칠한 그 입살. 그건 그렇다 하고 찝찔한 짠지 냄새가 홱 끼치는 그리고 생후 목물 한 번도 못 해 봤을 듯싶은 때꼽 낀 그 몸뚱어리는? 에잇 추해! 추해! 내 뭘보구? 술이다, 술. 분명히 술의 작용이었다.'

하고 또다시 애꿎은 술만 탓하지 않을 수 없다. 아무리 생각을 안 하려 하여도 그날 밤 지냈던 일이 추악한 그 일이 저절로 머릿속에서 빙글빙글 도는 것이다.

과연 새벽녘 집에 다다랐을 때쯤 하여서는 하늘 땅이 움직이도록 술이 잠뿍 올랐다. 택시에서 내려 엎어지고 다시 일어나다가 옆집 돌담에 부딪혀 면상을 깐 것만 보아도 취한 것이 확실하였다. 그러나 대문을 열어주고 눈을 비비고 섰는 어멈더러

"왔나?" 하다가

"안즉 안 왔어요. 아마 며칠 묵어서 올 모양인가 봐요."

그제야 안심하고 그 허리를 콱 부둥켜안고 행랑방으로 들어간 걸 보면 전혀 정신이 없던 것도 아니었다. 왜냐면 아침나절 아범이 들어와 저 살던 고향에 좀 다녀오겠다고 인사를 하고 나간 것을 정말 취한 사람이면 생각해냈을 리 있겠는가.

허나 년의 행실이 더 고약했는지도 모른다. 전일부터 맥없이 빙글빙글 웃으며 눈을 째긋이 꼬리를 치던 것은 그만두고라도 방에서 그 알량한 낯판때기를 갖다 비비며,

"전 서방님허구 살구 싶어요. 웬일인지 전 서방님만 뵈면 괜스레 좋아요."

"그래그래, 살라보자꾸나!"

"전 뭐 많이도 바라지 않아요, 그저 집 한 채만 사주시면 얼마든지 살림하겠어요."

그리고 가장 이쁜 듯이 팔로 그 목을 얽어 들이며

"그렇지 않아요? 서방님! 제가 뭐 기생첩인가요 색시첩인가요 더 바라게?"

더욱이 앙큼스러운 것은 나중에 발뺌하는 그 태도였다. 안에서 이 눈치를 채고 아내가 기겁을 하여 뛰어나와서 그를 끌어낼 때 어멈은 뭐랬는가. 아내보다도 더 분한 듯이 쌔근거리고 서서는 그리고 눈을 사박스리 홉뜨고는

"행랑어멈은 일 시키자는 행랑어멈이지 이러라는 거예요?"

이렇게 바로 호령하지 않았던가. 뿐만 아니라 고대 자기를 보면 괜스레 좋아서 죽겠다던 년이 딴통같이

"아범이 없길래 망정이지 이걸 아범이 안다면 그냥 안 있어요. 없는 사람이라구 너무 업신여기지 마셔요."

물론 이것이 주인아씨에게 대하여 저의 면목을 세우려는 뜻도 되려니와 하여튼 년도 무던히 앙큼스러운 계집이었다. 그러고 나서도 그다음 날 밤중에는 자기가 대문을 들어서자마자 술취한 사람을 되는대로 잡아끌고서 행랑방으로 들어간 것도 역시 그년이 아니었던가. 하지만 잘 따져 보면 모두가 자기의 불근신한 탓으로 돌릴 수밖에 없고

'문지방 하나만 더 넘어서면 곱고 깨끗한 아내가 있으련만 그걸 뭘 보구?'

이렇게 생각해 보니 곧 창자가 뒤집힐 듯이 속이 아니꼽다. 그

러나 이미 엎지른 물이니 주워 담을 수도 없는 노릇이고 어째보려야 어째볼 엄두조차 나질 않는다.

　서방님은 생각다 못하여 하릴없이 궁한 음성으로 아씨를 넌지시 도로 불러들였다. 그리고 거의 울 듯한 표정으로

　"여보! 설혹 내가 잘못했다 합시다. 이왕 이렇게 되고 난 걸 노하면 뭘 하오?"

하고 속 썩는 한숨을 휘두르고는

　"그렇다고 내가 나서서 나가라 마라 할 면목은 없소. 허니 당신이 날 살리는 셈 치고 그걸 조용히 불러서 돈 십 원쯤 주어서 나가게 하도록 해보우."

　"당신이 못 내보내는 걸 내 말은 듣겠소."

　아씨는 아까 윽박 질렸던 앙가프리로 이렇게 톡 쏘긴 했으나

　"만일 친구들에게 이런 걸 발설한다면 내가 이 낯을 들고 문밖엘 못 나설 터이니 당신이 잘 생각해서 해주" 하고 풀이 죽어서 빌붙는 이 마당에는

　"그년에게 그래, 괜히 돈을 준담!" 하고 혼잣소리로 쫑알거리고는 밖으로 나오지 않을 수 없다. 더 비위를 긁었다가는 다시 재떨이가 공중을 날 것이고 그러면 집안만 소란할 뿐 외려 더욱 창피한 일이었다.

　아씨는 마루 끝에 와 웅크리고 앉아서 심부름하는 계집애를 시켜 어미를 부르게 하고, 그리고 다시 생각해 보니 어멈도 물론 괘씸하거니와 계집이면 덮어놓고 맥을 못 쓰는 남편도 남편이렷다. 그의 번처라는 자기 말고도 수하동에 기생첩을 치가하였고 또는 청진동에 쌀 나무만 대고 드나드는 여학생 첩도 있는

것이다. 꽃 같은 계집들이 이렇게 앞에 놓였으련만 무슨 까닭에 행랑어멈을 그랬는지 그 속을 모르겠고

'그것두 외양이나 잘났음 몰라두 그 상판때기를 뭘 보구? 에! 추해!'

하고 아씨는 자기가 치른 것같이 메스꺼운 생각이 안 날 수 없었다.

그러나 이런 일이란 언제든지 계집이 먼저 꼬리를 치는 법이었다. 그렇게 생각하면 우선 행랑어멈 이년이 더욱 흉측스러운 굴치라 안 할 수 없었다. 처음 올 적만 해도 시골서 살다 쫓겨 올라온 지 며칠 안 되는데 방이 없어서 이러고 다닌다고 하며 궁상을 떤 것이 좀 측은히 본 것이 아니었던가. 한편 시골 거라 부려 먹기에 힘이 덜 드려니 하고 든 것이 단 열흘도 못 되어 까만 낯바닥에 분 때기를 칠한다, 머리에 기름을 바른다, 치마를 외로 돌아 입는다 하며 휘즐르고 다니는 걸 보니 서울서 닳아도 어지간히 닳아먹은 계집이었다. 그렇다 치더라도 일을 시켜보면 뒷간까지도 죽어가는 시늉으로 하고 하던 것이 행실을 버려 놓은 다음부터는 제가 마땅히 해야 할 걸레질까지도 순순히 할랴질 않는다. 그리고 고기 한 메를 사러 보내도 일부러 주인의 안을 채기 위하여 열 나절이나 있다 오는 이년이 아니었던가.

"자네 대리는 오금이 붙었나?"

아씨가 하도 기가 막혀서 이렇게 꾸중을 하면

"저는 세상없는 일이라도 빨리는 못 다녀요!" 하고 시퉁그러진 소리로 눈귀가 실룩이 올라가는 이년이 아니었던가. 그나 그뿐이랴. 아씨가 서방님과 어쩌다 같이 자게 되면 시키지도 않으

련만 아닌 밤중에 슬며시 들어와서 끓는 고래에다 불을 처지펴서 요를 태우고 알몸을 구워놓은 이년이었다.

그러나 이렇게 생각하면 막벌이를 한다는 그 남편 놈이 더 흉악할는지 모른다.

이년의 소견으로는 도저히 애 뱄다는 자세로 며칠씩 그대로 자빠져서 내다 주는 밥이나 먹고 누웠을 그런 배짱이 못 될 것이다. 아씨가 화가 치밀어서 어멈을 불러들여

"자네는 어떻게 된 사람이길래 그리 도도한가. 아프다고 누웠고, 애 뱄다고 누웠고, 졸리다고 누웠고, 이러니 대체 일은 누가 할 겐가?"

이렇게 눈이 빠지라고 톡톡히 역적을 내었을 제

"애 밴 사람이 어떻게 일을 해요? 아이 별일두! 아씨는 홑몸으로도 일 안하시지 않어요?" 하고 저도 마주 대고 눈을 똑바로 뜬 걸 보더라도 제 속에서 우러나온 소리는 아닐 듯싶다. 순사가 인구 조사를 나왔다가 제 성명을 물어도 벌벌 떨며 더듬거리는 이년이 아니었던가. 이렇게 생각하면 아씨는 두 년놈에게 쥐키어 그 농간에 노는 것이 고만 절통하여

"그럼 자네가 쥔아씨 대우로 받쳐달란 말인가."

"온 별말씀을 다 하셔요. 누가 아씨로 받쳐달랬어요?"

어멈은 저로도 엄청나게 기가 막힌지 콧등을 한번 씽긋하다가

"애 밴 사람이 어떻게 몸을 움직이란 말씀이야요? 아씨두 온 심하시지!"

"애 애 허니 뉘 놈의 앨 뱄길래 밤낮 그렇게 우좌스레 대드나?"

하고 불같이 골을 팩 내니까

"뉘 눔의 애라니요? 아씨두! 그렇게 막 말씀할 게 아니야요. 애가 커서 이담에 데련님이 될지 서방님이 될지 사람의 일을 누가 알아요?" 하고 저도 모욕이나 당한 듯이 아씨 붑지않게 큰 소리로 대들었다.

아씨는 이 말에 가슴뿐만 아니라 온 전신이 고만 뜨끔하였다. 터놓고 말은 없어도 년의 어투가 서방님의 앨지도 모른다는 음흉이리라마는 설혹 그렇다면 실지 지금쯤은 만삭이 되어 배가 태독 같아야 될 것이다. 부른 배를 보면 댓 달밖에 안 되는 쥐새끼를 가지고 틀림없이 서방님 건 듯이 이렇게 흉중을 떠는 것을 생각하니 곧 달려들어 뺨 한 개를 갈기고도 싶고 그러면서도 일변 후환이 될까 하여 가슴이 죄어지지 않을 수도 없는 노릇이었다.

'오늘은 이년을 대뜸…….'

아씨는 이렇게 맘을 다부지게 먹고 중문을 들어서는 어멈에게 매서운 시선을 보내었다.

그러나 그렇다고 얼러 딱딱거렸다가는 더욱 내보낼 가망이 없을 터이므로 결국 좋은 소리로

"여보게! 자네에게 이런 소리를 하는 것은 좀 뭣하나?" 하고 점잖이 기침을 한번 하고는

"자네더러 나가라는 건 나부터 좀 섭섭한데 말이야. 자네가 뭐 밉다든가 해서 내쫓는 게 아닐세. 그러면 자네 대신 다른 사람을 들여야 할 게 아닌가? 그런 게 아니라 자네도 아다시피 저 마당에 쌓인 저 시간을 보지? 인제 눈은 내릴 터이고 저걸 어떻

게 주체하나? 그래 생각다 못해 행랑방으로 척척 들이쌓으려고 하니까 미안하지만 자네더러 방을 내달라는 말일세."

"그러나 차차 추워질 텐데 갑작스레 어디로 나가요."

행랑어멈은 짐작치 않았던 그 명령에 고만 얼떨떨하여 찔쩍한 두 눈이 휘둥그랬으나

"그래서 말이지 이런 일은 번이 없는 법이지만 내가 돈 십 원을 줄 테니 이걸로 앞다리를 구해나가게" 하고 큰 지전 장을 생각있이 내줌에는

"글쎄요 그렇지만 그렇게 곧 나갈 수는 없을걸요" 하고 주밋주밋 돈을 받아 들고는 좋아서 행랑방으로 뺑 나가지 않을 수 없었다.

아씨도 이만하면 네년이 떨어졌구나 하고 비로소 안심이 되었다. 마는 단 오 분이 못 되어 어멈이 부리나케 들어오더니 그 돈을 도로 내놓으며

"다시 생각해 보니까 못 떠나겠어요. 어떻게 몸이나 풀구 한두어 달 지나야 움직일 게 아냐요? 이 몸으로 어떻게 이사를 해요?"

하고 또라지게 딴청을 부리는 데는 아씨는 고만 가슴이 다시 달롱하였다. 이년이 필연코 행랑방에 나갔다가 서방 놈의 훈수를 듣고 와서 이러는 것이 분명하였다.

아씨는 더 말할 형편이 아님을 알고 돈을 받아 든 채 그대로 벙벙히 섰지 않을 수 없었다. 그러다 한참 지난 뒤에야 안방으로 들어가서 서방님에게 일일이 고해바치고

"나는 더 할 수 없소. 당신이 내쫓든지 어떡허든지 해보우!"

하고 속 썩는 한숨을 쉬니까

"오죽 뱅충맞게 해야 돈을 주고도 못 내보낸담? 쩨! 쩨! 쩨!" 하고 서방님은 도끼눈으로 혀를 찬다. 어멈을 못 내보내는 것이 마치 아씨의 말주변이 부족해 그런 듯싶어서이다. 그는 무엇으로 아씨를 이윽히 노려보다가

"나가! 보기 싫여!" 하고 공연스레 역정을 벌컥 내었다. 마는 역정은 역정이로되 그나마 행랑방에 들릴까 봐 겁을 집어먹은 가는 소리로 큰소리의 행세를 하려니까 서방님은 자기 속만 부적부적 탈 뿐이었다.

그것도 그럴 것이 서방님은 이걸로 말미암아 사날 동안이나 밖으로 낯을 들고나오지 못하였다. 자기를 보고 실적게 씽긋씽긋 웃는 년도 년이려니와 자기의 앞에 나서서 멋없이 굽실굽실하는 그 서방 놈이 더 능글차고 흉악한 것이 보기조차 두려웠다.

서방님은 이불을 머리까지 들쓰고는 여러 가지 귀신을 손으로 털어가며

"끙! 끙!" 하고 앓는 소리를 치고 하였다. 그리고 밥도 잘 안 자시고는 무턱대고 죄 없는 아씨만 대구 들볶아대었다.

"물이 왜 이렇게 차? 아주 얼음을 깨오지 그래." 어떤 때에는 "방에 누가 불을 때랬어? 끓여 죽일 터이야?" 이렇게 까닭 모를 불평이 자꾸만 자꾸만 나오기 시작하였다.

아씨는 전에도 서방님이 이렇게 앓은 경험이 여러 번 있으므로 이번에도 며칠 밤을 새우고 술을 먹더니 주체가 났다 보다고 생각할 것이 돌리었다. 부모가 물려준 재산을 왜 온전히 못 쓰고 저러나 싶어서 딱한 생각을 먹었으나 그래도 서방님의 몸이

축갈가 염려가 되어 풍로에 으이를 쑤고 있노라니까

"아씨! 전 오늘 이사를 가겠어요" 하고 어멈이 앞으로 다가선다. 아씨는 어떻게 되는 속인지 몰라서 떨떠름한 낯으로

"어떻게 그렇게 곧 떠나게 됐나?"

"네! 앞다리도 다 정하고 해서 지금 이삿짐을 옮기려구 그래요" 하고 어멈은 안마당에 놓였던 새끼 뭉텅이를 가지고 나간다. 그 모양이 어떻게 신이 났는지 치마 뒤도 여밀 줄 모르고 미친년같이 허벙거리며 나간 것이었다.

아씨는 이 꼴을 가만히 보고 하여튼 앓던 이 빠진 것처럼 시원하긴 하나 그러나 년이 급작이 떠난다고 서두는 그 속이 한편 이상도 스러웠다. 좀체로 해서 앉은 방석을 아니 뜰 이년이 제법 훌훌이 털고 일어설 적에는 여기에 딴속이 있지 않으면 안 될 것이다.

얼마 후 아씨는 궁금한 생각을 먹고 문간까지 나와보니 어멈네 두 내외는 구루마에 짐을 다 실었다. 그리고 바구니에 잔 세간을 넣어 손에 들고는 작별까지 하고 가려는 어멈을 보고

"자네 또 행랑살이로 가나?" 하고 물으니까

"저는 뭐 행랑살이만 밤낮 하는 줄 아셔요?" 하고 그전부터 눌려왔던 그 아씨에게 주짜를 뽑는 것이다.

"그럼 사글세루?"

"사글세는 왜 또 사글세야요? 장사하러 가는데요!" 하고 나도 인제는 너만 하단 듯이 비웃는 눈치이다가

"장사라니 밑천이 있어야 하지 않나?"

"고뿌 술집 할 테니까 한 이백 원이면 되겠지요. 더는 해 뭘

하게요?"

하고 네 보란 듯 토심스레 내뱉고는 구루마의 뒤를 따라 골목 밖으로 나아간다.

아씨는 가만히 눈치를 보아하니 저년이 정녕코 돈 이백 원쯤은 수중에 가지고 희짜를 빼는 모양이었다. 그렇다면 어제저녁 자기가 뒤란에서 한참 바쁘게 약을 끓이고 있을 제 년이 안방을 친다고 들어가서 오래 있었는데 아마 그때 서방님과 수작이 되고 돈두 그때 주고받은 것이 확적하였다. 그렇지 않으면 고분고분 떠날 리도 없거니와 그년이 생파같이 돈 이백 원이 어디서 생기겠는가. 그렇게 따지고 보면 벌써부터 칠팔십 원이면 사줄 그 신식 의걸이 하나 사달라고 그리 졸랐건 만도 못 들은 척하던 그가 어멈은 하상 뭐길래 이백 원씩 희떱게 내주나 싶어서 곧 분하고 원통하였다.

아씨는 새빨간 눈을 뜨고 안방으로 부르르 들어와서

"그년에게 돈 이백 원 주었수?" 하고 날카로운 소리를 내었다. 그러나 서방님은 암말 없이 드러누워서 입맛만 다시니 아씨는 더욱더 열에 떠여

"글쎄 이백 원이 얼마란 말이오? 그년에게 왜 주는 거요. 그런 돈 나에겐 못 주?"

이렇게 포악을 쏟아놓다가 급기야엔 눈에 눈물이 맺힌다.

그래도 서방님은 입을 꽉 다물고는 대답 대신

"끙! 끙!" 하고 신음하는 소리만 낼 뿐이다.

출전:조광10(1936.10)

가을

내가 주재소에까지 가게 될 때에는 나에게도 다소 책임이 있을는지 모른다. 그러나 사실 아무리 고처 생각해 봐도 나는 조곰치도 책임이 느껴지지 안는다. 복만이는 제 안해를 (여기가 퍽 중요하다) 제 손으로 즉접 소장사에게 팔은 것이다. 내가 그 안해를 유인해다 팔았거나 혹은 내가 복만이를 꼬여서 서루 공모하고 팔아먹은 것은 절대로 아니었다.

우리 동리에서 일반이 다 아다싶이 복만이는 뭐 남의 꼬임에 떨어지거나 할 놈이 아니다. 나와 저와 비록 격장에 살고 숭허물없이 지내는 이런 터이지만 한 번도 저의 속을 터말해본 적이 없다. 하기야 나뿐이랴 어느 동무구간 무슨 말을 좀 뭇는다면 잘해야 세 마디쯤 대답하고 마는 그놈이다. 이렇게 구찮은 얼골에 내천짜를 그리고 세상이 늘 마땅치 않은 그놈이다. 오즉하여야 요전에는 즈 안해가 우리게 와서 울며불며 하소를 다 하였으랴. 그 망할 건 먹을 게 없으면 변통을 좀 할 생각은 않고 부처님같이 방구석에 우두커니 앉었기만 한다고. 우두커니 앉었는 것보다 싫은 말 한마디 속선히 안 하는그 뚱보가 미웠다. 마는 그러면서도 안해는 돌아다니며 양식을 (꾸)어다 (여)일히 남편을 공경하고 하는 것이다.

이런 복만이를 내가 꼬였다 하는 것은 번시가 말이 안 된다. 다만 한가지 나에게 죄가 있다면 그날 매매 계약서를 내가 대서로 써준 그것뿐이다. 점심을 먹고 내가 봉당에 앉아서 새끼를 꼬고 있노라니까 복만이가 찾아왔다 한 손에 바람에 나부끼는 인할지 한 장을 들고 내 앞에 와 딱 스드니

"여보게 자네 기약서 쓸 줄 아나?"

"기약서는 왜?"

"아니 글세 말이야!" 하고 놈이 어색한 낯으로 대답을 주저하는 것이 아니냐. 아마 곁에 다른 사람이 여럿이 있으니까 말하기가 거북했을지도 모른다.

그러나 나는 사날 전에 놈에게 종용히 드른 말이 있어서 오 안해의 일인가보다 하고 얼뜬 눈치채었다. 싸리문 밖으로 놈을 끌고 나와서 그 귀밑에다

"자네 여편네게 어떻게 됐나?"

"응"

놈이 단마디 이렇게만 대답하고는 두레두레한 눈을 굴리며 뭘 잠깐 생각하는 듯하드니

"저 물 건너 사는 소장사에게 팔기로 됐네. 재순네(술집)가 소개를 해서 지금 주막에 와 있는데 자꾸 네 기약서를 써야 한다구 그래. 그러나 누구 하나 쓸 줄 아는 사람이 있어야지 그래 자네게 써 가주올 테니 잠깐 기다리라구 하고 왔어. 자넨 학교 좀 단였으니까 쓸 줄 알겠지?"

"그렇지만 우리 집에 먹이 있나 붓이 있나?"

"그럼 하여튼 나하구 같이 가세"

맑은 시내에 붉은 닢을 담구며 일쩌운 바람이 오르나리는 늦은 가을이 다시 들은 언덕 우를 복만이는 묵묵히 걸었고 나는 팔짱을 끼고 그 뒤를 따랐다. 이때 적으나마 내가 제 친구니까 되든 안 되든 한번 말려보고도 싶었다. 다른 짓은 다 할지라도 영득이(다섯 살 된 아들이다)를 생각하여 안해만은 팔지 말라고 사실 말려보고 싶지 않은 것은 아니다. 그러나 내가 저를 먹여주지 못하는 이상 남의 일이라구 말하기 좋아 이렇궁저렇궁 지꺼리기도 어려운 일이다. 맞붙잡고 굶으니 안해는 다른 데 가서 잘 먹고 또 남편은 남편대로 그 돈으로 잘 먹고 이렇게 일이 필수도 있지 않으냐. 복만이의 뒤를 따라가며 나는 돌이어 나의 걱정이 더 큰 것을 알았다. 기껏 한 해 동안 농사를 지었다는 것이 털어서 쪼기고 보니까 나의 몫으로 겨우 벼 두 말가웃이 남었다. 물론 덜어서 빚도 다 못 가린 복만이에게 대면 좀 날는지 모르지만 이걸로 우리 식구가 한겨울을 날 생각을 하니 눈앞이 고대고 캄캄하다. 나두 올겨울에는 금점이나 좀 해볼까, 그렇지 않으면 투전을 좀 배워서 노름판으로 쫓아다닐까, 그런대로 미천이 들 터인데 돈은 없고 복만이같이 내팔을 안해도 없다. 우리 집에는 여편네라군 병들은 어머니밖에 없으나 나히도 늙었지만(좀 부끄럽다) 우리 아버지가 있으니까 내 맘대로룬 못하고 ——

이런 생각에 잠기어 짜증 나는 복만이더러 네 안해를 팔지마라 어째라 할 여지가 없었다 나두 일즉이 장가나 들어 두었드면

이런 때 팔아먹을 걸 하고 부즈러운 후회뿐으로
큰길로 빠저나와서
"그럼 자네 먼저 가 있게. 내 먹붓을 빌려 가지구 곧 갈게"
"벼루석건 있어야 할걸 ——"
나 혼자 밤나무밑 술집을 터덜터널 찾아갔다 닭의 똥들이 한산히 늘려 놓인 뒷마루로 조심스리 올나스며 소장사란 놈이 대체 어떻게 생긴 놈인가 하고 퍽 궁금하였다. 소도 사고 게집도 사고 이럴 때에는 필연 돈도 상당히 많은 놈이리라.
지게문을 열고 들어스니 첫때 눈에 띤 것이 밤불이 지도록 살이 디룩디룩한 그리고 험상궂게 생긴 한 애꾸눈이다 이놈이 아렛목에 술상은 놓고 앉어서 냉수 마신 상으로 나를 쓰윽 처다보는 것이다. 바지저고리에는 때가 쪼루룩 묻은 것이 게다 제에는 모양을 낸답시고 누런 병정 각반을 치올려줬다.
이놈과 그 옆 한구석에 쪼그리고 앉었는 영득 어머니와 부부가 되는 것은 아무리 봐도 좀 덜 맞는듯싶다. 마는 영득 어머니는 어떻게 되든지간 그 처분만 기다린단 듯이 잠잣고 아이에게 젖이나 먹일 뿐이다. 나를 처다보고 자칫 낯이 붉는 듯 하느니
"아재 나려오슈!" 하고는 도루 고개를 파묻는다.
이때 소장사에게 인사를 부처준 것이 술집 할머니다 사흘이 모잘라서 여호가 못 됐다니 만치 수단이 능글차서
"둘이 인사하게 이게 내 먼촌 조칸데 소장사구 돈 잘 쓰고" 하다가 뼈만 남은 손으로 내 등을 뚜덕이며
"이 사람이 아까 그 기약서 잘 쓴다는 재봉이야"
"거 뉘 댁인이지 우리 인사합시다. 이 사람은 물 건너 사는 황

거풍이라 부루"

이놈이 바루 우좌스럽게 큰 소리로 인사를 거는 것이다. 나두 저 붙지 않게 떡 버테고 앉어서 이 사람은 하고 이름을 댔다. 울 아버지두 십 년 전에는 땅마지기나 조히 있었단 것을 명백히 일 러주니까 그건 안듣고 하는 수작이

"기약서를 써달라구 불렀는데 수구러우나 하나 잘 써주기유"

망할 자식 이건 아주 딴소리다. 내가 친구 복만이를 위해서 왔지 그래 예깐놈의 명령에 왔다 갔다 할겐가. 이 자식 뭇척 시 큰둥하구나 생각하고 낯을 찌프려 모루 돌렸으나 "우선 한잔 하 기유 ——" 함에는 두 손으로 얼른 안 받지도 못할 노릇이었다.

복만이가 그 웃음잊은 얼굴로 씨근거리며 달겨들 때에는 벌 서 나는 석 잔이나 얻어먹었다. 얼근한 손에 다 모지라진 붓을 잡고 소장사의 요구대로 (그려놓)았다.

매매계약서
일금 오십원야라
우금은 내 안해의 대금으로써 정히 영수합니다
갑술년 시월 이십일
조복만
황거풍 전

여기에 복만이의 지장을 찍어 주니까 어디 한번 읽어보우 한 다. 그리고 한참 나를 의심스리 바라보며 뭘 생각하드니 "그거 면 고만이유 만일 내중에 조상이 돈을 해가주와서 물러달라면

어떻거우?" 하고 눈이 둥그래서 나를 책망을 하는 것이다. 이 놈이 소장에서 하든 버릇을 여기서 하는 것이 아닌가 하도 어이가 없어서 나도 벙벙히 쳐다만 보았으나 옆에서 복만이가 그대루 써 주라 하니까 어떠한 일이 있드라도 내 안해는 물러달라지 않기로 맹세합니다. 그제서야 조끼 단추구녁에 굵은 쌈지끈으로 목을 매달린 커단 지갑이 비로소 움직인다. 일 원짜리 때문은 지전 뭉치을 끄내 들드니 손까락에 연실 침을 발라가며 앞으로 세여보고 뒤로 세여보고 그리고 이번에는 꺼꾸루 들고 또 침을 발라가며 공손히 세여 본다. 이렇게 후질근히 침을 발라 셋 것만 복만이가 또다시 공손히 발르기 시작하니 아마 지전은 침을 발라야 장수를 하나부다.

내가 여기서 구문을 한 푼이나마 얻어먹었다면 참이지 슝을 갈겠다. 오 원식 (알꽉)구문으로 십 원을 답센 것은 술집 할머니요 나는 술 몇 잔 얻어먹었다. 뿐만 아니라 소장사를 아니 영득 어머니를 오 리밖 공동묘지 고개까지 전송을 나간 것도 즉 내다.

고갯마루에서 꼬불꼬불 돌아나린 산길을 굽어보고 나는 마음이 저윽이 언짢았다. 한마을에 같이 살다가 팔려 가는 걸 생각하니 도시 남의 일 같지 않다. 게다 바람은 매우 차건만 입때 홋적삼으로 떨고 섰는 그 꼴이 가엽고!

"영득 어머니! 잘 가게유"

"아재 잘 기슈"

이 말 한마디만 남길 뿐 그는 앞장을 서서 사(랫)길을 살랑살랑 달아난다. 마땅히 저갈 길을 떠나는 듯이 서들며 조금도 섭섭한 빛이 없다.

그리고 내 등위에 섰는 복만이조차 잘 가라는 말 한마디 없는 데는 실로 놀라지 않을 수 없다. 장승같이 뻐적 서서는 눈만 끔벅끔벅하는 것이 아닌가. 개자식 하루를 살아도 제 게집이련만 근 십 년이나 소같이 부려 먹든 이 안해다. 사실 말이지 제가 여지껏 굶어 죽지 않은 것은 상냥하고 돌림성 있는 이 안해의 덕택이었다 그런데 인사 한마디가 없다니 개자식하고 여간 밉지가 않었다.

영득이는 즈 아버지 품에 잔뜩 붓들리어 기가 올라서 운다. 멀리 간 어머니를 부르고 두 주먹으로 아버지의 복장을 디리 두드리다간 한번 쥐어박히고 멈씰한다. 그리고 조곰 있으면 다시 시작한다.

소장사는 얼굴에 술이 잠뿍 올라서 제멋대로 한참 지꺼리드니 "친구! 신세 많이졌수 이담 갚으리다" 하고 썩 멋떨이지게 인사를 한다. 그리고 뒤툭뒤툭 고개를 나리다가 돌뿌리에 채키어 뚱뚱한 몸뚱아리가 그대로 떼굴떼굴 굴러버렸다. 중툭에 내뻗은 소나무에 가지가 없었드면 낭떨어지로 떨어져 고만 터저버릴 걸 요행히 툭툭 털고 일어나서 입맛을 다신다. 놈이 좀 무색한지 우리를 돌아보고 한번 빙긋 웃고 다시 내걸을 때에는 영득 어머니는 벌서 산 하나를 꼽들었다.

이렇게 가든 소장사 이놈이 닷새 후에는 날더러 주재소로 가자고 내끄는 것이 아닌가. 사기는 복만이한테 사고 내게 찌다우를 붓는다. 그것도 한가로운 때면 혹 몰으지만 남 한창 바뿌게 거름 처내는 놈을 좋도록 말을 해서 듣지 않으니까 나두 약이 안 오를 수 없고 꼴낌에 놈의 복장을 그대로 떼다밀어 버렸다. 풀밭에가 털벅 주저앉었다 일어나드니 이번에는 내 멱살을 바짝 조여 잡고 소 다르듯 잡어끈다.

내가 구문을 받아먹었다든지 또는 복만이를 내가 소개했다든지 하면 혹 몰으겠다. 기약서 써주고 술 몇 잔 얻어먹은 것 밖에 나에게 무슨 죄가 있느냐. 놈의 말을 드러보면 영득 어머니가 간 지 나흘 되든 날 즉 그적게 밤에 자다가 어디로 없어졌다. 밝는 날에는 들어올가 하고 눈이 빠지게 기달렸으나 영 들어오질 않는다. 오늘은 (꼭두)새벽부터 사방으로 찾어다니다 비로소 우리들이 짜고 사기를 해 먹은 것을 깨닷고 지금 찾어왔다는 것이다. 제 안해 간 곳을 아르켜 주어야지 그렇지 않으면 너와 죽는다고 애꾸 낯짝을 디려대고 이를 북 갈아 보인다.

"내가 팔았단 말이유 날 붓잡고 이러면 어떻걸 작정이지오?"

"복만이는 달아났으니까 너는 간 곳을 알겠지? 느들이 짜고 날 고랑때를 먹었어 이놈의 새끼들!"

"아니 복만이가 다라났는지 혹은 볼 일이 있어서 어디 다닐러 갔는지 지금 어떻게 안단 말이유?"

"말 말아 술집 아저머니에게 다 드렀다 드렀다 또 쑥일랴구 요자식!"

그리고 나를 논뚝에다 한번 메다꼰자서는 흙도 털새 없이 다시 끌고 간다. 술집 아즈머니가 복만이 간 곳은 내가 알겠니 가보라 했다나 구문 먹은 걸 도루 돌라 놓기가 아까워서 제 책임을 내게로 떠민 것이 분명하다. 이렇게 되면 소장사 듣기에는 내가 마치 복만이를 꼬여서 안해를 팔게 하고 뒤로 은근히 구문을 땐 폭이 되고 만다.

하기는 복만이도 그 안해가 없어졌다는 날 그적게 어디로인지 없어졌다. 짜정 도망을 갔는지 혹은 볼일이 있어서 일갓집 같은 데 다닐러 갔는지 그건 자세히 몰은다. 그러나 동리를 돌아다니며 안해가 꾸어온 양식 돈푼 이런 자즈레한 빗냥을 다아 돈으로 갚아준 그다. 다라나기에 충분할 아무 죄도 그는 갖이 않었다. 영득이가 밤마다 엄마를 부르며 악짱을 치드니 보기 딱하여 즈 큰 집으로 맡기러 갔는지도 모른다.

복만이가 저녁에 우리 집에 왔을 때에는 어서 먹었는지 술이 건아하게 취했다. 안뜰로 들어오드니 막걸리를 한 병 내놓으며

"이거 자네 먹게"

"이건 왜 사와 하튼 출출한데 고마워이" 하고 나는 부엌에 나려가 술잔과 짠지쪽아리를 가주 나왔다. 그리고 둘이 봉당에 걸터앉어서 마시기 시작하였다.

술 한 병을 다 치고 나서 그는 이런 이야기 저런 이야기 지꺼리드니 내 앞에 돈 일 원을 끄내놓는다.

"저번 수굴 끼쳐서 그 옐세"

"예라니?"

나는 눈을 둥그렇게 뜨고 그 얼굴을 이윽히 처다보았다. 마는 속으로는 요전 대서로로 주는구나 하고 이쯤 못 깨다른 바도 아니었다. 남의 안해를 판 돈에서 대서료를 받는 것이 너머 무례한 일인 것쯤은 나도 잘 안다. 술을 먹었으니까 그만해도 좋다 하여도

"드구 술 사 먹게 난 이거 말구두 또 있으니까!" 하고 구지 주

머니에까지 넣어주므로 궁하기도 하고 그대로 받아두었다. 그리고 그 담부터는 복만이도 영득이도 우리 동리에서 볼 수가 없고 그뿐 아니라 어디로 가는걸 본 사람조차 하나도 없다.

이런 복만이를 소장사 이놈이 날더러 찾아놓라고 명영을 하는 것이다. 멱살을 숨이 갑갑하도록 바짝 매달려서 끌려가자니 마을 사람들은 몰려서 구경을 하고 없는 죄가 있는 듯이 얼굴이 확확 단다. 큰 개울께까지 나왔을 적에는 놈도 좀 열적은지 슬몃이 놓고 그냥 거러간다, 내가 반항을 하든지 해야 저도 독을 올려서 욕설을 하고 겼고 틀고 할 텐데 내가 고분이 달려가니까 그럴 필요가 없다. 저의 원대로 주재소까지 가기만 하면 고만이니까.

우리는 아무 말 없이 앞스고 뒤스고 십 리 길이나 걸었다. 깊은 산길이라 사람은 없고 앞뒤 산들은 울긋붉긋 물들어 가끔 쏴 하고 낙엽이 날린다. 누였누였 넘어가는 석양에 먼 봉우리는 자줏빛이 되어가고 그 반영에 하늘까지 볼콰하다. 험한 바위에서 있다금 돌은 굴러나려 웅덩이의 맑은 물을 휘저 넣고 풍 하는 그 소리는 실로 쓸쓸하다. 이 산서 숫꿩이 푸드득 저 산서 암꿩이 푸드득 그리고 그 사이로 소장사 이놈과 나와 노량으로 허위적허위적.

또한 고개를 놈이 뚱뚱한 몸집으로 숨이 차서 씨근씨근 올라오니 그때는 노기는 완전히 사라졌다. 풀밭에 펄석 주저앉어서는 숨을 돌리고 담배를 끄내고 그리고 무슨 마음이 내켰는지 날더러

"다리 아프겠수. 우리 앉어서 쉽시다" 하고 친절히 말을 붙인

다. 나도 그 옆에 앉아서 주는 권연을 피며 물었다. 인제도 주재소까지 시오 리가 남았으니 어둡기 전에는 못 갈 것이다.

"아까는 내 퍽 잘못했수"

"별말 다하우"

"그런데 참 복만이 간데 짐작도 못하겠수?"

"아마 몰음 몰라두 덕냉이 즈 큰집이 갔기가 쉽지유"

이 말에 놈이 경풍을 하도록 반색하여 애꾸눈을 바짝 디려대고 끔벅어린다. 그리고 우는 소리가 잃어버린 돈이 아까운 게 아니라 그런 게집을 다시 만나기가 어려워서 그런가. 번이 홀애비의 몸으로 얼굴 똑똑한 안해를 맞어다가 술장사를 시켜보고자 벼르든 중이었다. 그래 이번에 해보니까 장사도 잘할뿐더러 안해로서 훌륭한 게집이다. 참이지 몇일 살아밧지만 남편에게 그렇게 착착 부닐고 정이 붓는 게집은 여지껏 내보지 못했다. 그러기에 나두 저를 위해서 인조(견)으로 옷을 해 입힌다, (갈)비를 디려다 구어 먹인다, 이렇게 기뻐하지 않었겠느냐. 덧돈을 디려가면서라도 찾을랴 하는 것은 저를 보고 싶어서 그럼이지 내가 결코 복만이에게 돈으로 물러달랄 의사는 없다. 그러니 아무 염녀 말고

"복만이 갈듯한 곳은 다 좀 아르켜 주" 놈의 말투가 또 이상스리 꾀는 걸 알고 불쾌하기가 짝이 없다. 아무 대답도 않고 묵묵히 앉아서 담배만 빠니까

"같은 날 같이 없어진 걸 보면 둘이 짜구서 도망간 게 아니유?"

"사십 리식 떨어저 있는 사람이 어떻게 짜구말구 한단 말이

유?"

 내가 이렇게 펄쩍 뛰며 핀잔을 줌에는 그도 잠시 낙망하는 빛을 보이며

 "아니 일텀 말이지 내가! 복만이면 즈 안해가 어디 간 것쯤은 알게 아니유?" 하고 꾸중 만난 어린애처럼 어리광 쪼로 빌붓는다. 이것도 사랑병인지 아까는 큰 체를 하든 놈이 이제 와서는 나에게 끽소리도 못한다. 항여나 여망있는 소리를 드를까 하야 속달게 나의 눈치만 글이다가

 "덕냉이 큰집이 어딘지 아우?"
 "우리 삼촌 댁도 덕냉이 있지유"
 "그럼 우리 오늘은 도루 나려가 술이나 먹고 낼 일즉이 가치 떠납시다"
 "그러기유"

 더 말하기가 싫어서 나는 코대답으로 치우고 먼 서쪽 하눌을 바라보았다. 해가 마악 떨어지니 산골은 오색 영농한 저녁노을로 덮인다. 산봉우리는 수째 이글이글 (끓)는 불덩어리가 되고 노기 가득 찬 위엄을 나타낸다. 그리고 낮윽이 들리느니 우리 머리 우에 지는 낙엽 소리!

 소장사는 쭈그리고 눈을 감고 앉었는 양이 내일의 계획을 세우는 모양이다. 마는 나는 아무리 생각하여도 복만이는 덕냉이 즈 큰집에 있을 것 같지 않다.

을해, 二(이), 八(팔)

출전:사해공론(1936.1)

심청

거반 오정이나 바라보도록 요때기를 들쓰고 누웠던 그는 불현듯 몸을 일으켜가지고 대문 밖으로 나섰다. 매캐한 방구석에서 혼자 볶을 만치 볶다가 열병거지가 벌컥 오르면 종로로 튀어나오는 것이 그의 버릇이었다.

그러나 종로가 항상 마음에 들어서 그가 거니느냐 하면 그런 것도 아니다. 버릇이 시키는 노릇이라 울분할 때면 마지못하여 건숭 싸다닐 뿐 실상은 시끄럽고 더럽고 해서 아무 애착도 없었다. 말하자면 그의 심청이 별난 것이었다. 팔팔한 젊은 친구가 할 일은 없고 그날그날을 번민으로만 지내곤 하니까 나중에는 배짱이 돌라 앉고 따라 심청이 곱지 못하였다. 그는 자기의 불평을 남의 얼굴에다 침 뱉듯 뱉아 붙이기가 일쑤요 건뜻하면 남의 비위를 긁어놓기로 한 일을 삼는다. 그게 생각하면 좀 잔달으나 무된 그 생활에 있어서는 단 하나의 향락일는지도 모른다.

그가 어실렁어실렁 종로로 나오니 그의 양식인 불평은 한두 가지가 아니었다. 자연은 마음의 거울이다. 온 체 심보가 이 뻔새고 보니 눈에 띄는 것마다 모다 아니꼽고 구역이 날 지경이다. 허나 무엇보다도 그의 비위를 상해주는 건 첫째 거지였다.

　대도시를 건설한다는 명색으로 웅장한 건축이 날로 늘어가고 한편에서는 낡은 단층집을 수리조차 허락지 않는다. 서울의 면목을 위하야 얼른 개과천선하고 훌륭한 양옥이 되라는 말이었다. 게다 각 상점을 보라. 객들에게 미관을 주기 위하여 서로 시새워 별의별 짓을 다 해가며 어떠한 노력도 물질도 아끼지 않는 모양 같다. 마는 기름때가 짜르르한 헌 누더기를 두르고 거지가 이런 상점 앞에 떡 버티고 서서 나리! '돈 한 푼 주──' 하고 어줍대는 그 꼴이라니 눈이 시도록 짜증 가관이다. 이것은 그 상점의 치수를 깎을뿐더러 서울이라는 큰 위신에도 손색이 적다 못할지라. 또는 신사 숙녀의 뒤를 따르며──시부렁거리는 깍쟁이의 행세 좀 보라. 좀 심한 놈이면 비단걸이고 단장 보이고 닥치는 대로 그 까마귀발로 움켜잡고는 돈 안 낼 테냐고 제법 혹닥인다. 그런 봉변이라니 보는 눈이 다 붉어질 노릇이 아닌가! 거지를 청결하라! 땅바닥의 쇠똥 말똥만 칠 게 아니라 문화생활의 장애물인 거지를 먼저 치우라. 천당으로 보내든, 산 채로 묶어 한강에 띄우든……

　머리가 아프도록 그는 이러한 생각을 하며 허청허청 종로 한복판을 들어섰다. 입으로는 자기도 모를 소리를 괜스레 중얼거리며 ──

　"나리! 한 푼 줍쇼!"

　언제 어디서 빠졌는지 애송이 거지 한 마리(기실 강아지의 문벌이 조금 더 높으나 한 마리)가 그에게 바짝 붙으며 긴치 않게 조른다. 혓바닥을 길게 내뽑아 윗입술에 흘러내린 두 줄기의 노

심청 207

란 코를 연신 훔쳐 가며 조르자니 썩 바쁘다.

"왜 이럽소, 나리! 한 푼 주세요."

그는 속으로 '피익' 하고 선웃음이 터진다. 허기진 놈보고 설렁탕을 사달라는 게 옳겠지, 자기보고 돈을 내랄 적엔 요놈은 거지 중에도 제일 액수 사나운 놈일 게다. 그는 들은 척 않고 그대로 늠름히 걸었다. 그러나 대답 한번 없는데 골딱지가 났는지 요놈은 기를 복복 쓰며 보채되 정말 돈을 달라는 겐지 혹은 같이 놀자는 겐지, '나리! 왜 이럽쇼, 왜 이럽쇼' 하고 사알살 약을 올려가며 따르니 이거 성이 가셔서라도 걸음 한 번 머무르지 않을 수 없다. 그는 고개만을 모로 돌려 거지를 흘겨보다가

"이 꼴을 보아라!"

그리고 시선을 안으로 접어 꾀죄죄한 자기의 두루마기를 한번 쭈욱 훑어 보였다. 하니까 요놈은 속을 차렸는지 됨됨이 저렇고야 하는 듯싶어 저도 좀 노려보더니 제출물에 떨어져 나간다.

전찻길을 건너서 종각 앞으로 오니 졸지에 그는 두 다리가 멈칫하였다. 그가 행차하는 길에 다섯 간쯤 앞으로 열댓 살 될락말락 한 한 깍쟁이가 벽에 기대여 앉았는데 까빡까빡 졸고 있는 것이다. 얼굴은 노란 게 말라빠진 노루 가죽이 되고 화롯전에 눈 녹듯 개개풀린 눈매를 보니 필야 신병이 있는 데다가 얼마 굶기까지 하였으리라. 금시로 운명하는 듯싶었다. 거기다 네 살쯤 된 어린 거지는 시르죽은 고양이처럼 큰 놈의 무릎 위로 기어오르며 울 기운조차 없는지 입만 벙긋벙긋, 그리고 낯을 쩨푸리며 투정을 부린다. 꼴을 봐한즉 아마 시골서 올라온 지도 불과 며칠 못 되는 모양이다.

이걸 보고 그는 잔뜩 상이 흐렸다. 이 벌레들을 치워주지 않으면 그는 한 걸음도 더 나갈 수가 없었다.

그러자 문득 한 호기심이 그를 긴장시켰다. 저쪽을 바라보니 길을 치고 다니던 나리가 이쪽을 향하여 꺼불적꺼불적 오는 것이 아닌가. 그리고 뜻밖의 나리였다. 고보 때에 같이 뛰고 같이 웃고 같이 즐기던 그리운 동무, 예수를 믿지 않는 자기를 향하여 크리스천이 되도록 일상 권유하던 선량한 동무였다. 세월이란 무엔지 장래를 화려히 몽상하며 나는 장래 '톨스토이'가 되느니 '칸트'가 되느니 떠들며 껍적이던 그 일이 어제 같건만 자기는 끽 주체궂은 밥통이 되었고 동무는 나리로——그건 그렇고 하여튼 동무가 이 자리의 나리로 출세한 것만은 놀람과 아울러 아니 기쁠 수가 없었다.

'오냐, 저게 오면 어떻게 나의 갈 길을 치워주겠지.'

그는 멀찌가니 섰는 채 조바심을 태워 가며 그 경과를 기다렸다. 딴은 그의 소원이 성취되기까지 시간은 단 일 분도 못 걸렸다. 그러나 그는 눈을 감았다.

"아야야 으——ㅇ, 응 갈 테야요."

"이 자식! 골목 안에 박혀 있으라니까 왜 또 나왔니, 기름 강아지같이 뺀질뺀질한 망할 자식!"

"아야야, 으——음, 응, 아야야, 갈 텐데 왜 이리 차세요, 으——ㅇ, 으——ㅇ."

하며 기름 강아지의 울음소리는 차츰차츰 멀리 들린다.

"이 자식! 어서 가봐, 쑥 들어가——" 하는 날벼락!

소란하던 희극은 잠잠하였다. 그가 비로소 눈을 뜨니 어느덧 동무는 그의 앞에 맞닥뜨렸다. 이게 몇 해 만이란 듯 자못 반기며 동무는 허둥지둥 그 손을 잡아 흔든다.

"아 이게 누구냐! 너 요새 뭐 하니?"

그도 쾌활한 낯에 미소까지 보이며

"참, 오래간만이로군!" 하다가

"나야 늘 놀지, 그런데 요새두 예배당에 잘 다니나?"

"음, 틈틈이 가지, 내 사무란 그저 늘 바쁘니까……"

"대관절 고마워이, 보기 추한 거지를 쫓아주어서. 나는 웬일인지 종로 깍쟁이라면 이가 북북 갈리는걸!"

"천만에, 그야 내 직책으로 하는 걸 고마울 거야 있나."

하며 동무는 거나하여 흥 있게 웃는다.

이 웃음을 보자 돌연히 그는 점잖게 몸을 가지며

"오, 주여! 당신의 사도 '베드로'를 내리사 거지를 치워주시니 너무나 감사하나이다."

하고 나직이 기도를 하고 난 뒤에 감사와 우정이 넘치는 탐탁한 작별을 동무에게 남겨놓았다.

자기가 '베드로'의 영예에서 치사를 받은 것이 동무는 무척 신이 나서 으쓱이는 어깨로 바람을 치올리며 그와 반대쪽으로 걸어간다.

때는 화창한 봄날이었다. 전신줄에서 물찌똥을 내려깔기며

"비리구 배리구."

지저귀는 제비의 노래는 그 무슨 곡조인지 하나도 알려는 사람이 없었다.

출전:중앙(1936.1)

따라지

쪽대문을 열어 놓으니 사직공원이 환히 내려다보인다.

인제는 봄도 늦었나 보다. 저 건너 돌담 안에는 사쿠라꽃이 벌겋게 벌어졌다. 가지가지 나무에는 싱싱한 싹이 돋고 새침히 옷깃을 핥고 드는 요놈이 꽃샘이겠지. 까치들은 새끼 칠 집을 장만하느라고 가지를 입에 물고 날아들고…….

이런 제기랄, 우리 집은 언제나 수리를 하는 겐가. 해마다 고친다, 고친다, 벼르기는 연실 벼르면서. 그렇다고 사직 골 꼭대기에 올라붙은 깨웃한 초가집이라서 싫은 것도 아니다. 납작한 처마 밑에 비록 묵은 이엉이 무더기무더기 흘러내리건 말건, 대문짝 한 짝이 삐뚜로 박히건 말건, 장독 뒤의 판장이 아주 벌컥 나자빠져도 좋다. 참말이지 그놈의 부엌 옆의 뒷간만 좀 고쳤으면 원이 없겠다. 밑둥의 벽이 확 나가서 어떤 게 부엌이고 뒷간인지 분간을 모르니. 게다 여름이 되면 부엌 바닥으로 구더기가 슬슬 기어들질 않나. 이걸 보면 고대 먹었던 밥풀이 그만 곤두서고 만다. 에이 추해, 망할 녀석의 영감쟁이 그것 좀 고쳐 달라고 그렇게 성화를 해도…….

쪽대문이 도로 닫겨지며 소리를 요란히 낸다. 아침 설거지에 젖은 손을 치마로 닦으며 주인 마누라는 오만상이 찌푸려진다.
　그러나 실상은 사글세를 못 받아서 약이 오른 것이다. 영감더러 받아 달라면 마누라에게 밀고 마누라가 받자니 고분히 내질 않는다.
　여태껏 미뤄 왔지만 느들 오늘은 안 될라, 마음을 아주 다부지게 먹고 건넌방 문을 홱 열어젖힌다.
　"여보! 어떻게 됐소?"
　"아 이거 참 미안합니다. 오늘두……."
　텁수룩한 칼라 머리를 이렇게 긁으며 역시 우물쭈물이다.
　"오늘두라니 그럼 어떡할 작정이오?"
하고 눈을 한번 크게 떠 보였다마는 이 위인은 암만 얼러도 노할 주변도 못 된다.
　나이가 새파랗게 젊은 녀석이 왜 이리 할 일이 없는지 밤낮 방 구석에 팔짱을 지르고 멍하니 앉아서는 얼이 빠졌다. 그렇지 않으면 이불을 뒤 쓰고는 줄창같이 낮잠이 아닌가. 햇빛을 못 봐서 얼굴이 누렇게 찌들었다. 경무과 제복공장의 직공으로 다니는 즈 누이의 월급으로 둘이 먹고 지낸다. 누이가 과부길래 망정이지 서방이라도 해가면 이건 어떡하려고 이러는지 모른다. 제 신세 딱한 줄은 모르고 맨날,
　"돈은 우리 누님이 쓰는데요…… 누님 나오거든 말씀하십시오."
　"당신 누님은 밤낮 사날만 참아 달라는 게 한 아니오. 사날 사날 허니 그래 언제나 돼야 사날이란 말이오?"

"미안스럽습니다. 그러나 이번엔 사날 후에 꼭 드리겠습니다. 이왕 참아 주시던 길이니."

"글쎄 언제가 사날이란 말이오?"

하고 주름 잡힌 이맛살에 화가 다시 치밀지 않을 수가 없다. 이 놈의 사날이란 석 달인지 삼 년인지 영문을 모른다. 그러나 저쪽도 쾌쾌히 들이덤벼야 말하기가 좋을 텐데 울 가망으로 한풀 꺾이어 들옴에는 더 지껄일 맛도 없는 것이다.

"돈두 다 싫소. 오늘은 방을 내주."

그는 말 한마디 또렷이 남기고 방문을 탁 닫아 버렸다. 그리고 서너 발 뚜덜거리며 물러서자 다시 가서 문을 열어 잡고,

"오늘 우리 조카가 이리 온다니까 어차피 방은 있어야 하겠소."

장독 옆으로 빠진 수채를 건너서면 바로 아랫방이다. 본시는 광이었으나 셋방 놓으려고 싱둥겅둥 방을 들인 것이다. 흙 칠한 것도 위채보다는 아직 성하고 신문지로 처덕이었을망정 제법 벽도 번뜻하다.

비바람이 들이치어 누렇게 들뜬 미닫이였다. 살며시 열고 노려보니 망할 노랑퉁이가 여전히 이불을 쓰고 끙, 끙, 누웠다. 노란 낯짝이 광대뼈가 툭 불거진 게 어제만도 더 못한 것 같다. 어쩌자고 저걸 들였는지 제 생각을 해도 소갈찌는 없었다. 돈도 좋거니와 팔자에 없는 송장을 칠까 봐 애간장이 다 졸아든다. 하기야 처음 올 때에 저 병색을 모른 것도 아니고,

"영감님! 무슨 병환이슈?"

하고 겁을 먹으니까,

"감기가 좀 들렸더니 이러우."

이런 굴치 같은 영감쟁이가 또 있으랴. 그리고 그날부터 뒷간에다 피똥을 내깔리며 이 앓는 소리로 쩔쩔매는 것이다. 보기에 추하기도 할뿐더러 그 신음 소리를 들을 적마다 사지가 으스러지는 것 같다.

그러나 더 얄미운 것은 이걸 데리고 온 그 딸이었다. 버스 걸 다니니까 아마 거짓말이 심한 모양이다. 부족증이라고 한마디만 했으면 속이나 시원할 걸 여태도 감기가 쇄서 그렇다고 빠득빠득 우긴다. 방을 안 줄까 봐 속인 그 행실을 생각하면 곧 눈에 불이 올라서,

"영감님! 오늘은 방세 주셔야지요?"

"시방 내 몸이 아파 죽겠소."

영감님은 괜한 소리를 한단 듯이 썩 귀찮게 벽 쪽으로 돌아눕는다. 그리고 어그머니 끙, 움츠러드는 소리를 친다.

"아니 영 방세는 안 내실 테요?"

하고 소리를 빽 지르지 않을래야 않을 수 없다.

"내 시방 죽는 몸이오. 가만있수."

"글쎄 죽는 건 죽는 거고 방세는 방세가 아니오. 영감님 죽기로서니 어째 내 방세를 못 받는단 말이오!"

"내가 죽는데 어째 또 방세는 낸단 말이오?"

영감님은 고개를 돌리어 눈을 부릅뜨고 마나님 붉지 않게 호령이었다. 죽을 때가 가까워오니까 악이 받칠 대로 송두리 받친 모양이다.

"정 그렇거든 내 딸 오거든 받아 가구려."

"이건 누구에게 찌다운가 원, 별일두 다 많어이."
하고 홀로 입속으로 중얼거리며 물러가는 것도 상책일는지 모른다. 괜스레 병든 것과 겯고 틀고 이러단 결국 이쪽이 한굽 죄인다. 그보다는 딸이나 오거든 톡톡히 따져서 내쫓는 것이 일이 쉬우리라.

그 옆으로 좀 사이를 두고 나란히 붙은 미닫이가 또 하나 있다. 열고자 문설주에 손을 대다가 잠깐 멈칫하였다. 툇마루 위에 무람없이 올려 놓인 이 구두는 분명히 아키코의 구두일 게다. 문 열어 볼 용기를 잃고 그는 부엌 쪽으로 돌아가며 쓴 입맛을 다시었다.

카펜가 뭔가 다니는 계집애들은 죄다 그렇게 망골들인지 모른다. 영애하고 아키코는 아무리 잘 봐도 씨알이 사람 될 것 같지 않다. 아래위턱도 몰라보는 애들이 난봉 질에 향수만 찾고 그래도 영애란 계집애는 비록 심술은 내고 내댈망정 뭘 물으면 대답이나 한다. 요 아키코는 방세를 내래도 입을 꼭 다물고는 안차게도 대꾸 한마디 없다. 여러 번 듣기 싫게 조르면 그제는 이쪽이 낼 성을 제가 내가지고,

"누가 있구두 안 내요? 좀 편히 계셔요. 어련히 낼라구, 그런 극성 첨 보겠네."

이렇게 쥐어박는 소리를 하는 것이 아닌가. 좀 편히 계시라는 이 말에는 하 어이가 없어서도 고만 찔끔 못 한다.

"망할 년! 언제 병이 들었었나?"

쓸 방을 못 쓰고 사글세를 논 것은 돈이 아쉬웠던 까닭이었다. 두 영감 마누라가 산다고 호젓해서 동무로 모은 것도 아니

다. 그런데 팔자가 사나운지 모두 우거지상, 노랑퉁이, 말괄량이, 이런 몹쓸 것들뿐이다. 이 망할 것들이 방세를 내는 셈도 아니요, 그렇다고 아주 안 내는 것도 아니다. 한 달 치를 비록 석 달에 별러 내는 한이 있더라도 역 내는 건 내는 거였다. 즈들끼리 짜기나 한 듯이 팔십 전 칠십 전 일 원, 요렇게 짤금짤금거리고 만다.

오늘은 크게 얼를 줄 알았더니 하고 보니까 역시 어저께나 다름이 없다. 방의 세간을 마루로 내놔 가며 세를 들인 보람이 무엇인지. 그는 마루 끝에 걸터앉아서 화풀이로 담배 한 대를 피워 문다.

그러나 아무리 생각해도 내 방 빌리고 내가 말 못 하는 것은 병신스러운 짓임에 틀림이 없다. 담뱃대를 마루에 내던지고 약을 좀 올려 가지고 다시 아래채로 내려간다. 기세 좋게 방문이 홱 열리었다.

"아키코! 이봐! 자?"

아키코는 네 활개를 벌리고 아키코답게 무사태평히 코를 골아 울린다. 젖통이를 풀어헤친 채 부끄럼 없고 두 다리는 이불 싼 위로 번쩍 들어 올렸다. 담배 연기 가득 찬 방 안에는 분내가 홱 끼치고⋯⋯.

"이봐! 아키코! 자?"

이번에는 대문 밖에서도 잘 들릴 만큼 목청을 돋웠다. 그러나 생시에도 대답 없는 아키코가 꿈속에서 대답할 리 없음을 알았다. 그저 겨우 입속으로,

"망할 계집애두, 가랑머릴 쩍 벌리고 저게 원, 쩨쩨."

미닫이가 딱 닫겨지는 서슬에 문틀 위의 안약 병이 떨어진다.

그제야 아키코는 조심히 눈을 떠보고 일어나 앉았다. 망할 년, 저보고 누가 보랬나 하고 한옆에 놓인 손거울을 집어 든다. 어젯밤 잠을 설친 바람에 얼굴이 부석부석하였다. 궐련에 불이 붙는다.

그는 천장을 향하여 연기를 내뿜으며 가만히 바라본다. 뾰족한 입에서 연기는 고리가 되어 한 둘레 두 둘레 새어 나온다. 고놈을 하나씩 손가락으로 꼭 찔러서 터치고 터치고.

아까부터 영애를 기다렸으나 오정이 가까워도 오질 않는다. 단성사엘 갔는지 창경원엘 갔는지, 그래도 저 혼자는 안 갈걸. 이런 때이면 방 좁은 것이 새삼스레 불편하였다. 햇빛이 안 들고 늘 습한 건 말고 조금만 더 넓었으면 좋겠다. 영애나 아키코나 둘 중의 누가 밤의 손님이 있으면 하나는 나가 잘 수밖에 없다. 둘이 자도 어깨가 맞부딪는데, 그런데 셋이 자기에는 너무 창피하였다. 나가서 자면 숙박료는 오십 전씩 받기로 하였으니까 못 잘 것도 아니다. 마는 그 담날 밝은 낮에 여기까지 허덕허덕 찾아오는 것이 어째 좀 어색한 일이었다.

어제도 카페서 나오다가 골목에서 영애를 꾹 찌르고,

"얘! 너 오늘 어디서 자구 오너라."

하고 귓속말을 하니까,

"또? 얘 너는 좋구나!"

"좋긴 뭐가 좋아? 애두!"

아키코는 좀 수줍은 생각이 들어 쭈뼛쭈뼛 그 손에 돈 팔십 전을 쥐어 주었다. 여느 때 같으면 오십 전이지만 그만치 미안

하였다. 마는 영애는 지루퉁한 낯으로 돈을 받아 넣으며 또 하는 소리가,

"얘! 이젠 종로 근처로 우리 큰 방을 얻어 오자."
"그래 가만있어…… 잘 가거라, 그리고 내일 일찍 와!"
남 인사하는 데는 대답 없고,
"나만 밤낮 나와 자는구나!"

이것은 필시 아키코에게 엇먹는 조롱이겠지. 망할 애두 저더러 누가 뚱뚱하고 못생기게 나랬나, 그렇게 뼈지게 하지만 영애가 설마 아키코에게 뼈지거나 엇먹지는 않았으리라.

아키코는 베개로 허리를 펴며 팔뚝시계를 다시 본다. 오정하고 십오 분 또 삼분. 영애가 올 때가 되었는데, 망할 거 누가 채갔나. 기지개를 한 번 늘이고 드러누우며 미닫이께로 고개를 가져간다. 문 아랫도리에 손가락 하나 드나들 만한 구멍이 뚫리었다. 주인 마누라가 그제야 좀 화가 식었는지 안방으로 휘젓고 들어가는 치마꼬리가 보인다. 그리고 마루 뒤 주위에는 언제 꺾어다 꽂았는지 정종병에 엉성히 뻗은 꽃가지. 붉게 핀 것은 복숭아꽃일 게고 노랗게 척척 늘어진 저건 개나리다. 건넌방 문은 여전히 꼭 닫혔고 뒷간에 가는 기색도 없다. 저 속에는 지금 제가 별명진 톨스토이가 책상 앞에 웅크리고 앉아서 눈을 감고 앉았으리라. 올라가서 이야기 좀 하고 싶어도 구렁이 같은 주인 마누라가 지키고 앉아서 감히 나오지를 못한다.

이것은 아키코가 안채의 기맥을 정탐하는 썩 필요한 구멍이었다. 뿐만 아니라 저녁나절에는 재미스러운 연극을 보는 한 요지경도 된다. 어느 때에는 영애와 같이 나란히 누워서 베개를

베고 하나 한 구멍씩 맡아 가지고 구경을 한다. 왜냐면 다섯 점 반쯤 되면 완전히 히스테리인 톨스토이의 누님이 공장에서 나오는 까닭이었다.

그 누님은 성질이 어찌 괄괄한지 대문간에서부터 들어오는 기색이 난다. 입을 다물고 눈살을 접은 그 얼굴을 보면 일상 마땅치 않은, 그리고 세상의 낙을 모르는 사람 같다. 어깨는 축 늘어지고 풀 없어 보이면서 게다 걸음만 빠르다. 들어오면 우선 건넌방 툇마루에다 빈 벤또를 쟁그렁 하고 내다 붙인다. 이것은 아우에게 시위도 되거니와 이래야 또 직성도 풀린다.

그리고 그는 눈을 휘둥그렇게 뜨고 사면의 불평을 찾기 시작한다마는 아우는 마당도 쓸어놓고, 부뚜막의 그릇도 치우고, 물독의 뚜껑도 잘 덮어놓았다. 신발장이라도 잘못 놓여야 트집을 걸 텐데 아주 말쑥하니까 물바가지를 땅으로 동댕이친다. 이렇게 불평을 찾다가 불평이 없어도 또한 불평이었다.

"마당을 쓸면 잘 쓸든지, 그릇에다 흙칠을 온통 해놨으니 이게 다 뭐냐?"

끝이 꼬부라진 그 책망, 아우는 속에서 끽소리 없다.

"밥을 얻어먹으면 밥값을 해야지, 늘 부처님같이 방구석에 꽉 앉았기만 하면 고만이냐?"

이것이 하루 몇 번씩 귀 아프게 듣는 인사이었다. 눈을 흡뜨고 서서 문 닫힌 건넌방을 향하여 퍼붓는 포악이었다. 그런 때이면 야윈 목에 굵은 핏대가 불끈 솟고 구부정한 허리로 게거품까지 흐른다. 그러나 이건 보통 때의 말이다. 어쩌다 공장에서 뒤를 늦게 본다고 감독에게 쥐어박히거나 혹은 재봉 침에 엄지

손톱을 박아서 반쯤 죽어 오는 적도 있다. 그러면 가뜩이나 급한 그 행동이 더 불이야 불이야 한다. 손에 잡히는 대로 그릇을 내던져 깨치며,

"왜 내가 이 고생을 해가며 널 먹이니, 응 이놈아?"

헐없이 미친 사람이 된다. 아우는 그래도 귀가 먹은 듯이 잠자코 앉았다. 누님은 혼자 서서 제 몸을 들볶다가 나중에는 울음이 탁 터진다. 공장살이에 받는 설움을 모두 아우의 탓으로 돌린다. 그러면 하릴없이 아우는 마당에 내려와서 누님의 어깨를 두 손으로 붙잡고,

"누님, 다 내가 잘못했수, 그만두."

하고 달래지 않을 수 없다.

"네가 이놈아! 내 살을 뜯어 먹는 거야."

"그래 알았수, 내가 다 잘못했으니 그만둡시다."

"듣기 싫어, 물러나."

하고 벌떡 떠다밀면 땅에 펄썩 주저앉는 아우다. 열적은 듯, 죄송한 듯, 얼굴이 벌개서 털고 일어나는 그 아우를 보면 우습고도 일변 가여웠다.

그러나 더 우스운 것은 마루에서 저녁을 먹을 때의 광경이다. 누님이 밥을 퍼가지고 올라와서는 암말 없이 아우 앞으로 한 그릇을 쭉 밀어 놓는다. 그리고 자기는 자기대로 외면하여 푹푹 퍼먹고 일어선다. 물론 반찬도 각각 먹는 것이다. 아우는 군말 없이 두 다리를 세우고 눈을 내리깔고는 그 밥을 떠먹는다. 방에 앉아서 주인 마누라는 업신여기는 눈으로 은근히 흘겨 준다.

영애는 톨스토이가 너무 병신스러운 데 골을 낸다. 암만 얻어

먹더라도 씩씩하게 대들질 못하고 저런, 저런. 그러나 아키코는 바보가 아니라 사람이 너무 착해서 그렇다고 우긴다.

하긴 그렇다고 누님이 자기 밥을 얻어먹는 아우가 미워서 그런 것도 아니다. 나뭇잎이 둥금둥금 날리던 작년 가을이었다. 매일같이 하 들볶으니까 온다간다 말없이 하루는 아우가 없어졌다. 이틀이 되어도 없고, 사흘이 되어도 없고, 일주일이 썩 지나도 영 들어오지를 않는다.

누님은 아우를 찾으러 다니기에 눈이 뒤집혔다. 그렇게 착실히 다니던 공장에도 며칠씩 빠지고, 혹은 밥도 굶었다. 나중에는 아우가 한을 품고 죽었나보다고 집에 들어오면 마루에 주저앉아서 통곡이었다. 심지어 아키코의 손목을 다 붙잡고,

"여보! 내 아우 좀 찾아 주, 미치겠수."

"그렇지만 제가 어딜 간 줄 알아야지요."

"아니 그런 데 놀러 가거든 좀 붙들어 주, 부모 없이 불쌍히 자란 그놈이."

말끝도 다 못 마치고 이렇게 울던 누님이 아니었던가. 아흐레 만에야 아우를 남대문 밖 동무 집에서 찾아왔다. 누님은 기뻐서 또 울었다. 그리고 그다음 날부터 다시 들볶기 시작하였다.

이 속은 참으로 알 수 없고, 여북해야 아키코는 대문 소리만 좀 다르면,

"얘 영애야! 변덕쟁이 온다. 어서 이리 와."

하고 잇속 없이 신이 오른다.

아키코는 남모르게 톨스토이를 맘에 두었다. 꿈을 꾸어도 늘 울가망으로 톨스토이가 나타나곤 한다. 꼭 발렌티노같이 두 팔

따라지 221

을 떡 벌리고 하는 소리가, 오! 저는 당신을 사랑합니다. 이 가슴에 안겨 주소서. 그러나 생시에는 이놈의 톨스토이가 아키코의 애타는 속도 모르고 본 둥 만 둥이 아닌가. 손님에게 꼭 답장할 필요가 있어서,

"선생님! 저 연애편지 하나만 써주셔요."

아키코가 톨스토이를 찾아가면,

"저 그런 거 못 씁니다."

"소설 쓰는 이가 그래 연애편지를 못 써요?"

하고 어안이 벙벙해서 한참 쳐다본다. 책상 앞에서 늘 쓰고 있는 것이 소설이란 말은 여러 번이나 들었다. 그래 존경해서 선생님이라고 부르고 뒤에서는 톨스토이로 바치는데 그래 연애편지 하나 못 쓴다니 이게 말이 되느냐. 하도 기가 막혀서,

"선생님! 연애해보셨어요?"

하면 무안당한 계집애처럼 그만 얼굴이 벌개진다.

"전 그런 거 모릅니다."

아키코는 톨스토이가 저한테 흥미를 안 갖는 걸 알고 좀 샐쭉하였다. 카페서 구는 여급이라고 넘보는 맥인지 조선말로 부르면 흥해서 아키코로 행세는 하지만 영영 아키콘 줄 아나보다. 어쩌면 톨스토이가 흉측스럽게 아랫방 버스 걸과 눈이 맞았는지도 모른다. 왜냐하면 버스 걸이 나갈 때 그때쯤 해서 톨스토이가 세수를 하러 나오고 하는 것을 보았다. 그리고 옥생각인지 몰라도 버스 걸도 요즘엔 버쩍 모양을 내기에 몸이 달았다. 며칠 전에 버스 걸이 거울과 가위를 손에 들고 아키코의 방엘 찾아왔다.

"언니, 나 이 머리 좀 잘라 주."
"건 왜 자를려구 그래? 그냥 두지."
"날마다 머리 빗기가 구찮아서 그래."
하고 좀 거북한 표정을 하더니,
"난 언니 머리가 좋아, 뭉툭한 게!"
웃음으로 겨우 버무린다.
 하 조르므로 아키코도 그 좋은 머리를 아니 자를 수 없다. 가위에 힘을 주어 그 중턱을 툭 끊었다. 버스 걸은 손으로 만져 보더니 재겹게 기쁜 모양이다. 확 돌아앉아서 납죽한 주둥이로 해해 웃으며,
"언니 머리같이 더 좀 디려 잘라 주어요."
"더 자르믄 못써. 이만하면 좋지 않어?"
대고 졸랐으나 아키코는 머리를 버려 놓을까 봐 더 웅칠 않았다. 여기에 성이 바르르 나서 버스 걸은 제 방으로 가서는 제 손으로 더 몽총히 잘라 버렸다. 그 뜯어 논 머리에다 분을 하얗게 바르고는 아주 좋다고 나다니는 계집애다. 양말 뒤축에 빵꾸가 좀 나도 제 방 들어갈 제 뒤로 기어든다.
 아침에 나갈 제 보면 버스 걸은 커단 책보를 옆에 끼고 아주 버젓하다. 처음에 아키코가 고등과에 다니는 학생인가 한 것도 무리는 아니었다. 왜냐면 그 책보가 고등과에 다니는 책보같이 그렇게 탐스럽고 허울이 좋았다. 그러나 차차 알고 보니 보지도 않는 헌 잡지를 그렇게 포개고, 그 사이에 벤또를 꼭 물려서 싼 책보이었다. 벤또 하나만 싸면 공장의 계집애나 버스 걸로 알까 봐서 그 무거운 잡지책을 힘드는 줄도 모르고 들고 왔다 갔다 하

는 것이 아니냐. 그래 놓고는 저녁에 돌아올 때면 웬 도둑놈 같은 무서운 중학생 놈이 쫓아오고 한다고 늘 성화다.

"그놈 다리를 꺾어 놓지."

이렇게 딸의 비위를 맞추어 병든 아버지는 이불 속에서 큰소리다. 그리고 아침마다 딸 맘에 썩 들도록 그 책보를 싸는 것도 역시 그의 일이었다. 정성스레 귀를 내어 문밖으로 두 손을 내받치며,

"얘! 일찌가니 돌아오너라, 감기 들라."

이런 걸 보면 영애는 또 마음에 마뜩치 않았다. 딸에게 구리칙칙이 구는 아버지는 보기가 개만도 못하다 했다. 그래 아키코와 쓸데 적게 주고받고 다툰 일까지 있다.

"그럼 딸의 거 얻어먹구 그렇지도 않어?"

"그러니 더 든적스럽지 뭐냐?"

"든적스럽긴 얻어먹는 게 든적스러, 몸에 병은 있구 그럼 어떡하니? 애두! 너무 빠장빠장 웃기는구나!"

아키코는 샐쭉이 토라지다 고개를 다시 돌리어 웅크려 뜯는 소리로,

"너 느 아버지가 팔아먹었다지, 그래 네 맘에 좋으냐?"

"애두! 절더러 누가 그런 소리 하라나?"

하고 영애는 더 덤비지 못하고 그제는 눈으로 치마를 걷어 올린다. 이렇게까지 영애는 그 병쟁이가 몹시도 싫었다. 누렇게 말라붙은 그 얼굴을 보고 김마까라는 병명을 지을 만치 그렇게 밉살스럽다. 왜냐면 어느 날 김마까가 영애를 방해하였다.

그날은 어쩐 일인지 김마까가 초저녁부터 딸과 싸운 모양이

었다. 새로 두 점쯤 해서 영애가 들어오니까 둘이 소곤소곤하고 싸우는 맥이다. 가뜩이나 엄살을 부리는 데다 더 흉측을 떨며,

"어이쿠! 어이쿠! 하나님 맙시사!"

그렇지 않으면,

"하나님 날 잡아가지 왜 이리 남겨 두슈!"

아래위 칸을 흙벽으로 막았으면 좋을 걸 얇은 빈지를 들이고 종이로 발랐다. 위 칸에서 부시럭 소리만 나도 아래 칸까지 고대로 흘러든다. 그 벽에다 머리를 쾅쾅 부딪히며,

"어이구 이놈의 팔자두!"

제 깐에는 딸 앞에서 죽는다고 결기를 이는 꼴이다. 그러면 딸은 표독스러운 음성으로,

"누가 아버지보고 돌아가시랬어요? 괜히 남의 비위를 긁어 놓구 그러시네!"

"늙은이보구 담밸 끊으라는 게 죽으라는 게지 뭐야."

"그게 죽으라는 거야요? 남 들으면 정말로 알겠네."

딸이 좀 더 볼멘소리로 쏘아 박으니 또다시,

"어이구! 이놈의 팔자두!"

벽에 머리를 부딪히며 어린애같이 깩깩 울고 앉았다. 질긴 귀로도 못 들을 징그러운 그 울음소리…….

가물에 빗방울같이 모처럼 끌고 왔던 영애의 손님이 이마를 접는다. 그리고 아무 말 없이 취한 걸음으로 비틀비틀 쪽마루로 내 걷는다. 되는 대로 구두짝이 끌린다.

"왜 가셔요?"

"요담 또 오지."

"여보세요! 이 밤중에 어딜 간다구 그러셔요?"
하고 대문간서 그 양복을 잡아챈다. 마는 허황한 손이 올라와 툭툭 털어 버리고,
"요담 또 오지."
그리고 천변을 끼고 비틀거리는 술 취한 걸음이다. 영애는 눈에 독이 잔뜩 올라서 한 전등이 둘 셋씩 보인다. 빈방 안에 홀로 누워서 입속으로 김마까를 악담을 하며 눈물이 핑 돈다.

벌써 한 점 사십오 분. 영애는 디툭디툭 들어오며 살집 좋은 얼굴이 싱글벙글이다. 손에는 통통한 과자봉지. 미닫이를 여니 윗목 구석에 쓸어 박은 헌 양말짝, 때전 속옷, 보기에 어수선 산란하다.

"벌써 오니? 좀 더 있지."
"애두! 목욕허구 온단다."
"목욕은 혼자 가니?"
하고 좀 삐지려 한다.
"그래 너 주려구 과자 사 왔어요."
"그럼 그렇지 우리 영애가!"

요강에서 손을 뽑으며 긴히 달겨든다. 아키코는 오줌을 눌 적마다 요강에 받아서는 이 손을 담그고 한참 있고 저 손을 담그고. 그러나 석 달이나 넘어 그랬건만 손결이 별로 고와진 것 같지 않다. 그 손을 수건에 닦고 나서,
"모두 나마카시(생과자)만 사 왔구나."
우선 하나를 덥석 물어 뗀다.
"그 손으로 그냥 먹니? 얘! 난 싫단다!"

"메 드러워? 저도 오줌을 누면서 그래."

"그래두 먹는 것허구 같으냐?"

하지만 영애는 아키코보다 마음이 훨씬 눅었다. 더 화내지 않고 그런 양으로 앉아서 같이 집어먹는다. 그의 마음에는 아키코의 생활이 몹시 부러웠다. 여러 손님의 사랑에 고이며 예쁜 얼굴을 자랑하는 아키코. 영애 자신도 꼭 껴안아 주고 싶은 아담스러운 그런 얼굴이다.

"그인 은제 갔니?"

"새벽녘에 내뺐단다. 아주 숫배기야."

"넌 참 좋겠다. 나두 연애 좀 해봤으면!"

"허려무나, 누가 허지 말라니?"

"아니 너 같은 연애 싫어, 정신으로만 허는 연애 말이지."

하고 어딘가 좀 뒤둥그러진 소리.

"오! 보구만 속태우는 연애 말이지?"

하긴 했으나 아키코는 어쩐지 영애에게 너무 심하게 한 듯싶었다. 가뜩이나 제 몸 못난 것을 은근히 슬퍼하는 애를…….

"애! 별소리 말아요. 연애두 몇 번 해보면 다 시들해지는 걸 모르니? 난 일상 맘 편히 혼자 지내는 네가 부럽더라!"

하고 슬그머니 한번 문질러 주면,

"메가 부러워? 애두! 괜히 저러지."

영애는 이렇게 부인은 하면서도 벙싯하고 짜장 우월감을 느껴 보려 한다. 영애도 한때에는 주체궂은 살을 말리고자 아편도 먹어 봤다. 남의 말대로 듬뿍 먹었다가 꼬박이 이틀 동안을 일어나지도 못하고 고생하던 생각을 하면 시방도 등어리가 선뜻

하다. 그러나 영애에게도 어쩌다 엽서가 오는 것은 참 신통한 일이라 안 할 수 없다.

"또 뭐 뒤져 갔니?"

하고 영애는 의심이 나서 제 경대 서랍을 뒤져 본다. 과연 며칠 전 어떤 전문학교 학생에게서 받은 끔찍이 귀한 연애편지가 또 없어졌다. 사내들은 어째서 남의 계집애 세간을 뒤져 가기 좋아하는지, 그 심사는 참으로 알 수 없고.

"또 집어 갔구나, 이럼 난 모른단다!"

영애는 고만 울상이 된다.

"뭐?"

"편지 말이야!"

"무슨 편지를?"

"왜 요전에 받은 그 연애편지 말이야."

"저런! 그 망할 자식이 그건 뭣 하러 집어 가, 난 통히 보딜 못했는데, 수줍은 척하더니 아주 숭악한 자식이로군!"

아키코는 가는 눈썹을 더욱이 잰다. 그리고 무색한 듯 영애의 눈치만 한참 바라보더니,

"내 톨스토이보고 하나 써달라마. 그럼 이 담 연애편지 쓸 때 그거 보구 쓰면 고만 아냐."

하고 곱게 달랜다. 그러나 과연 톨스토이가 하나 써줄는지 그것도 의문이다. 영애가 벌써 전부터 여기를 떠나자고 졸라도 좀좀하고 망설이고 있는 아키코! 그런 성의를 모르고 톨스토이는 아키코를 보아도 늘 한 양으로 대단치 않게 지나간다.

그렇다고 한때는 버스 걸에게 맘을 두었나 하고 의심을 해봤

으나 실상은 그런 것도 아닐 것이다. 낮에 사직동 공원으로 올라가면 아키코는 가끔 톨스토이를 만난다. 굵은 소나무 줄기에 등을 비껴 대고 먼 하늘만 정신없이 바라보고 섰는 톨스토이다. 아키코가 그 앞을 지나가도 못 본 척하고 들떠보도 않는다. 약이 올라서 속으로 망할 자식 하고 욕도 하여 본다. 그러나 나중 알고 보면 못 본 척이 아니라 사실 눈 뜨고 못 보는 것이다. 그렇게 등신같이 한눈을 팔고 섰는 톨스토이다. 이걸 보면 아키코는 여자고보를 중도에 퇴학하던 저의 과거를 연상하고 가엾은 생각이 든다. 누님에게 얻어먹고 저러고 있는 것이 오죽 고생이랴. 그리고 학교 때 수신 선생이 이야기하던 착하고 바보 같다던 그 톨스토이가 과연 저런 건지 하고 객쩍은 조바심도 든다.

아키코는 기침을 캑 하고 그 앞으로 다가선다. 눈을 깜박깜박하며,

"선생님! 뭘 그렇게 생각하셔요?"

하고 불쌍한 낯을 하면,

"아니오."

하고 어색한 듯이 어물어물하고 만다.

"그렇게 섰지 마시고 좀 운동을 해보셔요."

하도 딱하여 아키코는 이렇게 권고도 하여 본다.

"오늘은 방을 좀 치워야 하겠소. 여기 내 조카도 지금 오고 했으니까."

주인 마누라는 약이 바짝 올라서 매섭게 쏘아본다. 방에서만 꾸물꾸물 방패막이를 하고 있는 톨스토이가 여간 밉지 않다.

"아, 여보! 방의 세간을 좀 치워 줘요. 그래야 오는 사람이 들

어가질 않소?"

"사날만 더 참아 줍쇼. 이번엔 꼭 내겠습니다."

"아니 뭐 사글세를 안 낸대서 그런 게 아니오. 내가 오늘부터 잘 데가 없고 이 방을 꼭 써야 하겠기에 그래서 방을 내달라는 것이지."

양복바지를 거반 엉덩이에 걸친 버드렁니가 이렇게 허리를 쓱 편다. 주인 마누라가 툭하면 불러온다던 저 조카라는 놈이 필연 이걸 게다. 혼자 독학으로 부청에까지 출세를 한 굉장한 사람이라고 늘 입에 침이 말랐다. 그러나 귀 처진 눈은 말고 헤벌어진 입과 양복 입은 체격하고 별로 굉장한 것 같지 않다. 게다 얼짜가 분수없이 뻐팅기려고,

"참아 주시던 길이니 며칠만 더 참아 주십시오."

이렇게 애걸하면,

"아 여보! 당신도 그래 사람이오?"

하고 제법 삿대질까지 할 줄 안다.

"저런 자식두! 못두 생겼다. 저게 아마 경성부 고즈카이(용인)인 거지?"

"글쎄, 그래도 제법 넥타일 다 잡숫구."

하고 손가락이 들어가 문의 구멍을 좀 더 후벼판다. 마는 아키코는 구렁이(주인 마누라)의 속을 빠안히 다 안다. 인젠 방세도 싫고 셋방 사람을 다 내쫓으려 한다. 김마까나 아키코는 겁이 나서 차마 못 건드리고 제일 만만한 톨스토이로부터 우선 몰아내려는 연극이었다.

"저 구렁이 좀 봐라, 옆에 서서 눈짓을 해가며 자꾸 시키지."

"글쎄 자식도 얼간이가 아냐? 즈 아즈멈 시키는 대로 놀구 섰게."

"어쭈, 얼짜가 뻐팅긴다. 지가 우와기를 벗어 노면 어쩔 테야 그래? 자식두!"

"톨스토이가 잠자쿠 앉았으니까 약이 올라서 저래, 맛부리는 게 밉살머리궂지? 자식 그저 한 대 앵겨 줬으면."

"내가 한 대 먹이면 저거 고택골 간다. 그러니깐 아키코한테 감히 못 오지 않어."

주먹을 이렇게 들어 뵈다가 고만 영애의 턱을 치 질렀다. 영애는 고개를 저리 돌리어 또 빼쭉하고,

"얘 이럼 난 싫단다!"

"누가 뭐 부러 그랬니, 또 빼쭉하게?"

하고 아키코도 좀 빼쭉하다가 슬슬 능치며,

"그래 잘못했다. 고만두자, 쓱쓱쓱!"

영애의 턱을 손등으로 문질러 주고,

"쟤! 저것 봐라, 놈은 팔을 걷고 구렁이는 마루를 구르고 야단이다."

"얘 재밌다, 구렁이가 약이 바짝 올랐지?"

"저 자식 보게, 제 맘대로 남의 방엘 막 들어가지 않어?"

아키코가 영애에게 눈을 크게 뜨니까,

"뭐 일을 칠 것 같지? 병신이 지랄한다더니 정말인가 베!"

"저 자식이 남의 세간을 제 맘대로 내놓질 않나? 경을 칠 자식!"

"그건 나무래 뭘 해. 그저 톨스토이가 바보야! 그래도 부처같

이 잠자코 있지 않아. 세상엔 별 바보두 다 많어이!"
 아키코는 그건 들은 체도 안 하고 대뜸 일어선다. 미닫이가 열리자 우람스러운 걸음. 한숨에 툇마루로 올라서며 볼멘소리다.
 "아니 여보슈! 남의 세간을 그래 맘대로 내놓는 법이 있소?"
 "당신이 웬 챙견이오?"
 얼짜는 톨스토이의 책상을 들고나오다 방문턱에 우뚝 멈춘다. 눈을 휘둥그렇게 뜨고 주저주저하는 양이 대담한 아키코에 적이 놀란 모양…….
 "오늘부터 내가 여기서 자야 할 테니까…… 그래서…… 방을 치는데……."
 얼짜는 주변성 없는 말로 이렇게 굴다가,
 "당신 맘대로 방은 치는 거요?"
 "그럼 내 방 내 맘대로 치지 뉘게 물어본단 말이유?"
 하고 제법 을딱딱이긴 했으나 뒷갈망은 구렁이에게 눈짓을 슬슬 한다.
 "그렇지, 내 방 내가 치는 데 누가 뭐 하러 있나?"
 "당신 맘대룬 안 되우, 그 책상 도루 저리 갖다 놓우. 사글세를 내란다든지 하는 게 옳지 등을 밀어 내쫓는 경우가 어디 있단 말이오?"
 "아니 아키코는 제거나 낼 생각 하지 웬 걱정이야? 저리 비켜 서!"
 구렁이는 문을 막고 섰는 아키코의 팔을 잡아당긴다. 여편네는 찍소리 없이 눌려 왔지만 오늘은 얼짜를 잔뜩 믿는 모양이다. 이걸 보고 옆에 섰던 영애가 또 아니꼬워서,

"제 거라니? 누구보고 저야. 이 늙은이가 눈깔 뺐나?"
하고 그 팔을 뒤로 확 잡아챈다. 늙은 구렁이와 영애는 몸 중량의 비례가 안 된다. 제풀에 비틀비틀 돌더니 벽에 가 쿵 하고 쓰러진다. 그러나 눈을 감고 턱이 떨리는 아이고 소리는 엄살이다.

얼짜가 문턱에 책상을 떨구더니 용감히 확 넘어 나온다. 아키코는 저 자식이 달마찌의 흉내를 내는구나 할 동안도 없이 영애의 뺨이 짤깍…….

"이년아! 늙은이를 쳐?"

"아 이 자식 보레! 누구 뺨을 때려?"

아키코는 악을 지르자 그 혁대를 뒤로 잡아 나꿔챈다. 마루 위에 놓였던 다듬잇돌에 걸리어 얼짜는 엉덩방아가 쿵 하고. 잡은 참 날아드는 숯보늬는 독 오른 영애의 분풀이다.

그러자 또 아랫방 문이 확 열리고 지팡이가 김마까를 끌고 나온다.

"이 자식이 웬 자식인데 남의 계집애 뺨을 때려? 원 이런 망하다 판이 날 자식이 눈에 아무것두 뵈질 않나…… 세상이 망한다 망한다 한대두만 이런 자식은."

김마까는 뜰에서부터 사방이 들으라고 와짝 떠들며 올라온다. 구렁이한테 늘 쪼여 지내던 원한의 복수로 아키코와 서로 멱살잡이로 섰는 얼짜의 복장을 지팡이로 내지른다.

"이런 염병을 하다 땀통이 끊어질 자식이 있나!"

그와 동시에 김마까는 검불같이 뒤로 벌렁 나자빠졌다. 내 댔던 지팡이가 도로 물러 오며 바짝 마른 허구리를 쳤던 것이다. 개신개신 몸을 일으집으며 김마까는 구시월 서리 맞은 독사가 된다.

"이 자식아! 너는 니 애비두 없니?"

대뜸 지팡이는 날아들어 얼짜의 귓배기를 내리갈긴다. 딱 하고 뼈 닿는 무딘 소리. 얼짜는 고개를 푹 꺾고 귀에 두 손을 들이대자 죽은 듯이 꼼짝 못 한다.

아키코도 얼짜에게 뺨 한 대를 얻어맞고 울고 있었다. 이 좋은 기회를 타서 얼짜의 등 뒤로 빨간 얼굴이 달려든다. 이건 권투식으로 집어셀까 하다 그대로 그 어깻죽지를 뒤로 물고 늘어진다. 아, 아, 이렇게 외마디소리로 아가리를 딱딱 벌린다. 그리고 뒤통수로 암팡스레 날아든 것은 영애의 주먹이다.

톨스토이는 모두가 미안쩍고, 따라 제풀에 지질려서 어쩔 줄을 모른다. 옆에서 눈을 흘기는 영애도 모르고,

"노세요, 고만 노세요, 어떡헙니까?"

하며 아키코의 등을 두 손으로 흔든다. 구렁이도 벌벌 떨어 가며,

"이년이 사람을 뜯어먹을 텐가, 안 노니 이거 안 놔?"

아키코를 대고 잡아당기며 얼른다. 그러나 잡아당기면 당길수록 얼짜는 소리를 더 지른다. 이러다간 일만 더 크게 벌어질 걸 알고 구렁이는 간이 고만 달룽한다. 이 사품에 안방 미닫이는 설쭉이 부러지고 뒤주 위에 얹었던 대접이 둘이나 떨어져 깨졌다. 잔뜩 믿었던 조카는 저렇게 죽게 되고. 이러단 방은커녕 사람을 잡겠다 생각하고 그는 온몸이 덜덜 떨리었다. 게다 모질게 내려치는 김마까의 지팡이⋯⋯.

구렁이는 부리나케 대문 밖으로 나왔다. 골목길을 내려오며 뒤에 날리는 치맛자락에 바람이 났다.

"사글세를 내랬으면 좋지, 내쫓을려고 하니까 그렇게 분란이 일구 하는 게 아니야?"

"아닙니다. 누가 내쫓을려고 그래요. 세를 내라구 그러니깐 그렇게 아키코란 년이 올라와서 온통 사람을 뜯어먹고 그러는군요!"

"말 마라. 내쫓으려구 헌 걸 아는데 그래, 요전에도 또 한 번 그런 일이 있었지?"

순사는 노파의 뒤를 따라오며 나른한 하품을 주먹으로 끈다. 툭하면 와서 찐대를 붙는 노파의 행세가 여간 귀찮지 않다. 조그맣게 말라붙은 노파의 센 머리 쪽을 바라보며,

"올해 몇 살이야?"

"그년 열아홉이죠. 그런데 그렇게……."

"아니 노파 말이야?"

"네, 제 나요? 왜 쉰일곱이라고 전번에 여쭸지요. 그런데 이 고생을 하는군요."
하고 궁상스레 우는 소리다.

노파는 김마까보다도 톨스토이보다도 아키코가 가장 미웠다. 방세를 받을래도 중뿔나게 가로맡아서 지랄하기가 일쑤요, 또 밤낮 듣기 싫게 창가질이요, 게다 세숫물을 버려도 일부러 심청 궂게 안마루 끝으로 홱 끼얹는 아키코. 이년을 이번에는 경을 흠씬 치도록 해야 할 텐데 속이 간질대서 그는 총총걸음을 치다가 돌부리에 채여 고만 나가둥그러진다. 그 바람에 쓰레기

통 한 귀에 내뻗은 못에 가서 치맛자락이 찌익 하고 찢어진다.

"망할 자식 같으니, 씨레기통의 못두 못 박았나!"

하고 흙을 털고 일어나며 역정이 난다. 그 꼴을 보고 순사는 손으로 웃음을 가린다.

"그 봐! 이젠 다시 오지 마라, 이번엔 할 수 없지만 또다시 오면 그땐 노파를 잡아갈 테야?"

"네── 다시 갈 리 있겠습니까, 그저 이번에 그 아키코란 년만 흠씬 버릇을 아르켜 주십시오. 늙은이보구 욕을 않나요, 사람 치질 않나요! 그리고 아직 핏대도 다 안 마른 년이 서방이 몇인지 수가 없어요!"

순사는 코대답을 해가며 귓등으로 듣는다. 너무 많이 들어서 인제는 흥미를 놓친 까닭이었다. 갈팡질팡 문지방을 넘다 또 고꾸라지려는 노파를 뒤로 부축하여 눈살을 찌푸린다. 알고 보니 짐작대로 노파 허통에 또 속은 모양이었다. 살인이 났다고 짓떠들더니 임장하여보니까 조용한 집안에 웬 낯선 양복쟁이 하나만 마루 끝에서 천연스레 담배를 피울 뿐이다. 그리고는 장독 사이에서 왔다 갔다 하며 뭘 주워 먹는 생쥐가 있을 뿐 신발짝 하나 난잡히 놓이지 않았다. 하 어처구니가 없어서,

"어서 죽었어?"

"어이구 분해! 이것들이 또 저를 고랑땡을 먹이는군요! 입때까지 저 마루에서 치고 차고 깨물고 했답니다."

노파는 이렇게 주먹으로 복장을 찧으며 원통한 사정을 하소한다. 왜냐면 이것들이 이 기맥을 벌써 눈치채고 제각기 헤져서 아주 얌전히 박혀 있다. 아키코는 문을 닫고 제 방에서 콧노래

를 부르고, 지팡이를 들고 날뛰던 김마까는 언제 그랬더냐 듯이 제 방에서 끙끙, 여전한 신음 소리. 이렇게 되면 이번에도 또 자기만 나무라기게 될 것을 알고,

"어이구 분해! 어이구 분해!"

주먹으로 복장을 연방 두들기다 조카를 보고,

"얘 넌 어떻게 돼서 이렇게 혼자 앉었니?"

"뭘 어떻게 돼요, 되긴?"

하고 눈을 지릅뜨는 그 대답은 썩 퉁명스럽고 걱세다. 이런 화중으로 끌고 온 아즈멈이 몹시도 밉고 원망스러운 눈치가 아닌가. 이걸 보면 경은 무던히 치고 난 놈이다.

"어이구 분해! 너꺼정 이러니!"

"뭘 분해? 이 망할 것아!"

순사는 소리를 빽 지르고 도로 돌아서려 한다.

"나리! 저 좀 보세요. 문 부서진 것하구 대접 깨진 걸 보셔두 알지 않어요?"

"어떤 조카가 죽었어, 그래?"

"이것이 그렇게 죽도록 경을 치고도 바보가 돼서 이래요!"

"바보면 죽어두 사나?"

하고 순사는 고개를 디밀어 마루께를 살펴보니 딴은 그릇은 깨지고 문은 부서졌다. 능글맞은 노파가 일부러 그런 줄은 아나 그렇다고 책임상 그냥 가기도 어렵다. 퍽도 극성스러운 늙은이라 생각하고,

"누가 그랬어, 그래?"

"저 아키코가 혼자 그랬어요!"

"아키코! 고반(파출소)까지 같이 가."

"네! 그러세요."

하도 여러 번 겪는 일이라 이제는 아주 익숙하다. 저고리를 갈아입으며 웃는 얼굴로 내려온다. 그러나 순사를 따라 대문을 나설 적에는 고개를 모로 돌리어 구렁이에게 몹시 눈총을 준다.

순사는 아키코를 데리고 느른한 걸음으로 골목을 꼽든다. 쪽다리를 건너니 화창한 사직원마당, 봄이라고 땅의 잔디는 파릇파릇 돋았다. 저 위에선 투덕거리는 빨래 소리. 한옆에서 풋볼을 차느라고 날뛰고 떠들고 법석이다. 뿌웅 하고 음충맞게 내대는 자동차의 사이렌. 남 치마에 연분홍 저고리가 버젓이 활을 들고나온다. 그리고 키 훌쩍 큰 놈팡이는 돈지갑을 내든다.

"너 왜 또 말썽이냐?"

하고 순사는 고개를 돌리어 아키코를 씽긋이 흘겨본다. 그는 노파가 왜 그렇게 아키코를 못 먹어서 기를 쓰는지 영문을 모른다. 노파의 눈에도 아키코가 좀 귀여울 텐데, 그렇게 미울 때에는 아마 아키코가 뭘 좀 먹이질 않아 그랬는지 모른다. 그렇지 않으면 다른 사람 다 제쳐놓고 아키코만 씹을 리가 없다. 생각하다가,

"뭘 말썽이유, 내가?"

"네가 뭐 쥔 마누라를 깨물고 사람을 죽이고 그런다며? 그리구 요전에도 카페서 네가 손님을 쳤다는 소문도 들리지 않니?"

하고 눈살을 접고 웃어 버린다. 얼굴 똑똑한 것이 아주 할 수 없는 계집애라고 돌릴 수밖에 없다.

"난 그런 거 몰루!"

아키코는 땅에 침을 탁 뱉고 아주 천연스레 대답한다. 그리고 사직원의 문간쯤 와서는,

"이 담 또 만납시다."

제멋대로 작별을 남기고 저는 저대로 산 쪽으로 올라온다.

활텃길로 올라오다 아키코는 궁금하여 뒤를 한번 돌아본다. 너무 기가 막혀서 벙벙히 바라보고 있다가 다시 주먹으로 나른한 하품을 끄는 순사. 한편에선 날뛰고, 자빠지고, 쾌활히 공을 찬다. 아키코는 다시 올라가며 저도 남자가 됐더라면 '풋볼'을 차볼걸 하고 후회가 막급이다. 그리고 산을 한 바퀴 돌아 내려가서는 이번엔 장독대 위에 요강을 버리리라 결심을 한다. 구렁이는 장독대 위에 오줌을 버리면 그것처럼 질색이 없다.

"망할 년! 이 담에 봐라! 내 장독 위에 오줌까지 깔길 테니!"

이렇게 아키코는 몇 번 몇 번 결심을 한다.

출전:조광16(1937.2)

금

　금점이란 헐없이 똑 난장판이다.

　감독의 눈은 일상 올빼미 눈같이 둥글린다. 흑하면 금 도적을 맞는 까닭이다. 하긴 그래도 곧잘 도적을 맞긴 하련만——

　대거리를 꺾으러 광부들은 하루에 세 때로 몰려든다. 그들은 늘 하는 버릇으로 굿문 앞까지 와서는 발을 멈춘다. 잠자코 옷을 훌훌 벗는다.

　그러면 굿문을 지키는 감독은 그 앞에서 이윽히 노려보다가 이 광산 전용의 굿복을 한 벌 던져준다. 그놈을 받아 꿰고는 비로소 굿 안으로 들어간다. 이렇게 탈을 바꿔 쓰고야 저 땅속 백여 척이 넘는 굿 속으로 기어드는 것이다.

　그와 마찬가지로 나는 대거리는 굿문께로 기어 나와서 굿복을 벗는다. 벌거숭이 알몸뚱이로 다릿짓 팔짓을 하여 몸을 털어 보인다. 그리고 제 옷을 받아 입고는 집으로 돌아가는 것이다.

　이것이 여름이나 봄철이면 혹 모른다. 동지섣달 날카로운 된바람이 악을 쓰게 되면 가관이다. 발가벗고 서서 소름이 쪽 끼치어 떨고 있는 그 모양 여기 우스운 이야기가 있다. 최 서방이라는 한 노인이 있는데, 한 육십쯤 되었을까 허리가 구붓하고 들피진 얼굴에 좀 병신스러운 촌뜨기가 하루는 굿복을 벗고 몸을 검사시키는데 유달리 몹시 떤다. 뼈에 말라붙은 가죽에 또 소름이 돋는지 하여튼 무던히 추웠던 게라. 몸이 반쪽이 되어 떨고 섰더니 고만 오줌을 쪼룩 하고 지렸다. 이놈이 힘이 없었기에 망정이지 좀만 뻗혔다면 앞에 섰는 감독의 바지를 적실 뻔했다. 감독은 방한화의 오줌 방울을 땅바닥에 탁탁 털며

"이놈이가!"

하고 좀 노해보려 했으되 먼저 그 꼬락서니가 웃지 않을 수 없다.

"늙은 놈이도 오줌이 싸 이눔아?"

그리고 손에 쥐었던 지팡이로 거길 톡 친다.

최 서방은 언 살이라 좀 아픈 모양.

"아야"

하고 소리를 치다가 시나브로 무안하여 허리를 구부린다. 이것을 보고 곁에 몰려섰던 광부들은 '우아아' 하고 뭇웃음이 한꺼번에 터져 오른다.

이렇게 엄중히 잡도리를 하건만 그래도 용케는 먹어들 가는 것이다. 어떤 놈은 상투 속에다 금을 끼고 나온다. 혹은 다비 속에다 껴 신고 나오기도 한다. 이건 예전 말이다. 지금은 간수들의 지혜도 훨씬 슬기롭다. 이러다가는 단박 들키어 내 떨리기 밖에 더는 수 없다. 하니까 광부들의 꾀 역시 나날이 때를 벗는다. 사실이지 그들은 구덩이 내로 들어만 서면 이 궁리 빼고 다른 생각은 조금도 없다. 어떻게 하면 이놈의 금을 좀 먹어다 놓

고 다리를 뻗고 계집을 데리고 이래 지내볼는지. 하필 광주만 먹이어 살 올릴 게 아니니까. 거기에는 제일 안전한 방법이 있으니 그것은 덮어 놓고 꿀떡 삼키고 나가는 것이다. 제아무리 귀신인들 뱃속에 든 금이야. 허나 사람의 창주란 쇳바닥이 아니니 금떡을 보기 전에 꿰져버리면 남 보기에 효상만 사납다. 왜냐하면 사금이면 모르나 석혈 금이란 유리쪽 같은 차돌에 박혔기 때문에. 에라 입속에 감춰라. 귓속에 묻어라. 빌어먹을 거 사타구니에 끼고 나가면 누가 뭐랄 텐가. 심지어 덕희는 항문이에다 금을 박고 나오다 고만 뽕이 났다. 감독은 낯을 이그리며 금을 삐집어놓고

"이 자식이가 금이 또 구모기로 먹어?"
하고 알볼기짝을 발길로 보기 좋게 갈기니 쩔꺽 그러고 내 떨렸다.

 이렇게 되고 보면 감독의 책임도 수월치 않다. 도적을 지켜야 제 월급도 오르긴 하지만 일변 생각하면 성가신 노릇. 몇 두 달씩 안 빤 옷을 벗길 적마다 부연 먼지는 오른다. 게다 목욕을 언제나 했는지 때가 누덕누덕한 몸뚱이를 뒤져보려면 구역이 곧바로 올라오련다. 광부들이란 항상 돼지 같은 몸뚱이이므로——

 봄이 돌아와 향기로운 바람이 흘러내려도 그는 아무 재미를 모른다. 맞은쪽 험한 산골에 어지러이 흩어진 동백, 개나리, 철쭉들도 그의 흥미를 끌기에 힘이 어렸다. 사람이란 기계와 다르다. 단 한 가지 단조로운 일에 시달리고 나면 종말에는 고만 지치고 마는 것이다. 그 일뿐 아니라 세상 사물에 권태를 느끼

는 것이 항용이다. 그런 중 피로한 몸에다 점심 벤또를 한 그릇 집어넣고 보면 몸이 더욱 나른하다. 그때는 황금 아니라 온 천하를 떼어온대도 그리 반갑지 않다. 굿문을 지키던 감독은 교의에 몸을 의지하고 두 팔을 벌리어 기지개를 늘인다. 우음 하고 다시 권연을 피운다. 그의 눈에는 어젯밤 끼고 놀던 주막거리의 계집애 그 젖꼭지밖에는 더 띠지 않는다. 워낙 졸린 몸이라 그것도 어렴풋이——

  요 아래 산 중턱에서 발동기는 채신이 없이 풍, 풍, 풍, 연해 소리를 낸다. 뭇 사내가 그리로 드나든다. 허리를 구붓하고 끙, 끙, 매는 것이 아마 감석을 나르는 모양. 그 밑으로 골물은 돌에 부대끼며 콸콸 내려흐른다.

  한 점 이십 분. 굴파수가 점심을 마악 치르고 고담이다. 고달픈 눈을 게슴츠레 끔벅이며 앉았노라니 뜻밖에 굿문께로 광부의 대강이가 하나 불쑥 나타난다. 대거리 때도 아니요, 또 시방쯤 나올 필요도 없건만. 좀 더 눈을 의아히 뜬 것은 등어리에 척 늘어진 반송장을 업었다. 헤, 헤, 또 죽어했어? 그는 골피를 찌푸리며 입맛을 다신다. 허나 금점에 사람 죽는 것은 도수장 소 죽음에 진배없이 예사다. 그건 먹다도 죽고 꽁무니를 까고도 죽고 혹은 곡괭이를 든 채로 죽고 하니까. 놀람보다도 성가신 생각이 먼저 앞선다. 이걸 또 어떻게 치나. 감독 불충분의 덤터기로 그 누를 입어 떨리지나 않을는지.

  감독은 교의에서 엉거주춤 일어서며

  "왜 그랬어?"

  "버력에 치치 치었습니다."

광부는 헝겁스리 눈을 희번덕이며 이렇게 말이 꿈는다. 걸때가 커다랗고 걱세게 생겼으나 까맣게 치올려 보이는 사다리를 더구나 부상자를 업고 기어오르는 동안 있는 기운이 모조리 지친 모양. 식식! 그리고 검붉은 이마에 땀이 쭉 흐른다. 죽어가는 동관을 구하고자 일 초를 시새워 들렌다.

"이걸 어떻게 살려야지유?"

감독은 대답 대신 다시 낯을 찌푸린다. 등에 엎어진 광부의 바른편 발을 노려보면서 굿복 등거리로 복사뼈까지 얼러 들써 매곤 굵은 사내끼로 칭칭 감았는데 피, 피, 싸맨 굿복 위로 징그러운 선혈이 풍풍 그저 스며 오른다. 그뿐 아니라 피는 땅에까지 뚝뚝 떨어지며 보는 사람의 가슴에 못을 치는 듯. 물론 그자는 까무러쳐서 웃통을 벗은 채 남의 등에 걸치어 꼼짝 못 한다. 고개는 시든 파잎같이 앞으로 툭 떨어지고——

"이걸 어떻게 얼른 해야지유?"

이를 말인가. 곧 서둘러 병원으로 데리고 가서 으스러진 발목을 잘라내든지 해야 일이 쉽겠다. 허나 이걸 데리고 누가 사무실로 병원으로 왔다 갔다 성가신 노릇을 하랴. 염량 있는 사람은 군일에 손을 안 댄다. 게다 다행히 딴 놈이 가로맡아 조급히 서두르므로 아따 네 멋대로 그 기세를 바짝 치우치며

"암! 얼른 데리구 가. 약기 바라야지."

가장 급한 듯 저도 허풍을 피운다.

이 영이 떨어지자 광부는 날듯이 껑뻥거리며 굿막을 나온다. 동관의 생명이 몹시 위급한 듯 물방앗간을 향하여 구르다시피 산비탈을 내려올 제

"이봐, 참 그 사람이 이름이 뭐?"

"북 삼호 구덩이에서 저와 같이 일하는 이덕순입니다."

하고 소리를 지르고는 다시 발길을 돌리어 뺑 내뺀다.

감독은 이 꼴을 멀리 바라보며

"이덕순이, 이덕순이."

하다가 곧 늘어지게 하품을 '으아함' 하고 내뽑는다.

시골의 봄은 바쁘다. 농군들은 들로 산으로 일을 나갔고 마을에는 양지쪽에 자빠진 워리의 기지개뿐. 아이들은 둑 밑 잔디로 기어다니며 조그마한 바구니에 주워 담는다. 달룽, 소로쟁이 게다가 우렁이——

산모롱이를 돌아내릴 제

"누가 따라오지나 않나?"

덕순이는 초조로운 어조로 묻는다. 그러나 죽은 듯이 고개는 그냥 떨어진 채 사리는 음성으로

"아니, 이젠 염려 없네."

아주 자신 있는 쾌활한 대답이다. 조금 사이를 띄어 가만히

"혹 빠지나 보게, 또 십 년 공부 아미타불 만들어."

"음 맸으니까 설마——"

하고 덕순이는 대답은 하나 말끝이 밍밍히 식는다. 기운이 푹 꺼진 걸 보면 아마 되우 괴로운 모양 같다. 좀 전에는 '내 함세 그까짓 거 좀' 하고 희망에 불 일던 덕순이다. 그 순간의 덕순이와는 아주 팔팔결. 몹시 아프면 기운도 죽나 보다.

덕순이는 저의 집 가까이 옴을 알자 비로소 고개를 조금 들었다. 쓰러져가는 납작한 낮은 초가집, 고자리 쑤시듯 풍풍 뚫어

진 방문, 저 방에서 두 자식을 데리고 계집을 데리고 고생만 무진히 하였다. 이제는 게다 다리까지 못 쓰고 드러누웠으려니! 아내와 밤낮 결고틀고 이렇게 복대기를 또 쳐야 되려니! 아이! 그리고 보니 등줄기에 소름이 날카롭게 지난다. 제 손으로 돌을 들어 눈을 감고 발을 내려찧는다. 깜짝 놀란다. 발은 깨지며 으츠러진다. 피가 퍼진다. 아, 얼마나 어리석은 짓인가? 그러나 그러나 단돈 천 원은 그 얼만가!

"아, 이거 왜 이랬수?"

아내는 자지러지게 놀라며 뛰어나온다. 남편은 뻔히 쳐다볼 뿐 무 대답. 허나 그 속은 묻지 않아도 훤한 일이었다. 요즘 며칠 동안을 끙끙거리던 그 계획, 그리고 이러이러할 수밖에 없을 텐데 하고 잔뜩 장은 댔으나 그래도 차마 못 하고 차일피일 멈춰오던 그 계획. 그예 기어코 이 꼴을 만들어 오는구!

아내는 행주치마에 손을 닦고 허둥지둥 남편을 부축하여 방으로 끌어들인다.

"끙!"

남편은 방벽에 가 비스듬히 기대어 앉으며 이렇게 안간힘을 쓴다. 그리고 다친 다리를 제 앞으로 조심히 끌어당긴다. 이마에 살을 조여가며 제 손으로 풀기 시작한다.

굵은 사내끼는 풀어 젖혔다. 그리고 피에 젖은 굿복 등거리를 조심히 풀어보니 어느 게 살인지 어느 게 뼈인지 분간키 곤란이다. 다만 흐느적흐느적하는 양이 아마 돌이 내려칠 제 그 모에 밀리고 으츠러지기에 그렇게 되었으리라. 선지 같은 고깃덩이가 여기에 하나 붙고 혹은 저기에 하나 붙고, 발가락께는 그 형

체조차 잃었을 만치 아주 무질러지고 말이 아니다. 아직도 철철 피는 흐른다. 이렇게까지는 안 되었을 텐데! 그는 보기만 하여도 너무 끔찍하여 몸이 졸아들 노릇이다.

그러나 그는 우선 피에 흥건한 굿복을 집어 들고 털어본다. 역시 피가 찌르르 묻은 손뼉만 한 돌이 떨어진다. 그놈을 집어 들고 이리로 저리로 뒤져본다. 어두운 굿 속이라 간드레 불빛에 혹여 잘못 보았을지도 모른다. 아내에게 물을 떠 오라 하여 거기다가 흔들어 피를 씻어보니 과연 노다지. 금 황금. 이래도 천 원짜리는 되겠지!

동무는 이 광경을 가만히 들여다보고 섰다가

"인내게 내 가주가 팔아옴세."

"……"

덕순이는 잠자코 그 얼굴을 유심히 쳐다본다. 돌은 손에 잔뜩 우려 쥐고. 아니 더욱 힘 있게 손을 조인다. 마는 동무가 조금도 서슴지 않고

"금으로 잡아 파나, 그대로 감석채 파나 마찬가지 되리, 얼른 팔아서 돈이 있어야 자네도 약도 사고 할 게 아닌가. 같이 하고 설마 도망이야 안 가겠지."

하니까

"팔아오게."

그제서 마음을 났는지 감을 내어준다.

동무는 그걸 받아 들고 방문을 나오며 후회가 몹시 난다. 제가 발을 깨지고, 피를 내고, 그리고 감석을 지니고 나왔다면 둘을 먹을걸. 발견은 제가 하였건만 덕순이에게 둘을 주고 원주인

이 하나만 먹다니. 그때는 왜 이런 용기가 안 났던가. 이제 와 생각하면 분하고 절통하기 짝이 없다. 그는 허둥거리며 땅바닥에다 거칠게 침을 퉤, 뱉고 또 퉤, 뱉고 싸리문을 돌아나간다.

이 꼴을 맥 풀린 시선으로 멀거니 내다본다. 덕순이는 낯을 흐린다. 하는 양을 보니 암만해도, 암만해도 혼자 먹고 달아날 장번인인 듯. 하지만 설마.

살기 위하여 먹는걸, 먹기 위하여 몸을 버리고, 그리고 또 목숨까지 버린다. 그걸 그는 알았는지 혹은 모르는지 아픔에 못이기어

"아이구."

하고 스러지는 듯 길게 한숨을 뽑더니

"가지고 달아나진 않겠지?"

아내는 아무 말도 대답치 않는다. 고개를 수그린 채 보기 흉악한 그 발을 뚫어지게 쏘아만 볼 뿐. 그러나 가무잡잡한 야윈 얼굴에 불현듯 맑은 눈물이 솟아 내린다. 망할 것두 다 많아. 제 발을 이래까지 하면서 돈을 벌어 오라진 않았건만. 대관절 인제 어떻게 하려고 이러는지!

얼마 후 이마를 들자 목성을 돋우며

"아프지 않어?"

하고 뾰로지게 쏘아 박는다.

"아프긴 뭐 아퍼, 인제 낫겠지."

바로 희떱게스리 허울 좋은 대답이다. 마는 그래도 아픔은 참을 기력이 부치는 모양. 조금 있더니 그 자리에 그대로 쓰러지며

"아이구!"
참혹한 비명이다.

출전:중앙(1935)

| 연보 |

1908년
- 2월 12일(음력 1월 11일), 강원도 춘천군 남내이작면 증리 427번지(지금의 강원도 춘천시 신동면 증리)에서 부친 김춘식 모친 청송 심씨의 이남 육녀 중 일곱째이자 차남으로 태어남.
- 유정의 10대조 김육은 대동법을 실시한 실학자였으며 9대조 김우명은 현종의 국구(國舅, 임금의 장인)였고 숙종의 외할아버지였다.
- 유정이 태어난 곳은 고조부 김기순 때 춘천 실레마을로 이주했다. 증조부 김병선은 화서학파의 거유 김평묵을 초빙해 학당을 열어 자제들을 가르쳤고 화서학파의 학풍을 이어받은 조부 김익찬은 육천석 추수를 하는 춘천의 명가가 되었다.

1914년(6세)
- 11월 26일, 유정의 조부 김익찬 사망.
- 조부가 사망하자 부친 김춘식이 춘천 집과 경작지를 소작농에게 농사를 짓게 한 후 지금의 서울 종로구 운니동(당시 진골)에 저택을 마련해 가족 모두 이사를 옴.

1915년(7세)
- 3월 18일, 어머니 청송 심씨 사망.
- 춘천에 내려갔던 형 유근이 오지 못하자 유정 홀로 상주가 됨.

1917년(9세)
- 5월 23일, 아버지 김춘식 사망.
- 아버지가 사망 후 고아가 된 유정은 형과 누나의 사랑을 받고 운니동에서 관철동으로 이사함.
- 이때부터 삼 년간 한문 공부와 붓글씨를 익힘.

1920년(12세)
- 재동공립보통학교에 입학.

1921년(13세)
- 3학년으로 월반.

1923년(15세)
- 재동공립보통학교 4년 졸업(제16회).
- 4월 9일, 휘문고등보통학교에 검정시험으로 입학.

1926년(18세)
- 휘문고보 3년을 마치고 휴학.

1927년(19세)
- 휘문고보 4년으로 복학.

1928년(20세)
- 형 유근의 가족이 춘천 증리(실레마을)로 이사.
- 유정은 봉익동 삼촌 집으로 옮겨 지냄.

1929년(21세)

- 휘문고보 5년 졸업(제21회).
- 삼촌 댁에서 종로구 사직동 둘째 누님 유형의 집으로 거처를 옮김.

1930년(22세)
- 연희전문학교 문과에 입학.
- 6월 24일, 연희전문학교 학칙에 의거 제명 처분을 받고 자퇴를 함.

1931년(23세)
- 4월 20일, 대학 공부에 대한 미련으로 보성전문학교 법과에 다시 입학한 후 자퇴를 함(퇴학자 명단만 있을 뿐 상세한 기록은 없음).
- 형이 있는 고향인 춘천 증리(실레마을)로 귀향 후 야학당을 열고 농우회, 노인회, 부인회를 조직함.

1932년(24세)
- 야학당을 금병의숙(錦屛義塾)으로 넓히고 간이학교로 인가받음.
- 6월 15일, 처녀작 단편 〈심청〉을 탈고함(4년 뒤 1936년 중앙지에 발표).

1933년(25세)
- 서울로 상경해 사직동 누님의 집에서 기거함.
- 병원에서 폐결핵 발병을 진단받음.
- 1월 13일, 〈산골 나그네〉를 탈고 후 친구 안회남의 주선으로 〈제일선〉 3월호에 발표.
- 8월 6일, 단편 〈총각과 맹꽁이〉를 탈고 후 〈신여성〉 9월호

에 발표.
- 단편 〈따라지의 목숨〉 탈고.
- 이때부터 이석훈, 채만식, 박태원, 이상 등과 교류를 시작.

1934년(26세)
- 누님이 사직동 집을 처분하자 혜화동에 셋방을 얻어 혼자 기거함.
- 둘째 매형의 소개로 충남 예산 등지의 금광을 전전함.
- 8월 16일, 단편 〈정분〉 탈고.
- 9월 10일, 단편 〈만무방〉 탈고.
- 12월 10일, 단편 〈애기〉 탈고.
- 12월 말쯤, 단편 〈노다지〉를 탈고하고 〈따라지의 목숨〉을 개작한 〈흙을 등지고〉를 신문사와 협의하에 〈소낙비〉로 제목을 변경하여 〈조선일보〉, 〈조선중앙일보〉, 〈동아일보〉 등 세 개의 신문사 신춘문예에 친구인 안회남이 대신 응모작으로 출품함.

1935년(27세)
- 〈조선일보〉 신춘문예 현상 공모에 〈소낙비〉가 일등으로 당선됨.
- 〈조선중앙일보〉 신춘문예 현상 공모에 〈노다지〉가 가작으로 입선됨.
- 단편 〈금 따는 콩밭(개벽 3월호)〉, 〈금(발표지 미상)〉, 〈떡(중앙 6월호)〉, 〈만무방(조선일보 7월)〉, 〈산골(조선문단 7월호)〉, 〈솥(매일신보 9월)〉, 〈홍길동전(신아동 10월)〉, 〈봄봄(조광 12월호)〉, 〈안해(사해공론 12월호)〉 등 소설 열한 편을 발표해 문단의 찬사를 받음.

• 수필 〈잎이 푸르러 가시든 님이(조선중앙일보 3월)〉, 〈조선의 집시–들병이 철학(매신일보 10월)〉, 〈나와 귀뚜라미(조광 11월호)〉 등 세 편 발표.

• 구인회(九人會) 후기 동인으로 참여하고 소설가 이태준, 이상과 깊은 친분을 쌓음.

1936년(28세)

• 단편 〈심청(중앙 1월호)〉, 〈봄과 따라지(신인문학 1월호)〉, 〈가을(사해공론 1월호)〉, 〈두꺼비(시와 소설)〉, 〈봄밤(여성 4월호)〉, 〈이런 음악회(중앙 4월호)〉, 〈동백꽃(조광 5월호)〉, 〈야앵(조광 7월호)〉, 〈옥토끼(여성 7월호)〉, 〈정조(조광 10월호)〉, 〈슬픈 이야기(여성 12월호)〉 등을 발표.

• 수필 〈오월의 산골짜기〉, 〈어떠한 부인을 마지할까〉, 〈전차가 희극을 낳아〉, 〈길〉, 〈행복을 등진 정열(여성 10월호)〉, 〈밤이 조금만 짤렀드면(조광 11월호)〉 등을 발표.

• 미완의 장편 소설 〈생의 반려(중앙 8, 9월호)〉를 연재.

1937년(29세)

• 서간문 〈문단에 올리는 말씀(조선문학 1월호)〉, 〈병상의 생각(조광 3월호)〉 등을 발표.

• 단편 〈따라지(조광 2월호)〉, 〈땡볕(여성 2월호)〉, 〈연기(창공 3월호)〉 등을 발표.

• 수필 〈강원도 여성 편(여성 1월호)〉, 〈병상 영춘기(조선일보 1.29~2.2일)〉 등을 발표.

• 2월, 평소 앓고 있던 병(폐결핵, 치질)이 심해져 경기도 광주군 중부면 상산곡리에 있는 매형 유세준 집으로 거처를 옮겨와

요양과 치료를 함.
- 3월 18일, 친구인 안회남에게 〈필승 전〉으로 쓴 마지막 편지를 보냄.
- 3월 29일, 아침 6시 30분 경기도 광주 상산곡리 매형 유세준의 집에서 생을 마감함.
- 목숨을 불태운 집필 활동으로 삼십여 편의 단편과 한 편의 번역 소설을 남기고 서른 살을 다 채우지 못한 꽃다운 스물아홉의 젊은 나이로 생을 마감한 유정의 유해는 서대문 밖 홍제동에서 화장되어 한강에 뿌려짐.
- 수필 〈네가 봄이런가(여성 4월호)〉, 단편 〈정분(조광 5월호)〉, 번역 소설 〈귀여운 소녀(매일신보 4,16~21일)〉, 〈잃어진 보석(조광 6~11월호)〉 등이 유정이 세상을 떠난 후 유작으로 발표됨.

1938년
- 단편집 《동백꽃》 삼문사에서 발간됨.

1939년
- 단편 〈두포전(소년 1~5월호)〉, 〈형(광업조선 11월호)〉, 〈애기(문장 12월호)〉 등이 사후에 발표됨.

국어과선생님이 뽑은
김유정 단편선 봄봄 외

1판 1쇄 발행 | 2025년 11월 15일

지은이 | 김유정
엮은이 | dskimp2000
펴낸이 | 이경자

편집 김대석 | 디자인 인지숙

펴낸곳 | 북앤북
출판등록 | 제 2016-000182호

경기도 고양시 일산동구 산두로 128(정발산동) 909동 202호
TEL 031-902-9948 | FAX 031-903-4315
email | dskimp2000@naver.com

ISBN 979-11-86649-94-7 43810

이 책의 제호 및 출판권은 북앤북의 소유입니다.
잘못 만들어진 책은 구매하신 곳에서 교환해 드리며
편집상 오류나 잘못된 부분을 알려주시면 판을 거듭할 때마다
보완 수정을 하여 더 좋은 책으로 만들겠습니다.